教室が、ひとりになるまで

浅倉秋成

角川文庫
22501

目次

主な登場人物

垣内友弘　二年A組の生徒。
　美月の幼馴染みで、同じマンションの隣室に住んでいる。

白瀬美月　二年A組の生徒。
　三人目の自殺後、ショックのために不登校になっている。

小早川燈花　綺麗な顔立ちで、二年B組の中心的存在だったが、
　女子トイレで首を吊って自殺。

村嶋竜也　二年A組の生徒で元バスケ部のエース。
　校舎から飛び降りた、二人目の自殺者。

高井健友　二年A組のムードメーカー。
校舎から飛び降りた、三人目の自殺者。

山霧こずえ　二年A組の中心生徒でレク企画に積極的。
小早川の遺体の第一発見者。

八重樫卓　二年A組の生徒でサッカー部所属。
別のクラスに交際相手がいる。

園川春吉　二年A組の生徒。
部活には所属していない。

檀　優里　高井の自殺現場に居合わせていた二年B組の生徒。

林　未来　自殺した高井と交際していた二年A組の生徒。

一章　告白

1

「一ヵ月という短い期間で、悲しいことに三人もの生徒が、自ら命を絶ってしまいました」

口に出して改めて事態の異常さに打ちのめされたのか、校長はそこからしばらく言葉を紡げなくなってしまった。意味もなく原稿を握り直し、その度に紙が揺れる悲しげな音をマイクが拾う。予想だにせず生まれた沈黙に、体育館の空気はいっそう淀《よど》んでいく。

つられたように、一度は鎮まったはずの嗚咽《おえつ》が僕の周りで再び響き始めた。最も大きな声を上げていたのは命を絶ってしまった高井健友《たかいけんゆう》と交際していた林《はやし》で、もはや立ってもいられない状態だった。うずくまった彼女を慰めるように背をさすっていた山霧《やまぎり》や佐《さ》伯《えき》も、やはり同じように涙に飲まれている。男子も、村嶋竜也《むらしまたつや》と特に親交の深かった八《や》重樫《えがし》や郡山《こおりやま》はこらえきれない様子だった。

「ときには——」

小さく声が裏返ってしまったことを誤魔化すように、校長は鼻頭を触った。

「ときには辛《つら》いこともあるでしょう。投げ出したくなることもあるでしょう。死にたくなることも——あるのかもしれません。そして本当に辛いとき、ひょっとすると私たち教員は頼りにならないのかもしれません」

　校長はそこで原稿から目を切り、生徒たちを正面から見つめた。

「でも、皆さんには、かけがえのない友人がいます。いま皆さんの隣にいる一人一人が、皆さんにとって何よりの支えとなります。手を取り合えば、越えられる壁もあります。手を取り合えば、見えてくる光があります。どうか辛いときは、周囲の人に相談してみてください。きっと誰もが皆さんの力になってくれます。もちろん私たちも力になります。どうか一人で悩まず、近くにいる誰かに――」

　ポケットに入れていたスマートフォンが震える。僕は目立たないよう最小限の動きで画面を確認した。バイト先のLINEグループに店長から連絡が入っていた。

「急遽《きゆうきよ》一人足りなくなってしまいました。今日（木）、明日《あした》（金）の午後6時から、どなたか入れませんか？」

　すぐに「垣内《かきうち》です。今日、行けます。明日も行けるかどうか確認してみます」とだけ返し、僕は隠すようにスマートフォンをポケットに滑り込ませた。それから体育館の空気に再び溶け込めるよう慎重に背筋を伸ばす。

　もはや嗚咽というよりは叫びに近い、そんな声がまた響いた。僕はゆっくりと目を閉じ、体中の空気をすべて追い出すように、深く息を吐いた。

「垣内、ちょっと」

ホームルームが終わり、荷物をまとめて教室を出ようかと思ったところで担任に手招きをされた。名を河村《かわむら》という僕らの担任は、まだ三十代前半で他の教師に比べればいくらか若いと言えた。専門は体育。学生時代は長距離の選手だったということもあって、体つきは頑丈というよりは細身でしなやか。いわゆる体育会系らしい空回り気味な情熱や威圧感はまるでなく、むしろそこはかとない気の弱さと繊細さを滲《にじ》ませている教師だった。

「お前、白瀬《しらせ》とおんなじマンションだったよな？」

「……そうですけど」

「悪いんだけど、少し様子を見てきてやってくれないか？」

「……僕が、ですか？」

うん、と唸《うな》り声のような相槌《あいづち》を打つと、しばらく目をつむってから「山霧なんかが連絡しても、最近は全然音沙汰《おとさた》がないらしいんだな。でも、放っておけないのはわかるだろ？　クラスメイトたちが急にああいうことになって、かなり精神的に参っていると思うんだ。誰かが声をかけてあげなくちゃいけない」

「それは……そうだと思いますけど、だったら僕より適任が他に。ほら、白瀬にも彼氏とかいるだろうし——」

担任は僕の言葉を右手で遮ると、お前の言いたいことはすべてわかるといわんばかりに何度か小さく頷《うなず》いてみせた。それから、どれだけ仲がよくても、当人の許可なしに住所は教えられないこと（仲のいい友人たちは白瀬の家を知らなかった）、自分が直接訪問するのは問題ないが、いきなり教師が出向くのはあまり得策とは思えないこと、クラスメイトが声をかけてあげるほうがより自然で、白瀬も心を動かされやすいだろうということ、よって中学時代からの同級生である垣内が適任だというようなことを並べられた。

　僕は少しばかりの難色を示してみせたが、聞き入れてはもらえなかった。切り札であるはずの、今日はアルバイトがあるのでという一言は、学校に届けを出さずに働いていたので使えなかった。気づいたとき担任はすでにプリント類を詰めた封筒を僕に手渡し、「短い時間でいいんだ」と話をまとめにかかっていた。「先生としても、このクラスは本当に自慢なんだ。こんなにみんなの仲がよくて、結束が固くて、いじめも差別もないクラスは本当に――お世辞じゃないんだぞ――本当に初めてなんだ。これ以上クラスの誰かが欠けるなんてのは絶対に見たくない。垣内もそうだろ？」

「……それはもちろん、そうですけど」

「今は少しよくない空気が流れてしまっているのは確かだ。でもきっと、うちのクラスは立ち直れる。頼むよ、な」

　担任と入れ替わるように、目を赤く腫《は》らした山霧こずえと佐伯茉《ま》凜《りん》がやってきた。二人は僕にパステルブルーの封筒に入った手紙を差し出すと、これを一緒に届けて欲しいと言う。

「美月《みづき》のこと本当お願いね、垣内くん。こんなときだからこそ、私たちが一つにならなくちゃいけないんだから」

「今度のレク、美月抜きじゃやらないって言っといて。うちら絶対に待ってるから」

僕は笑顔を作ってから「わかった。伝えておくよ」と言って、渡された手紙を担任がくれた封筒の中へとしまった。

「本当に、本当にお願いね」

「精一杯努力してみる。白瀬もきっとわかってくれるよ」

部活が始まるまでの時間を廊下で潰《つぶ》すサッカー部やバスケ部の連中の間をすり抜け、ようやく階段にまでたどり着いたとき、我慢していたため息がこぼれた。

美月――白瀬美月とは確かに同じマンションに住んでいたし、もっと正確に言うのなら彼女の住んでいる部屋は僕の隣だった。担任は『中学時代からの同級生』と言っていたが、これも正確に言うのなら小学二年からの付き合いだ。小さい頃はよく一緒に遊んだ。近くに住んでさえいれば相手の性別も性格も気にせず遊ぶのが小学生だ。マンションの駐車場で走り回ったり、互いの親を巻き込んでアスレチックのある公園や遊園地に出かけたり――思い出は両手でも数え切れない。そんな僕たちが今ではほとんど会話をしなくなってしまったのは決定的な事件があったからでも、親同士の仲が急速に冷え込んでしまったからでもない。

なんとなく。これにつきる。

あるときから自然と子供向けの教育番組から興味を失していくように、なんとも形容しがたい斥力が、二人を隔てた。中学の時点で会話はほとんどなくなっていたので、高校二年になって久しぶりに同じクラスに編成されたときは複雑な思いを抱かずにはいられなかった。『またよろしくね』というよりは『どう接したらいいのだろう』。

　いつもは意識して足早に通り過ぎる５０１号室の前で立ち止まると、弱気な自分が出てくる前にインターホンを押し込んだ。呼び出し音が沈黙に溶けていく間、僕は理由もなく封筒を右手から左手に、また左手から右手にと三度ほど持ち替えた。応答はなかった。

　もし以前と状況が変わっていないのなら美月の両親は共働きだ。よって今、中に人がいるとすれば美月一人きりだろう。応答できないほどにメランコリックになっているのか、コンビニにでも出かけてしまっているのかはわからない。ただ、出てきてもらえないのならどうしようもなかった。言い訳作りのためにもう一度だけインターホンを押してから、彼女との面会を諦《あきら》めることにする。どこかほっとしている自分がいた。

　さすがに何の記載もない茶封筒をそのまま郵便受けに押し込むのは非常識に思われ、ささやかでもメモ書きを添えておこうと鞄《かばん》からペンを取り出したとき、鍵《かぎ》が開く音がした。自分でも情けなくなるくらいに驚いてしまって、握りかけたペンを落とす。扉はほんの数センチ、チェーンの幅の分だけ開かれた。

「いま……垣内ひとり？」

姿は見えなかったが、美月の声だった。あまりに唐突だったのでドアスコープの向こう側の美月に「ひとりだけど」と答えるまで随分と時間を要してしまった。

「誰もいない？」

「……いない」そこまで答えて、僕はようやく用意していた台詞《せりふ》を思い出した。「突然ごめん。担任に様子を見てきて欲しいって言われて来たんだ。みんな白瀬に学校に来て欲しいって言ってた。これ、休んでた間のプリントと、山霧さんと佐伯さんからの手紙」

何の返事もなかった。すでにそこに美月はいないのかと不安になり、

「……体調は大丈夫？」と控えめに尋ねてみる。

もう一言くらい付け足そうかと思ったところで、「具合は……別に」と弱々しい声が返ってきた。

「……そっか。なら――」

「ごめん」と美月は僕の言葉を遮るように言った。「学校には……行けない」

何か言うべきことがありそうな気がしたが、それらしい言葉はついに思いつかなかった。僕は諦めるように頷くと「……そう言っておくよ。無理してもよくないし、あれだけのことがあったんだから、やっぱり気持ちの整理をつける時間が――」

「違う」

「……何が？」

「人殺しがいる」

意味を、すぐには把握できなかった。しかし聞き返すタイミングを完全に逸してしまい、僕らの間には明らかに不自然で不気味な空白が生まれてしまう。僕は息をすることも忘れて、扉の隙間から次の言葉が繰り出されるのを待った。ほんの数秒、でも僕にとっては数十分にも感じられる沈黙の後、美月はようやく言った。

「助けて」

喉《のど》が震えていた。

「三人とも自殺なんかじゃない。燈花《とうか》も、竜也くんも、健《けん》くんも、みんなあいつに殺されたの。このままじゃ、こずえも殺されちゃう」

2

美月の家に上がるのは、実に小学生のとき以来だった。

彼女は準備をするからと言って十分ほど中に閉じこもってから、５０１号室の前で待っていた僕をリビングへと通した。ようやく姿を現した美月は、黒いＴシャツに水色のハーフパンツというシンプルな格好をしていた。黒い髪は学校に来るときとは異なり、後ろで一本に縛っている。

およそ一週間ぶりに見る彼女は明らかに生気を失っていた。頬が痩《こ》けていたりだとか、黒々とした隈《くま》ができていたりというようなわかりやすい変化こそなかったが、そこには確かな欠落と減退とがある。丸くて大きな瞳《ひとみ》は心持ち細くなり、白く美しかった肌は二段階ほど暗いトーンに落ち着いてしまっている。厚い化粧をして学校に来るような生徒ではない。よってそれがすっぴんか否か、という問題ではないことは明白だった。僕は万全の状態ではない彼女の姿をまじまじと見つめるのも悪い気がして、目のやり場を探すように部屋の中をぐるりと見回した。室内は薄暗かった。照明のついていない室内では、カーテンの隙間からわずかに差し込む日光だけが唯一の光源だった。

久しぶりの白瀬家はもう少し僕に懐かしい記憶を思い起こさせてくれるものと思っていたのだが、予想したほどの感動はなかった。淡く鼻腔《びこう》をくすぐるほんのりとした柔軟剤のような匂いだけが、微《かす》かに記憶の栓をくすぐるにとどまった。懐かしいような、気がする。

氷の浮かんだ麦茶を差し出される。彼女が僕の正面に腰掛けてから、またしばらく沈黙があった。仕方なくこちらから会話の糸口を探す。

「さっきの話だけど……」

美月はひとつ頷いてから口を開いたが、すぐに言葉に詰まって俯《うつむ》いてしまう。両手で顔を拭《ぬぐ》うようにしてから深呼吸をし、瞳に涙を浮かべながら慎重に言葉を重ねていった。

「本当は……本当は学校に行って、ちゃんと私が責任を持って対処しなくちゃいけないのはわかってる。私が……悪いんだから。でも、どうしても怖くて、誰にも相談できなくて」

そんな自戒の言葉から、美月の話は始まった。

事の発端は先日開催されたＡＢ組合同のレクリエーション企画だった。僕ら二年Ａ組と隣のＢ組は定期的に合同でレクリエーション企画を実施しており、二週間前の六月十四日は、校庭にて仮装パーティが開催された。パーティといっても所詮《しょせん》は生徒主催の小さな催しなので、ただ単に好きな仮装（コスプレといったほうが実態に即している気がする）をして軽食をとりながら騒ぎましょう——と、その程度のイベントだった。

多くの生徒が思い思いの仮装を楽しむ中、美月は友人たちと誘い合わせて、とあるアイドルユニット風の衣装をこしらえた。パーティが始まって数時間。数え切れないほどの写真を撮影し終えた彼女は、ミネラルウォーターを持って一人、校庭の隅に設置されているベンチに腰掛けたそうだ。午後六時すぎ。緩やかに日が傾き始めた頃だった。

「突然、後ろから肩を叩《たた》かれたの」美月はそのときの様子を振り返る。「それで、耳元でささやかれた。『ねぇ、白瀬さん』って。誰もいないと思ってたから私、ものすごく驚いちゃって」

完全に気を抜いていた美月は慌てて後ろを振り向いた瞬間、さらに驚かされた。彼女の後ろに立っていたのは——

「死神だった」

言うまでもなく、正確には死神の仮装をした生徒がいたということだ。しかしそのときの美月には、それが本物の死神にしか見えなかったという。一見して高価だとわかる艶《つや》やかな黒のローブを纏《まと》い、顔には精巧な髑髏《どくろ》の仮面を着けていた。手には鎌も持っている。見ているだけで目が切れてしまいそうな、寒気がするほど鋭利な刃がついていた。今が仮装パーティの最中だということをどうにか思い出すと、美月はようやくぎこちない笑みを浮かべた。

「びっくりした……驚かさないでよ。すごいね、それ」

この時点で美月は、死神の正体が誰であるのか把握できていなかった。顔は仮面に覆われている。声は女性のものであったが、誰の声であるのか判断するのは簡単ではなかった。あの子はナースの格好をしていたから違う。あの子は魔女の格好をしていたから違う。あの子は――考えても考えてもわからなかった。しかし『あなた誰？』という冷たい一言は、せっかく話しかけてくれた相手の気分を害してしまうような気がして、口にできなかった。

「白瀬さん」

あまりに凶悪な見た目に対して、声は女性というギャップがとんでもなく滑稽《こっけい》で、異様で、でもだからこそ、自分でも不思議なほど怖かった。

「殺して欲しい人とか、いる？」

あっけらかんと放たれた残酷な台詞に、美月は一瞬だけ言葉に詰まってしまう。

「……何それ？　死神だから殺せるの？」

「そう。死神だから殺せるの。誰でも、簡単に」

「……ちょっと、縁起でもないよ」

美月が笑みを薄くしてそう注意したのも当然の話だった。この仮装パーティの一週間前にはA組の村嶋竜也が、そしてさらに二週間前にはB組の小早川《こばやかわ》燈花が相次いで自ら命を絶っていた。同級生が死んで間もないのに仮装パーティを開催するのは不謹慎ではないか——そんな声が一部からあがりながらも、中止は天国の彼らも望まないだろうという判断が下され強行された催しだった。死んでしまった二人は仮装パーティの企画立案を率先して行っていた、クラスの中心人物だったからだ。

よって冷静になるまでもなく、死神の発言はもちろん、そもそも死神の仮装というものがこの場において極めて不適切なものであった。美月は過度に険悪な空気が流れぬよう表情だけは整えていたが、内心、言いようのないやるせなさを感じていた。

「実は——」

死神は朝礼台のほうを見つめながら言った。視線の先では未《いま》だに写真を撮り合って騒いでいる生徒たちがいたが、どうやら死神が見つめていたのは彼らではないようだった。死神は、朝礼台の上に飾られていた二人の遺影を見つめていた。

「村嶋竜也と小早川燈花。あの二人、自殺なんかしてないの」

「……え？」

「私が、殺したの」

「……冗談でも、よくないよ」

「冗談なんか言ってない」死神は再び顔を美月のほうへと向けた。髑髏にうがたれた二つの黒いくぼみが、美月のことを吸い込むように見つめていた。「私にはちょっとした特殊能力が備わっていて、それを使って二人を自殺に見せかけて殺したの」

「やめて」美月はそこで眉《まゆ》をひそめ、わかりやすく不快感を示した。「さすがに、笑えない」

「白瀬さんこそやめて。私、笑わせようとなんてしてない。事実を語っているだけ。もっと真面目に聞いたほうが、あなたのためにもなるよ」

美月の体は寒気に震え始めた。死神はまた騒ぐ生徒たちのほうへと顔を向けてから言った。

「次に殺す相手も、すでに決まってるの。まずは高井健友」

美月は思わず高井の姿を確認してしまう。スーパーマリオの仮装をした彼は、いつものように楽しげに手を叩きながら友人たちとげらげら笑い合っていた。

「その次が、悩みどころなんだけど――」死神は美月の肩に添えたままだった手に、わずかだけ力を込めてみせた。「候補は二人いるの。どちらかには確実に死んでもらわなくちゃいけない。でもたぶん、両方に死んでもらう必要はない」

「……この話、やめよう」

「一人目の候補は山霧こずえ。そして二人目の候補者は――あなた。白瀬美月」

高井のすぐ隣に山霧こずえの姿も確認できた。美月は唇を噛《か》む。

「どっちにしたらいいと思う――なんて質問は、少し意地悪だよね。あなたが何も言わないなら、山霧こずえにしておくけど、それでいいよね？」

「……あなた誰？」

「山霧こずえでいいのね？」

「……答えて、誰なの」

「山霧こずえの代わりに私を殺して欲しいとは言えない、それで大丈夫ね？」

「……いい加減にしてよ」

「わかった。ありがとう」

死神は笑った。もちろん髑髏の仮面は笑わない。仮面の奥からどこか楽しげな吐息の音が漏れてきただけだったが、彼女が笑っているのは間違いなかった。死神はその場を去って行く。誰もいない校舎裏のほうへと向かう背中に、美月は何度も「誰なの」と声をかけ続けたが、死神は返事をすることも振り返ることもなかった。

午後七時になると、何事もなかったように仮装パーティは終わる。死神とのやりとりは瞬間的には胸に大きな不安を残したが、家に帰って風呂《ふろ》に入り布団に潜る頃になると、些《さ》細《さい》な思い出の一つになっていた。胸の隙間に挟まった、小さな、石ころ程度の異物感。土日を挟んで月曜日の登校時、高井健友や山霧こずえと挨拶《あいさつ》を交わしたときにほんの少し思い起こされるものはあったが、気味の悪さや嫌な予感といったものはほとんどなかった。

しかしその日、死神の予告どおり高井健友が空き教室の窓から飛び降りて自殺してしまうと、状況は一変した。

死神の話はすべて本当だったのだ。

美月は確信せざるを得なくなった。死神の言ったとおり、高井健友が死んだ。なら、次に殺されるのは――

『一人目の候補は山霧こずえ。そして二人目の候補者は――あなた』

翌日から美月は学校に顔を出せなくなってしまった。

そして、現在に至る。

「本当にあの死神が、何らかの特殊能力を使って健くんを自殺に見せかけて殺した――そうとしか思えない」

リビングに通されてから、すでに三十分以上が経過していた。二人きりの室内では掛け時計の針の音が必要以上にうるさく響いていた。カチカチというよりは、とん、とん。沈黙を数えるように、どこか気だるげに時を刻む。麦茶はだいぶ前に飲み干してしまった。

「それを止められなかった私も……ほとんど同罪。自分が殺されるかもと思ったら怖くて学校には行けない……でもこずえが殺されるのは絶対に止めたい。すべてをみんなに打ち明けたほうがいいのはわかってる。でも健くんの時に何もしなかったことが知られたら、みんなに責められそうな気がして、そんな些細なことを怖がっている自分自身に嫌気がさして、部屋に閉じこもり続けて、毎日がただすぎていっちゃって……。ごめん、話がまとまんなくて」

　確かに整理された話ではなかったが、言いたいことは概《おおむ》ね把握できた。僕は美月にそれ以上の言葉は必要ないと伝えながら、『みんなに打ち明けたほうがいいのはわかってる』『みんなに責められそうな気がして』の『みんな』という言葉の中に、僕は含まれていないのだなとどうでもいいことを考えていた。

「どうしたらいいかわかんない……でも垣内、お願い。こずえを守ってあげて」

　美月の話を最後まで聞いた僕の胸をいっぱいにしたのは、驚きでも、恐怖でも、ましてや山霧こずえを意地でも守らなければという青臭くて美しい使命感でもなくて、言いようのない虚無感だった。

　それを表情に出さないよう、眉間《みけん》に力を入れてわざとらしいほどの皺《しわ》を寄せる。

　改めて腕を組んで考え直すまでもなく、A組とB組の生徒が一ヵ月の間に三人も連続して自殺したことは、とんでもない異常事態だ。さすがにワイドショーのネタにこそなっていなかったが、小さなネットニュースの記事になっているのは先日クラスメイトの園川《そのかわ》が教えてくれた。様々な人たちが、様々なことを邪推してみたくなるのもわかる。

　それでも、死神が特殊能力を使用して殺したのだ、などという話をされてしまっては、返す言葉もない。美月はいわゆる不思議ちゃんでもなければ、法螺吹《ほらふ》きでもない。本当に心の底から動揺し、錯乱してしまっているだけなのだろう。

死んだ小早川燈花、村嶋竜也、高井健友――いずれの人物にしても、僕より美月のほうがずっと親しかったので、僕がことさらに声を荒らげる気にはなれない。内情をどれだけ知っているのだと言われれば返す言葉もない。それでも、こんな都市伝説めいた陰謀論を説き始めてしまうというのは、あらゆる意味で褒められた行為ではないはずだ。不運なことに飛び降りる瞬間を目撃してしまった生徒もいる。三人ともそれぞれ遺書を用意していた。自殺直後には警察がやってきて何日もかけて細かな調査をしていき、事件性なしだと判断した。

三人は間違いなく、自殺したのだ。

しかし、そんな正論を三人の友人を失って混乱する相手に突きつけるのも酷な話だ。一週間以上学校を休んでいる美月は明らかに冷静な判断能力を欠いている。僕はなるべく当たり障りのない慰めの言葉を残して、５０１号室を後にした。

山霧さんについてはなるべく危険な目に遭わないよう、注意しておくよう心がけるよ。白瀬が会ったという死神の話はものすごく興味深いけれども、たぶん今回の件とは無関係だ。白瀬は悪くない。責任を感じる必要もない。ゆっくり体調を整えて、時機を見て学校に顔を出したらいい。みんな待ってるからさ、みんな。

美月は俯いたまま、何も言わなかった。

3

果たして本当に白瀬家と同じ間取りなのかと疑いたくなるほどに、我が家は狭い。とにかくものが多い。そもそも広くもない３ＬＤＫに六人で住むことが間違っている。ただいま、と半ば独り言のようにつぶやき、すぐに玄関に溢《あふ》れかえった靴を無理矢理端に寄せて自分のローファーをねじ込むスペースをつくる。ボトルネックになっている縦長の収納ラックを避けるため半身になって廊下をすり抜け、リビングで山と化した洗濯物の横に自分の鞄を置く。振り向いた際にスマホをいじっていた弟の背中を蹴飛《けと》ばしてしまい謝り、そこに立たれるとテレビが見えない——と母親と妹に非難される前に素早く子供部屋に向かう。クローゼットを開け、乱雑に畳まれた服の中から着替えを選び身につける。大学で使用する資料をパソコンで作成していた兄が煩わしそうにこちらを覗《のぞ》き見るので、すぐに出て行くよと身振りで合図を送る。

予定していたよりも美月の家に長居をしてしまった。アルバイトの時間が迫っている。家を出る際に弟が「これ友《とも》ちゃん宛に届いてた」と白い封筒を差し出してきたのでよく確かめもせずに受け取り、礼を言ってから鞄に詰め込む。

電車に乗り込むと適当な席に腰掛ける。遅刻はなさそうだと確信すると、ふと思い立ってLINEを立ち上げた。AB組合同で作成されたグループのアルバムを開くと、仮装パーティのときの写真が大量に出てくる。目的の集合写真はあっという間に見つかった。縮小表示のままだと複雑に絡まったカラフルな毛糸のようにしか見えない写真を指で拡大し、AB組合わせて七十人に及ぶ生徒たち、一人一人の仮装をじっくりと観察する。どこから借りてきたのか他校の制服を着ている者がいたり、教師の怒りを買うギリギリのラインを攻めた露出度の高い服を着ている者がいたり、エプロンだけを着用し喫茶店の店員だと言い切った僕のように、それと言われなければ何の仮装をしているのかわからない者がいたりと、実に個性豊かな仮装がそろっていた。しかし、ついに死神の格好をしている生徒は見つけられない。

僕はイヤホンを耳にはめ込んで音楽をかける。気に入っている斉藤和義《さいとうかずよし》の曲が流れ始めたにもかかわらず、こぼれたのはため息だった。

美月の話は、果たしてどこまでが真実だったのだろうか。

死神に出会ったことがそもそも嘘なのか、そういう仮装をした人物はいたものの会話の内容を誤って記憶してしまったのか。いずれにしても美月がそうとう精神的に追い込まれていることは疑いようがない。僕は窓外の景色をぼんやりと眺めながら、小さく顔を顰《しか》めた。

校長が全校集会で言っていたとおり、僕らの学校では相次いで三人もの自殺者が出ていた。

最初の自殺者は小早川燈花という隣のクラス——B組の女子生徒だった。合同のレク企画で何度か顔を見たことはあったはずなのだが、僕にとってはこれといった思い出のない生徒だった。会話をしたことすらない。遺影を見て初めて『そういえばこんな女子もいた気がする』。

写真で見た限りだが、彼女は綺麗《きれい》な顔立ちをしていた。髪はうっすらと茶色に染められ、毛先には緩やかなパーマがあてられていた。学校指定のリボンではなく、それよりも一回り大きなピンク色のリボンを胸につけていた。独自に調達したのだろう。しゃれっ気のある女子生徒の多くは誰でもそうしている。レク企画の運営に積極的だったそうなので活発な生徒だったのだろうが、大声を出して馬鹿騒ぎする雰囲気には見えなかった。場の空気に合わせて適切なサイズの笑顔を提供できるお嬢様タイプ——といったところだろうか。数枚の写真を見ただけの僕が、勝手な推測を重ねてどうにか導き出せるイメージは、そんなところだった。

そんな彼女は五月の末頃に、新棟四階の女子トイレで首を吊《つ》って死んだ。おそらくは放課後に実行したのだろう。変わり果てた彼女の姿が発見されたのは、翌日の朝のことだった。遺体の第一発見者は、美月が死神に殺されるかもしれないと言っていた、山霧こずえだった。足下には倒れた脚立と直筆の遺書があったという。遺書の文面はこうだった。

〈私は教室で大きな声を出しすぎました。調律される必要があります。さようなら〉

どこまで信憑性《しんぴょうせい》のある情報なのかはわからないが、多くの生徒たちがこの文言こそが彼女の最後の言葉だったと信じている。

二人目の自殺者は村嶋竜也。僕と同じA組の男子で、とにかく目立つ生徒だった。身長が百九十近くあったということもあるし、純粋に顔がかっこよかったということもある。声が他の生徒より一段階低かったのも、彼の存在感を際立たせるアクセントになっていたように思う。彼が口を開くと、誰もが自然と耳を傾けざるを得ない空気ができあがった。人望のない教師に比べれば、彼のほうがよっぽど強力な発言権を持っていた。

元々はバスケ部で活躍していたらしいのだが、股関節《こかんせつ》、膝《ひざ》もしくは足首――とにかく下半身だったと思う――を悪くしてしまい、惜しまれながら二年進級時に退部。そこからは帰宅部の一員になった。他クラスの友人が多く、休み時間ごとに多くの生徒が彼に（彼だけにというわけではないのだろうが）会いにやってきた。女子からの人気も相当なものだったはずだ。B組の女子と交際しており、そんな二人の関係性こそが、AB組合同のレク企画立ち上げのきっかけにもなったのだと、少なくとも僕は認識している。

彼は小早川燈花が首を吊った次の週に、視聴覚室の窓から飛び降りて命を絶った。視聴覚室は四階にあり、落下した先はアスファルトだった。即死だったそうだ。噂によればバスケ部に在籍するC組の生徒が落下する瞬間を目撃したとのことだったが、詳細は知らない。僕はいくつかの眉唾《まゆつば》な噂を耳にしてはそれを大嘘だと決めつけ、いくつかのそれらしい情報にも疑いの眼差《まなざ》しを向けた。結局、直筆の遺書があったらしいということと、その文言が以下のようなものだったということ以外、僕は何も知らない。

〈私は教室で大きな声を出しすぎました。調律される必要があります。さようなら〉

小早川燈花のものと、まったく同じだった。

さすがに二週続けて自殺者が出たことに学校は揺れた。小早川燈花の死を嘆いての後追いという可能性がもっとも理解しやすいものであったが、二人がそこまで深い関係にあったとはとても思えないというのが親しい生徒たちの総意だった。二人は表向きにもほどほどの仲の良さを保っていたし、人目を忍んで巧妙に交際をしていたというのも考えにくい。

あんなに元気だったのに、なんで、どうして。

しかし友人たちの疑問が解消されるよりも先に、三人目の自殺者が出てしまった。

高井健友が空き教室の窓から身を投げたのは、村嶋竜也の死のおよそ二週間後で、今日から数えると十日前の出来事ということになる。村嶋竜也をどっしりと構えたリーダータイプだと評するならば、高井健友は常に大声を出しては活発に動き回るムードメーカータイプだった。流行《はや》りの芸人の真似をいち早く取り入れてはそれを連発。誰彼かまわず平気で声をかけることができる社交性の塊のような人物だった。前髪をヘアーゴムでちょんまげのようにまとめるのがポリシーのようで、何人もの教師にやめるよう注意されながらも『校則違反ではないっしょ』を決まり文句にテコでも変えようとしなかった。

そんな彼も、さすがに二人の死に相当参っていたようだ。仮装パーティではどうにか元気にはしゃぎまわっていたが、無理をしているのは誰の目にも明らかだった。普段から陽気な人間は落ち込んだときの落差が顕著に出てしまう。

彼は月曜日の放課後、空き教室のベランダから中庭に向かって飛び降りた。まだ午後五時前だったので、向かいの音楽室では吹奏楽部が活動をしている真っ最中だった。不幸にも何人かの生徒が落下する瞬間を目撃してしまい、その中のさらに数人は精神的なショックから学校に来られない状態にまでなってしまったらしい。彼が飛び降りたベランダには、綺麗にそろえられた上靴と、やはり遺書とが残されていたのを現場に居合わせた事務員が確認している。

遺書の文面は、

〈私は教室で大きな声を出しすぎました。調律される必要があります。さようなら〉

死神の存在を信じたくなる美月の気持ちも、わからないわけではない。それでも特殊能力の存在を真剣に検討するよりも、一種のウェルテル効果を疑うほうが明らかに建設的だろう。一つの自殺が、また一つの自殺を呼び、さらに次の自殺を呼んだのだ。憂鬱《ゆううつ》は簡単に伝播《でんぱ》していく。

達観したことを言って偉ぶるつもりはないが、思春期ならなおのことだろう。誰もが筏《いかだ》にしがみついて、波の高い海を遭難するようにして生きている。過度に絶望してみせることすら、一種の希望なのだ。遺書の文面が同じだったという噂については単純にデマだろうということで僕の中では決着がついていた。何が何でもそこまで似るはずはないだろうし、そもそも誰かが読み上げたわけでもないのにここまで多くの人が文面を知っていることに違和感を覚える。すべては噂好きの生徒たちによって少しずつ積み上げられた虚構の重なりに違いない。

　彼ら三人はみんな、本当に自殺したのだ。

　理由はわかるはずもない。彼らには彼らなりに越えがたい波があったのだろう。彼らが僕の悩みを理解できないのと同じように、僕もまた彼らの悩みを理解してあげることはできない。

　三人の自殺者のこと、久しぶりにまともに会話をした美月のこと、彼女の口から飛び出した死神による陰謀論のこと。そういったあらゆるもやもやは、バイト先の慌ただしい空気の中にあっという間に溶けていった。

　僕の仕事はショッピングモールのフードコート内にある蕎麦屋《そばや》で、ひたすらに蕎麦を茹《ゆ》で続けることだった。寸胴《ずんどう》に注文を受けた分の麺《めん》を落とし、長い菜箸《さいばし》でほぐして躍らせる。茹で時間はわずか一分半。それでも夕食どきは冗談みたいに注文が殺到し、最高難度のリズムゲームをプレイしているような気持ちになって何が何だかわからなくなってくる。繁盛の理由はうちの蕎麦が格別に美味《うま》いからではなく、この店の他にろくな飲食店がないからだ。前日に工場で打たれてからのんびりと輸送されてくる麺を、高校生のアルバイトがなんとなく茹でているのだ。評判を生むはずもない。

二時間半が経過すると短い休憩に入る。茹で汁と薬味がついた前掛けを外して、バックヤードにある他店と共有の休憩スペースへと向かう。ＮＨＫには興味をそそられなかったのでテレビからは距離を置き、声の大きかった惣菜屋《そうざいや》の二人組からも目一杯に距離をとる。座ってすぐ楽器屋からもらってきたマーチンのカタログを取り出そうとすると、鞄に突っ込んだ指先には馴染《なじ》みのない感触があった。細長い、でも厚みのある白い封筒が入っている。

出掛けに弟が渡してきた封筒だ。確かに垣内友弘《ともひろ》様と書いてはあったが、裏面に肝心の送り主の名前はなかった。どことなく気味が悪くなり、しばらくひっくりかえしては元に戻してを繰り返していたのだが、開ける他に選択肢はないと気づいて封を切る。中から出てきたのは綺麗に畳まれた七枚の便箋《びんせん》だった。

おそらく万年筆で綴《つづ》られたのだろう抑揚のある青いインクを追い始めてすぐ、僕は言葉を失った。

拝啓

初夏のみぎり、垣内様におかれましては文武にご活躍のこととお慶《よろこ》び申し上げます。

さて、この手紙を受け取ったあなたは、まったく心当たりのないことに大いに戸惑っていることと思います。無理もありませんが、一つ一つ理解していただければ幸甚の至りです。

　諸事情あって名前は明かせないのですが、私はあなたが現在通われている私立北《きた》楓《かえで》高校の卒業生です。高校時代の思い出は楽しいものから悲しいものまで枚挙に暇《いとま》がなく、ここにすべてを記すことはとてもかないません。今のあなたがそんな高校時代の只中《ただなか》にいることをどこか羨《うらや》み、しかし同情し、同時に励ますような気持ちで筆を走らせています。長い導入に焦《じ》れったい思いをされているかもしれませんが、緩やかで迂遠《うえん》な書き出しはこれから伝えることの重大さ、非現実性への布石だと受け止めていただければ幸いです。

　本題に入ります。北楓高在学時の私は、少し変わった能力を使用することのできる生徒でした。それは人より耳がいいとか目がいいとか、あるいは舌先が鼻の頭にまで届くといった常識の延長にある特殊性のことではなく、もっと超常的で特別なものでした。こういった能力を持つ生徒のことを、我々は伝統的に《受取人》と呼んでいます。能力は卒業と同時に在校生へと代々引き継ぐのが慣習になっているので、能力を受け取った者の意として《受取人》という呼び名が定着したのでしょう。これが正式名称であるのか俗称に過ぎないのかは私の知るところではありません。いずれにしても、北楓高校には常に四人の《受取人》が存在しており、それぞれ異なった能力を有しています。

　ここまで書けばお察しいただけるかもしれませんが、この度、本能力の三十三代目の《受取人》にあなたが選ばれましたのでこの手紙を認《したた》めた次第です。前述のとおり卒業と同時に能力を引き継ぐのが基本ではあるのですが、今回は私が指名した三十二代目の《受取人》が不幸にもこの世を去ってしまいましたので、急遽、卒業した身である私が再度《受取人》を指名する必要に迫られました。

失礼ながら在校生の名簿だけを見て適当に再指名を行いましたので、私はあなた様がどのような人となりであるのか存じ上げません。あなたが良識のある人物で、この能力をきっと学校の平和と生徒の幸福のために活用してくれるものと願っております。

卒業する際には、やはりあなたも本能力の三十四代目の《受取人》を選定する必要があります。よって在学時から《受取人》に値する人物を厳選しておくことを強くおすすめいたします。選出時の手続き、手紙の書式、名簿の取り寄せ方法等は別紙にまとめておきましたのでご参照ください。

どうして北楓高校に四つの能力が伝わっているのかということについては、本学の創立者である岸谷亮兼《きしたにりょうけん》氏の自伝に詳しいので、気になった場合はご参照ください。図書室に一冊だけ所蔵されています。以下、本能力に関する説明と、基本的なルールを列記いたします。先の文章と重複する箇所もありますが、熟読することをおすすめいたします。

■あなたの能力について

1. あなたに与えられた能力は『嘘を見破る能力』です。
2. 発動条件は体に瞬間的に強い痛みを与えることです。
3. 痛みを覚えてまもなく耳にした他人の台詞について、あなたはその発言が嘘であるのかどうかが判定できるようになります。
4. 仮に発言が嘘であった場合、あなたには言葉が震えたように感じます。この『震え』を具体的に言葉で表現するのは非常に難しいのですが、実際に耳にすればすぐに理解できると思います。声が膨張したような、歪《ゆが》んだような感覚になります。
5. ただし能力は同一人物に対して三回までしか使用できません。能力の使用は計画的に、慎重に行うことを推奨します。

■《受取人》について

1. 校内には常時、あなたを含めて四人の《受取人》が存在しています。すべて生徒です。
2. 彼らは、それぞれ異なる能力を有しており、その発動条件も異なります。
3. 能力の内容と発動条件を他人に知られたり、言い当てられたりすると、力は瞬く間に失効してしまいます。よってあなたは能力の詳細を誰にも語ることはできません。力を人に見せつけるような真似もおすすめできません。

4. すべての能力は私立北楓高校の敷地内でしか発動しません。

5. 卒業時、あなたは次の《受取人》を、新入生を含めた在校生の中から選出する必要があります。

6. 選出せずに卒業した場合、新一年生の中からランダムで新たな《受取人》が選出されます。

7. 《受取人》が死亡した場合は、先代の《受取人》が新たな《受取人》を在校生の中から再度選出する必要があります。

8. 能力を言い当てられるなどして能力が失効した場合、次の《受取人》は三年後の新一年生の中からランダムで選出……

僕は静かに便箋を畳んだ。

よくここまで読んだものだと我ながら感心した。さすがにこんな手紙で胸を躍らせるほど子供だと思われているのだとしたら甚だ不愉快だったし、それ以上にこんなものをせっせと書いている姿を思い浮かべると肺の隅から隅まで虚《むな》しさでいっぱいになる思いだった。

これを書いたのは、間違いなく美月だろう。

やや達筆すぎるような気もしたが、美月の筆跡なんて実際のところよく知らない。おそらくは先ほどの死神の話を信じさせるためにわざわざこれを僕の家の郵便受けに忍び込ませたのだろう。そうとしか考えられない。彼女の予想では、この手紙を読んだ僕がぷるぷると手を震わせて『美月の話は本当だったのだ。学校には四人も能力者がいて、そのうちの一人が死神だったのだ』とでも確信してくれると思ったのだろう。

　いったい何が彼女をそうまでして死神による陰謀論に固執させるのか。僕は現実が見られなくなってしまった美月の現状に不覚にも涙を浮かべそうになり、慌てて首を横に振った。

　封筒を鞄に放り込もうとしたときに、切手の上に消印が押してあることに気づいた。昨日の日付だった。やや奇妙だ。当然ながら、そうなると美月はこれを昨日の時点で書き上げてポストに投函《とうかん》していたということになる。つまり美月は、今日僕が訪れると訪れないとにかかわらず、僕を呼びつけてでもあの話をするつもりだったということだろうか。いや、手紙が届いてから改めて説明するつもりだったのだろうか——と、いろいろなことの整合性を考え始めたところで、頭の上から声が降ってきた。

「ラブレター？」

　休憩室で会うごとに声をかけてくるタピオカドリンク屋ののり子《こ》さんだった。

　僕は違いますと言って封筒を鞄にしまった。「なんか、変な手紙でした」

「不幸の手紙？」

「そんな感じかもしれません」

「え、何それ。めっちゃ怖いんだけど」と言いながら、がははと手を叩く。

一般的に健康的な体つきと言われるところから更にもう一回り半ほどふっくらとした彼女と知り合ったのは、働き始めて間もない頃だった。やはりここで休憩していたときに、これは誰かと人違いをされているのではないかと思うほどフランクに話しかけられた。「私の名前は『のり子』です」と自己紹介されたわけではなく、彼女の着ているエプロンに『のり子』とカラフルな丸文字で書いてあるのを見て名前を把握しているだけなので、一度も彼女のことを名前で呼んだことはない。さすがに偽名や源氏名ではないと思うが、万が一を考えると名前を呼ぶ勇気は湧いてこなかった。一方の僕はおそらくどこかで名乗ったことがあるのだろう。いつの間にか愛称をつけられていた。

「そういえば垣《かき》ちゃん、北楓だよね？　今ヤバいんじゃないの？」

「……自殺のことですか？」

「そうそう。なんか四人も五人もって。記事がちょいバズってるの見たよ」

「三人です。よく知ってますね」

「学校名見たときに『垣ちゃんのとこだ！』って思って、めっちゃビビったよ。自殺に不幸の手紙なんて、けっこうヤバいんじゃないの？」

広くもない休憩室に自殺という刺激的な言葉が響くと、周囲の視線が自然と集まってきた。僕は声のトーンを落として、

「手紙はたいしたことじゃないです。自殺は、たまたま重なっちゃっただけだと思いま

すよ」

「ふうん。でもなんか怖いよねぇ……あ、ギターやっと買えそうなの？」

　僕の鞄からマーチンのカタログがはみ出しているのを見つけたのだろう。奔放に話題を切り替えることに抵抗のないのり子さんは、また大ぶりの笑顔を見せた。

「まだ、もうちょっと貯めないとダメですね。二十万以上するやつにしようと思ってるんで」

「に、二十万⁉　大学でバンドサークルに入ってる友達は一万ちょっとのやつ買ったって言ってたけど、エレキじゃないやつってそんなに高いの？」

「普通に安いアコギもありますけど、せっかくならいいやつが欲しいんで」

「はー、垣ちゃんはストイックだ。すごい高校生だよ」

　それから彼女はしばらく脈絡なく様々な話を提供してくれた。大学のつまらない授業は軒並み自主休講を決め込んでいること、最近ネットフリックスに加入したので日がな一日アメリカのドラマを見て過ごしていること、個人的なマッコリブームが到来してしまい一人暮らしの部屋で記憶がなくなるまで飲み続けてしまったこと。

　明確なオチも重要な意味も身につまされる教訓もないそれらの話に、それでも僕はいつも救われるような気持ちになった。というのも彼女が語るエピソードの主導権はいつも、きちんと彼女が握っているからだ。そんなところに、妙な温かみと楽しさを覚えてしまう。

今日は突然だったのに出勤してくれてありがとう、明日は代役が立ったから垣内くんは休みで大丈夫だよと店長に言われ、僕は仕事を終えた。ロッカーで着替えながらツイッターを眺めていると、すぐそこのロータリーでイシミズさんが弾き語りをしているという情報が入ってくる。脱いだシャツをダンクを決めるようにして慌てて洗濯業者行きのカゴへと放り込んだ。

時間も時間だったので終わってしまっているのではないかと不安だったが、どうにか最後の一曲には間に合った。背伸びをしないと当人を見つけられない程度には人が集まっていた。さほど人通りの多いロータリーではないのだが、さすがにその辺に転がっている学園祭に毛が生えたレベルのミュージシャンとは地力が違う。まるで声そのものがヴィンテージの楽器のよう、ジャジーに、甘く、アコースティックに響く。酒焼けしたようにかすかすで、だけれども、意図したところ以外では絶対に裏返らないし、歪まない、よく統制された声は、一度聴いたら永遠に忘れられない。他方、手元も決しておろそかにしない。歌いながらとは思えないほどフォークギターは雄弁にかき鳴らされ、随所に気持ちのいいカッティングが細かく入る。

やはり別格だ。

人が捌《は》け始めたところで挨拶をする。イシミズさんは自主制作したCDをケースにしまう手を止めると、ストローハットを少し浮かせて挨拶を返してくれた。

「またバイト帰り？」

「はい」

「体、壊すなよ」

歌うときとは打って変わって、喋《しゃべ》るときのイシミズさんの声はびっくりするほど澄んでいて優しい。そのギャップがとんでもない逸材の証《あかし》であるような気がして、僕はまた一段と感動してしまう。早速、買うべきギターを吟味してもらおうと僕がカタログを取り出そうとすると、それを察したイシミズさんは僕を制して、

「OK。だけどまずメシ行こう。奢《おご》るよ」

初めてのことではなかったが、そうあることでもないので素直に嬉《うれ》しかった。さんざ茹で続けた蕎麦以外のものでさえあれば吉野家でもマクドナルドでも文句を言うつもりはなかったので、日高屋でもいいかいと訊かれたとき首を横に振る理由はなかった。遠慮するなと言われたので、ラーメンにチャーハンをつける。イシミズさんはまだ二十代前半だろうが、それでも夜に家族以外の大人ととる食事には喩《たと》えがたい誇らしさと幸福感があった。

ラーメンを食べ終えたイシミズさんは爪楊枝《つまようじ》を咥《くわ》えたままカタログをしばし眺めると、

「もうマーチンでいこうと思ってるんだ？」

「なんとなくですけど、はい」と僕は頷いた。イシミズさんも使ってるんでとは言わなかった。

「なら定番だけどD-28でいいと思うけどな……あとは実機を見たときと触れたときの

フィーリングだな。楽器屋には何回か足を運んだほうがいい。似たように見えていた楽器の個性がだんだんとわかるようになってくる」

「ネット通販とかよりは、やっぱり楽器屋のほうがいいんですかね？」

「まあ、実店舗で買うとメンテとか頼みやすいし、そっちのほうが無難だろうね。ところで――」

イシミズさんは空いていた右手でしばらく耳たぶを触ると、やがてデコピンの要領でぴんと弾《はじ》いてみせた。彼がよく見せる所作の一つだった。ミュージシャンだからという先入観があることは認めるが、まるで常にリズムを刻んでいるように見えて僕は好きだった。

「本当に、エレキとかには興味ないの？」

「エレキ？　まあ、そうですね。どうしてですか？」

「いや、どっちかって言えば若い子はそっちに興味があるんじゃないかなって思っただけだよ。一応、技術的な話をするとエレキのほうが弦は押さえやすいからエントリーに向いているという人もいることにはいるしね」

「そうなんですね……でもエレキだとなんていうか、バンドになっちゃうじゃないですか」

イシミズさんは爪楊枝を右手でつまみ出すと目を大きく見開き、

「そりゃそうだ」

ギターケースを担いだイシミズさんの横を歩く僕の姿は、ともすると彼の音楽仲間のように見えているのではないだろうか。夏の夜、湿度の高い空気を切って歩きながら、僕はそんなことを考えていた。いつもより心なしか胸を張っているのが自分でもよくわかる。

「どのくらい練習すればイシミズさんみたいに自由に演奏できるようになりますか？」

「自由？　心外だな、そんなに譜面を無視してるように感じた？」

「あ、いや、ごめんなさい。悪い意味で言ったつもりじゃないんです。ただ、なんかこう演奏も歌もうますぎて、何ものにもとらわれていない感じがあって、それが自由っていうか――」

「冗談冗談」イシミズさんは笑った。「わかってたよ。ちょっとからかってみたくなっただけだ」

僕はイシミズさんを不快にさせたわけではないことに過度に安心してしまって、何も気の利いた返答はできなかった。力ない笑みを浮かべるだけ。

「まあ、でも、きっと君はすぐに上手になるよ。高いギターを夜遅くまで働いて買おうってんだから。その金銭的な苦闘と、欲しいけどなかなか手に入らない時間的な焦れったさが、実機と出会ったときにプラスに作用してくれる。練習したら練習した分だけうまくなるさ。僕くらいのレベルになるのが目標なら、そんなのあっという間だよ」

「そんな、とんでもないです」と言ってすぐ、自分の発言がまた受け取りようによっては失礼にあたるのではないかと考え始めて僕は混乱してしまった。まごまごして二の句が継げないでいると、イシミズさんは僕の不安を払拭《ふっしょく》するよう柔らかく笑いだした。

「悪魔に魂を売ってみるのもひとつの手だね」

「……悪魔？」

「クロスロード伝説って知らない？」

僕が首を横に振ると、イシミズさんはちょうど信号待ちで立ち止まった大通りの交差点を指さしてみせる。

「ロバート・ジョンソンってギタリストがいたんだけど、彼はクラークスデールの交差点で悪魔に魂を売り渡し、その代わり超人的なギタースキルを身につけたんだ。彼のギターはあまりにも革命的で、多くの人にとんでもない衝撃を与えた。でも彼は契約の代償により、二十七歳の若さでこの世を去ってしまう。それがクロスロード伝説」

「本当ですか？」

「はは、伝説だよ」

「そりゃ……そうですよね」

なんでそんなことを訊いてしまったのだろうと、自分がひどく情けなくなった。

目の前の交差点を何台もの車が通り過ぎていった。無数の赤いテールランプが暗い夜の中で細長い残像を残しては薄れ、また新たな残像によって上塗りされていく。僕は交差点のちょうど中央部に超人的なギタースキルを授けてくれる悪魔の姿を思い浮かべようとしてみた。しかし悪魔とはどんな容姿をしているのだろうと考えているうちに、ほんの数時間前に聞いたばかりのとある陳腐なイメージが頭の中で主張を始めた。

黒いローブに、髑髏の仮面、手には大きな銀色の鎌。

「……死神」

口に出してしまい、やっぱり僕はひどく後悔した。一瞬にしてイシミズさんとの交流のすべてが、稚拙な陰謀論の中に飲み込まれてしまったような気になる。

「死神？　まあ、遠くはないかもしれないね」

僕は交差点の中央に立つ死神のイメージを必死に消そうと努力した。それでも思いのほか彼——いや、美月の話によれば『彼女』だったか——のイメージは強力で、なかなか記憶の外には消えていってくれなかった。悪魔に魂を売って二十七でこの世を去ったロバート・ジョンソン。ならば自殺してしまった三人の同級生たちも、死神に魂を売ってしまったとでもいうのだろうか。あまりに、あまりに馬鹿馬鹿しい。

信号が青に変わったところで、ようやく死神の幻影は消えた。

4

突然だった。

あまりに突然のことだったので、僕はしばらく事態を正確に把握できなかった。そのときの僕は、担任が去った後の教室で果たしてこのまま帰宅してもいいのだろうかと、荷物を摑《つか》んだまま周囲の様子を窺《うかが》っているところだった。それは僕——そして僕らにとって——非常に重要で、非常に繊細な問題を孕《はら》んでいたのだ。

すでに触れたが、僕たちA組と隣のB組は二年進級時から合同でレクリエーション企画というものを実施していた。A組の一部の人間が発起人となり『全員が本当に仲のいい最高のクラス、最高の学年』を標語として掲げ、B組を巻き込んで始めた企画だった。

最初はカラオケのパーティルームを借り切ってののど自慢大会だった。その後すぐに形に残るものも作ろうと自己紹介を兼ねた文集が作成され、続いて誰かが体を動かそうと言いだし水鉄砲を撃ち合うサバゲー大会もどきが立案された。校庭の使用を許可してもらえるよう依頼したところから、活動が多くの教師にも認知されるようになった。授業をしにくる教師たちが代わる代わるレクリエーション企画の話題を持ち出し、多くの教師が面白いことをやるもんだと僕らのことを褒めた。

レクリエーション企画本番はもちろん、基本的にはその前段階の企画会議からAB組の生徒は全員参加が義務づけられていた（全員で決めることに意義があるとされていたのだ）。企画会議も、レクリエーション企画本番も、必ず金曜日の放課後に行うというのがルールで、部活がある生徒も顧問と相談しながらうまく会議に参加できるよう調整していたようだった。一度だけ大会があると言って午前中から公欠扱いだった吹奏楽部員がごっそり会議を欠席したことはあったが、それ以外で欠席者らしい欠席者の姿は見たことがない。さほど部活に熱心な学校というわけでもないので、この辺は部活側も割合簡単に調整ができたのかもしれない。帰宅部の僕にはもちろん詳細はわからないが。

さて、仮装パーティに続く次の企画はどうするのだろう。

それを決める会議こそが、他でもない、この金曜日の放課後に開催されるはずであった。いつもはレク委員の「では、多目的室に移動します」の一言でぞろぞろと移動を始めるのだが、今日は心のどこかでそうはならないのではないかと——おそらくは僕以外の多くの生徒も——予感していた。理由は単純で、この合同レクリエーション企画を立ち上げた発起人たちが、相次いで自殺してしまったからだ。

バスケができなくなり新たに打ち込めるイベントを探した村嶋竜也。彼に声をかけられ彼の恋人とともにB組をとりまとめていた小早川燈花。率先してアイデアをひねり出し、いつも場を盛り上げていた高井健友。彼ら三人がいなければ、レクリエーション企画は成立しなかった。先週は高井の訃報《ふほう》から間もないこともあって明確に『今日は中止』という号令が出されたが、今のところ今日の会議についてのアナウンスはない。

さすがに、やらないのではないか。そう判断したのだろう。何人かの生徒がゆっくりと荷物を鞄に詰め、遠慮がちに一人、また一人と席を立ち始めた。準備を整えた二、三人の生徒が僕の前を通って教室の外へと出て行き、これは僕も荷物をまとめるべきだろうかと考え始めたところで、稲妻のような怒号が飛んだ。

「ちょっと！」

山霧こずえが化粧で強調された大きな目で、廊下へと抜けだした生徒たちを睨《にら》みつけていた。

「なんで帰ろうとしてるわけ？」

誰もが表情を凍らせて硬直する。端《はな》から返答を期待していなかった山霧こずえは大きなため息をついてから更に、

「信じらんない。みんなでやろうって決めたことじゃん」悲しい記憶が蘇《よみがえ》ったのだろう。少し泣きそうになると一呼吸置いてから「え、本当に信じらんない。みんないなくなっちゃった今だからこそ、私たちが団結しなくちゃいけないの、わかるじゃん普通に」

彼女の一言にすぐに林未来《みく》と仁《に》科萌香《しなもえか》が同調の意を示し、荷物をまとめようとしていた生徒たちは静かに筆箱やらノートやらをまた机に広げ始めた。山霧こずえは、廊下に出て行った生徒が全員教室に戻ってくるまでしばし仁王のように立ち尽くした。

僕は彼女たちの意見に納得したように小さく頷きながら、ふと机の上にたまっていた消しゴムのカスが気になった。かき集めて教室の前方にあるゴミ箱に捨ててしまおうと、本当にたったそれだけのことが頭をよぎった。こぼさないよう慎重に手に包んで、立ち上がって——

最初は何が起きたのか、まったくわからなかった。僕はカスを床にばらまいて、とんでもない痛みが走ったつま先を瞬間的に押さえていた。しゃがみ込んですぐ、床に広辞《こうじ》苑《えん》が転がっているのを見つけ、なるほどこれが黒板の横の棚から足下に落ちてきたのだと気づき、じゃあ誰がこれを落としたのだろうと視線を移動させると、廊下から戻ってきた男子生徒の鞄が引っかかってしまったのだと理解できた。涙が浮かんでしまうほどの激痛だったが、彼が僕に気づいていないことも含めて、そこまでは何らおかしなことはなかった。異変が起きたのは、山霧こずえが教室全体に向かって大きな声を出したときだった。

「一人でも欠けたら本当に困るんだから、みんな自覚持ってよ」

驚きで痛みも忘れる。

声が、震えた。

それ以外に表現の方法が見つからなかった。

間違いなく声が、震えたのだ。

僕は初め、彼女が何か小型の拡声器かボイスチェンジャーみたいなものを使用したのではないかと疑った。しかしそんなものは影も形も見当たらなかったし、普通に考えてそういったものを使用する必要性はまったく感じられない場面だった。山霧こずえは先ほどから変わらず不快感を露《あら》わにしており、とてもではないが何かしらのジョークを挟みそうな雰囲気ではない。ならばあれは何だったのだ。誰かに助言を求めたかったが、僕以外の誰一人として彼女の声に異変を感じている様子でなかったのも不可解だった。

ひょっとして、僕にしか聞こえていないのか。

そこまで考えてようやく、僕は昨日の手紙の存在に思い当たった。そんな万に一つの可能性を真剣に検討し始めている自分が自分で愚かしくて、でもそれ以外に考えられるものもなくて――心をミキサーにかけられたような複雑な思いを抱えながら、昨日から鞄に入れたままにしていた手紙をこっそりと開いた。

■あなたの能力について

1.あなたに与えられた能力は『嘘を見破る能力』です。

2.発動条件は体に瞬間的に強い痛みを与えることです。

3.痛みを覚えてまもなく耳にした他人の台詞について、あなたはその発言が嘘であるのかどうかが判定できるようになります。

4.仮に発言が嘘であった場合、あなたには言葉が震えたように感じます。

冗談だろ。

誰にも聞こえない声でつぶやくと、僕は隠すように手紙を鞄の奥に突っ込んだ。まだ信じられない。簡単に信じられるわけがない。

山霧こずえに促されて二階の多目的室に移動する。多目的室は通常の教室に比べれば明らかに広かったが、それでもふたクラス分の生徒が集まればそれなりの人口密度になる。机や椅子はなくタイルカーペットが敷いてある。僕は一緒に座ろうよと言ってきた園川とともに、レク委員たちの声がぎりぎり届く最後方に腰を下ろした。

山霧こずえはホワイトボードに大きく『7月5日（金）のバーベキューについて　＋　8月の予定について』と書き、五日のバーベキューは当初の予定どおり開催することを明言すると、今からアンケート用紙を配るので夏休み中のイベントについてアイデアを出して欲しいと言った。前方からまわってきたアンケート用紙には山霧こずえのアドレスが記載されており、いいアイデアがあればメールで送って欲しい、ＬＩＮＥを知っている人はＬＩＮＥでもいいし、直接言ってくれてもかまわないと書かれていた。

「あれさ、二日の吉見《よしみ》川《がわ》の花火大会を、プールで見せてもらおうって話はどうなったの？　あれでいいじゃん夏休みのイベント」

「プールの使用は危ないからダメだと言われました。別の案をお願いします」

「マジかよ～、花火めっちゃいいのに～」

「ならさ、校庭で宴会やるのはどうよ？　お酒はダメだけど、飲み物いっぱい用意してさ」

「いっそ浴衣《ゆかた》でダンスコンテストとかやろうよ。うちマジで頑張るよ」

「せこっ。そんなの絶対萌香とミクの独壇場じゃん」

多目的室前方で繰り広げられるあらゆるやりとりは、言うまでもなく今の僕にとって何一つ意味をなさなかった。動画サイトでインサートされる興味のない宣伝広告のように、心の浅い部分を撫《な》でただけで通り過ぎていく。

僕は筆箱につけていたキーホルダーに安全ピンがついているのに気づいて外し、それをひとまずポケットにしまった。続いて配られたアンケート用紙を裏返して、白紙部分を睨みながらペンの先を噛む。やがて懸命に知恵を絞って三つの文章を書き上げると、さっきから何やってるのと小声で尋ねてきた園川にそれを見せた。

「これ、一つずつ読み上げて。一つ読み上げたら少し間を開けてからまた次のを読んで」

「これを、いま？」

僕は頷くと、アンケート用紙を園川に手渡した。園川が文を読み上げる前に素早くポケットの中に手を伸ばし、気取られないように安全ピンを太ももに刺した。ピンの先は想像していたよりもずっと太く、思わず声が漏れそうになった。しかしどうにか喉の奥でこらえ、園川の声に耳を澄ませる。

「私の名前は垣内友弘です」

疑いようもなく、声は震えた。

やはり気のせいではなかった。とんでもない現実が、水平線の向こうから顔を覗かせようとしていた。心臓が早鐘を打ち始める。本当にこれでいいのかという様子でこちらに視線を送ってきた園川に頷いてやると、次の文を読み上げるよう目で合図を送った。

もう一度、ポケットの中で安全ピンを太ももに突き刺す。

「私の名前は園川春吉《はるよし》です」

口にしたことが嘘でなければ声は震えない。手紙のとおりだった。

これはいったい何のテストなんだ早く種明かしをしてくれよと楽しそうに頬をほころばせ始めた園川を制し、最後の一文を読み上げてもらう。こちらから頼んでおきながら理不尽なことを考えているのは百も承知だったが、それでも僕は園川がへらへらとしていることに言いようのない不満を覚えていた。とんでもないことがいま明らかになっている。笑っている場合じゃないんだよ。

痛みが中途半端だと能力が発動しないのではないかと不安になり、僕は先ほどとは少しずれた場所を安全ピンで刺した。すぐに園川が最後の一文を読み上げる。

「楽器メーカー、マーチンの創業者はアメリカ人です」

僕は痛みを逃がすようにゆっくりと息を吐くと、礼を言ってから小さく頷いた。

最後の文を読み上げたとき園川の声は震えなかった——が、これは情報としては誤ったものであった。マーチンの創業者であるクリスチャン・フレデリック・マーティンはドイツ人で、アメリカ人ではない。よって客観的に言えば園川は嘘をついたということになるのだが、

「楽器メーカーなんて知らないよ。ヤマハくらいしかわかんない。で、これなんなの？」

園川自身はその事実を知らなかった。つまり彼の中では『嘘をついた』という自覚がなかったということになる。よって園川は誤った情報を口にしたが、嘘はついていないということだ。声が震えないのは、判定として極めて正しい。

更に新たな質問で実験をしようと思わなかったのは、検証はすでに十分だと判断していたということもあったが、それ以上に自分でも呆《あき》れるほどきちんと手紙に書いてあったルールを覚えていたからだ。

5.ただし能力は同一人物に対して三回までしか使用できません。能力の使用は計画的に、慎重に行うことを推奨します。

あの手紙は美月が作った小道具などではなかった。すべて、本物だったのだ。ならばドミノが倒れていくように、必然的に明らかになっていく事実がいくつかある。ドミノのスピードはあまりにも速すぎて、なめらかで、僕の思考はすぐには追いついていけない。それでも一つ一つ整理していく必要があった。一つとして事実の確認を、踏み違えてはいけない。

――校内には常時、あなたを含めて四人の《受取人》が存在しています。すべて生徒です。

2. 彼らは、それぞれ異なる能力を有しており、その発動条件も異なります。

3. 能力の内容と発動条件を他人に知られたり、言い当てられたりすると、力は瞬く間に失効してしまいます。

僕の他にも、この学校には三人の能力者――《受取人》が存在している。そして彼らは互いの能力を明かし合わずに、ひっそりと息を潜めるようにして校内に潜伏している。

三人の自殺について美月と話をする前から、個人的にずっと疑問だったことがある。そういうものなのだろうと思って無関心を貫いていたからこそ無視し続けることができたが、ここまで条件が整うと、その事実はあまりにも強烈な違和感を発し、もはや看過することなど到底できない。

どうして三人は、そろって学校で死ぬことにしたのだろう。

自殺する人の気持ちなど完璧《かんぺき》にはわからない。それでもいざ自分が死のうと決めたとき、わざわざ死に場所として学校を選ぶだろうか。首を吊る勇気があるのなら入念に準備のできる自宅を選ぶし、それができないなら電車に飛び込むことを選びそうなものだ。

でも彼らがそうしなかったのは――

4. すべての能力は私立北楓高校の敷地内でしか発動しません。

『三人とも自殺なんかじゃない。燈花も、竜也くんも、健くんも、みんなあいつに殺されたの』

美月の声が頭の中でリフレインしたとき、僕は自分が嘔吐《おうと》しそうになっていることに気づいた。慌てて口元を強く押さえ、多目的室に集まったAB組七十人の生徒たちの背中を見渡す。垣内くんどうしたの、という園川の言葉は聞こえていたが返事をする余裕はなかった。小柄な女子生徒、大柄な男子生徒、げらげらと笑う細身のバスケ部員、ホワイトボードをじっと見つめる吹奏楽部員、背筋を伸ばす生徒、あぐらをかく生徒、制服を着崩した生徒——見れば見るほど誰もが疑わしく、誰もが危険人物に思えてきた。

「おい大丈夫かよ、垣内」

教室中に響く大声でそう言ってきたのは、僕のすぐ前に座っていたサッカー部の八重樫だった。いつもはもっと前のほうに陣取る彼がこんなにも近くにいたということに驚きながらも、それ以上に僕はみんなの視線がこちらに向いたことに怯《おび》えていた。何も言えない僕をからかうように、八重樫はまたも大きな声で言う。

「ヤバいでしょこれ。完全に幽霊でも見つけた顔じゃん」

教室中がどっと笑いに包まれる中、僕は声には出せず、心の中で反論した。

幽霊なんかいるものか。

いるのは、死神だ。

二章　国家

5

「昨日はごめん……あの話、全部信じるよ。だからもう一度、話して欲しい。最初から全部」

玄関扉越しにそう言うと、美月はまた十数分の準備時間の後、僕のことをリビングへと上げてくれた。ともするとここは時間が凍結しているんじゃないかと思うほど、白瀬家の風景は昨日から何一つ変化していなかった。美月の表情と同様に、室内も引き続き薄暗い。僕の部屋と違って余計な音もしない。

美月はやはり麦茶を二つ用意すると、昨日と同じ位置に腰掛けた。そして膝《ひざ》の上で拳《こぶし》を丸める。

「……あれで全部だったんだけど、何を話せばいいの？」

「もっと詳しく、些《さ》細《さい》なことでもいいから、死神の特徴とか」

美月は僕が前日よりも真摯《しんし》に耳を傾けていることは察したらしいが、結局彼女の口から昨日以上の情報は出てこなかった。美月が把握していたのはやはりどこまでいっても、死神の声は女性のものであったこと、パーティに参加していたA組B組どちらかの生徒であること、死神が特殊能力を使用して三人を自殺に見せかけて殺害したこと、そして次に狙われるのは山霧こずえであること――この、四つだけであった。

「集合写真を確認してみたけど、死神の仮装をした生徒はいなかった」

「……でも、私は見た。間違いなく死神の格好をしていた」

　ならば、美月と話すときにだけローブと仮面をつけたということだ。ローブはまだしも鎌は少しばかりかさばりそうなものだが、いったいどこに隠しておいたのだろう。何にしてもローブと仮面があれば、元の格好を完全に秘匿することもできる。美月を脅すことのみを目的としたのではなく、ひょっとするとかなり機能的な部分を意識した仮装なのかもしれない。

　嘘を見破ることのできる能力を手に入れた僕にとって、犯人捜しはさほど難しい作業ではないのかもしれない。ＡＢ組の生徒全員に、「お前が三人を殺した犯人なのか」と訊《き》いてまわればいいのだ。いつかは犯人が――死神が見つかる。

　しかしそれがあまり現実的だとも思えないのは、仮にも相手が『人を殺すことのできる能力』を保有しているという点だった。三人の自殺が本当は他殺ではないかとこちらが疑っていることを悟られてしまった時点で、死神の次の標的となるのは、この僕だ。

　よって仮に死神の凶行を止めたいと願ったのなら、なすべきことは大きく二つということになる。まずは死神が誰であるのかを突き止めること。そして死神の持つ能力の詳細を暴くこと。

３．能力の内容と発動条件を他人に知られたり、言い当てられたりすると、力は瞬く間に失効してしまいます。よってあなたは能力の詳細を誰にも語ることはできません。力を人に見せつけるような真似もおすすめできません。

すなわちこのルールを逆手にとって、相手の能力とその発動条件さえ詳《つまび》らかにすれば、死神の持つ能力を失効させることができるということだ。そうなれば死神の返り討ちに怯《おび》える必要も、ましてや新たな被害者が出る可能性もなくなる。

「どうして……急に信じてくれる気になったの？」

手紙の件を正直に伝えるわけにもいかなかったので言葉を選べずにいると、美月は僕の心変わりを恐れたのかすぐに首を横に振り、

「ありがとう」と小さく頭を下げた。「こんなときだけ頼りにしちゃって、本当にごめん」

「謝らなくていいよ……むしろ話してくれてありがとう。僕だってその死神を野放しにしていいとは思えない」

嘘をついたつもりはない。それでも、どうしても死神の正体に近づきたいと願う理由のすべてが、必ずしも正義感に依《よ》るものではないことは認める必要があった。仮に小早

川燈花、村嶋竜也、高井健友の三人を手にかけ、引き続いて山霧こずえを殺そうという人間がいるのだとしたら、僕はそいつに会う必要があったのだ。そしてそれを止めなければならない。

何が何でも、絶対に。

「とにかく、こずえを守ってあげて」

美月は涙をこぼしながら訴えた。

「学校に行かないよう、説得して欲しいの。私も最初は何度かＬＩＮＥで休むよう言ったんだけど、全然聞いてもらえなくて……。学校に行かなければあいつに会うこともないから、ひとまず安全だと思うの……垣内からもお願い」

仲のいい友人がお願いして駄目だったものを、果たして僕がどうにかできるのだろうか。

「なんで休まなくちゃいけないの？」

案の定だった。友人と話しているところに声をかけるのは躊躇《ためら》われたので彼女が一人になるタイミングを窺《うかが》っていたところ、あっという間に放課後になってしまった。仕方ないので、鞄《かばん》を持って教室を出ようとしたところを呼び止めた。

「レク企画のことなんだけど、ちょっといい？」

もっともらしい理由をつけて彼女を友人と引き剝《は》がし、適当なアイデアを二、三でっちあげたアンケート用紙を手渡しながら本題を切り出した。さすがに死神の話をするわけにはいかなかったので、山霧さんは頑張りすぎているから――と説得力の欠片《かけら》もない論拠を持ち出して学校を休むよう説いてみた。当然、僕の言葉が胸に響くはずもなく、露骨に不審の色を浮かべられた。方針転換を迫られた僕は更に説得力のないことを口走る。

「突然ごめん。でも、実を言うと学校はあんまり安全じゃなくて――」

「なに、ひょっとして美月に何か言われたの？　美月にもおんなじこと言われたけど、どうして私が学校サボんなくちゃいけないわけ？」

いくつかそれらしいことを口にしようと努力はしてみたが、結局、それらが奏功することはなかった。

これ以上、話し合うことは何もないといった様子で僕の前を去ろうとする彼女の鞄には「kozu-jin0427」と書いてあるポップな字体のカラフルなキーホルダーが揺れていた。無論、説明を受けたわけではないが、自分の名前と彼氏の名前（B組の森内仁《もりうちじん》というのが彼女の交際相手だった）に、交際記念日でもつけたものなのだろうと簡単に推測できた。ふと森内仁経由で彼女に休んでもらえるよう説得できないかと考えたが、妙案とは思えなかった。彼と面識はないし、これ以上目立った動きをして死神に気取られるのも避けたい。

僕は仕方なく山霧こずえに休んでもらうことを諦《あきら》めると、A組、もしくはB組に潜伏している死神の正体と能力を割り出すことに注力すべきと判断した。それさえいち早く割り出してしまえば、問題は根本から解決する。そのためには、三人が殺された――一般的には自殺とされている――ときの状況を詳しく知る必要があった。そこには死神の正体や死神の持つ《受取人》としての能力に迫る証拠が転がっている可能性が高い。

　僕は山霧こずえの背中を追って再び歩き出すと、迷惑そうに顔を歪《ゆが》める彼女をどうにか呼び止めた。小早川燈花の遺体を最初に発見したのは、まさしく山霧こずえだった。彼女から話を聞かない手はないのだ。

　唐突に小早川燈花の遺体が発見されたときの状況に興味を持っていると口にすれば、常識も遠慮もない最低な物好きか、とんでもなく不謹慎な猟奇趣味者だと判断されるのがオチだ。山霧こずえも精神的なショックにより遺体発見から数日間は学校を休んでいる。言葉は慎重に選ぶ必要があった。

「適当なこと言ってごめん、正直に話す。どうか誰にも口外しないで欲しい」

　僕の発言が少し意外だったのか、彼女は階段の手前で立ち止まってくれる。僕はなるべく誠実さと切実さが伝わるように事情を説明した。僕は連続して命を絶ってしまった三人が実は自殺ではなく、他殺ではないかと疑っている。つまりこの学校には殺人犯がいる。そして僕と白瀬は、次に狙われるのは山霧さんなんじゃないかと危惧《きぐ》している。だからさっきはあんな曖昧《あいまい》なことを言ってしまった。遺体発見時の様子を訊くなんて、山霧さんにも辛《つら》い思いをさせる最低なお願いだと十分にわかってる。でも、どうしても小早川さんの遺体の様子や、そのときの状況が知りたいんだ。犯人を捜す手がかりが見つかるかもしれない。

山霧こずえは不意に蘇《よみがえ》りそうになった残酷な光景に封をするように、ひとつ大きなため息をついた。

「どうして次に狙われるのが、私じゃなきゃいけないの」

「理由はうまく説明できない。でも、信じて欲しい。山霧さんを心配する気持ちは白瀬も僕も本気なんだ」

「……バカバカしっ」

呆《あき》れたような台詞《せりふ》だったが、表情に言葉ほどの不快感は浮かんでいなかった。彼女はもう一度、深いため息をついてから、

「私も、みんなも、同じ気持ちだった」自分のローファーのつま先あたりを見つめながら続ける。「絶対にそんなはずないって、みんなで必死になっていろんなことを調べたし、いろんな可能性を考えてみた。でも……」

「……でも？」

「燈花は、間違いなく、自殺だよ」

なるべく人目につくところでの会話は避けたかったので無理を言って人通りの少ない二階にまで降りてもらい、廊下にあったベンチに腰掛ける。山霧こずえが語ってくれた、小早川燈花の自殺についての一連の説明は以下のとおりだった。

今から遡《さかのぼ》ること一ヵ月、五月二十九日水曜日、始業前。山霧こずえは新棟四階のトイレ（僕ら二年生の教室から最も近いトイレだ）にて、首を吊《つ》った小早川燈花の遺体を見つけてしまった。小早川燈花は天井付近にある貯水タンクから伸びた鉄パイプにロープをかけ、首を吊っていた。足下には倒れた脚立と、直筆の遺書とがあった。山霧こずえはオブラートに包んだが、遺体からはすでに異臭があり、足下には体液も溜《た》まっていたことを暗に教えてくれた。愛用しているピンクのリボンが胸元についていなければ、すぐには遺体が小早川燈花であると判別できない程度に彼女の顔が歪んでしまっていたことも。

　ロープはハングマンズノットと呼ばれる、その名のとおり絞首刑で使用される丈夫な結び方で結ばれていた（正式名称を調べるためにわざわざスマホで検索をしてくれた）。使用されたロープは綿製のもので、後に小早川燈花自身がホームセンターで買ったことを証明するレシートが、彼女の自宅から発見された（山霧こずえたちと仲のよかった教師が教えてくれたそうだ）。

　警察の調べにより、彼女が首を吊ったのは前日――五月二十八日火曜日の午後五時頃であることがわかった（これも教師から教えてもらった）。ロープからは、彼女以外の目立った指紋は検出されなかった。一見して事件性はないことがわかったので、遺書の筆跡鑑定はさすがに行われなかった。ただ仲のよかった山霧こずえの目から見ても、遺書を引き取った家族の目から見ても、間違いなくそれは小早川燈花の筆跡だった。クセのある丸文字で、一朝一夕で真似できるものではない。遺書は本物だった。

遺書にはたった一言だけメッセージが書いてあった――というのがもっぱらの噂であったが、どうやら実際には便箋《びんせん》にして数枚のメッセージが残されていたそうだ。内容については落ち着いて目を通す機会がなかったので二枚目以降はわからないが、一枚目には確かに噂どおりの文言が書いてあったという。

〈私は教室で大きな声を出しすぎました。調律される必要があります。さようなら〉

話を聞き終わって実感したのは、まさしく冒頭に彼女自身が言ったとおりのことだった。

これは紛れもない、自殺だ。他殺の可能性はもちろん、不幸な事故の可能性もまるで考えられない――少なくとも、常識の範囲内では。

「疑うわけじゃないんだけど、ひとつだけ確認させて欲しい……今の話、全部信じていいんだよね？」僕はポケットの中で慎重に安全ピンを掴《つか》み、それを太ももに突き刺した。

山霧こずえは僕の目をまっすぐに見つめながら、

「当たり前でしょ……私だって信じたくないことが多いけど、もちろん全部、本当」

声は震えなかった。

僕は内心、当時の状況にはもっと見過ごせないほどに不可解で、明らかに奇妙で異常な点がいくつも転がっているものだと予想していた。何かが見つからない、誰かの様子がおかしかった、奇怪なことを語り出す生徒がいた。しかしそんなものはまるで存在しなかった。彼女から紡がれた物語はどこまでいってもドラマ性に欠ける、だけれども妙に生々しい、一人の人間の自殺の全貌《ぜんぼう》だった。

「あんなに……毎日、楽しそうだったのに」

山霧こずえは目を赤くしながら言った。

「レク企画だって本当に楽しんでて、みんなで盛り上がって……本当に、本当に楽しかったのに……」

僕は適切な言葉が探せず、ただ黙って小さく頷《うなず》いた。

「でも、落ち込んで――」そこで裏返りそうな声を整えてから「落ち込んでばかりじゃ、ダメなのはわかるでしょ？　これから、また、ゆっくり、みんなでいいクラスを作っていかなくちゃ」

「……うん」

「だから垣内くんも、きっと協力してね。みんなでまた、少しずついいクラスを作り直す」

僕はそうだねと言って、神妙な面持ちでゆっくりと頷き、

「みんなで、ね」

6

翌日の昼休みを利用して、第二の自殺者、村嶋竜也が飛び降りたときの状況を尋ねに向かう。彼の死については、飛び降りる瞬間を間近で目撃したというC組のバスケ部員に尋ねることにした。C組とは直接の接点は何もなかったが、アクティブな生徒は行動範囲が広いので会話したことがなくとも自然と目につくし、名前も覚えてしまう。おそらくバスケ部の繋《つな》がりで村嶋竜也に会いに来ていたのだろう。うちのクラスにもよく顔を出していた。

ほとんど初対面の人間に声をかけるというのは正直、得意ではないし、気の進むものでもなかった。それも相手は身長の高いバスケ部員。尻込《しりご》みしないはずがない。それでもトイレから出てきた彼に「斎藤《さいとう》くんだよね」と声をかけると、斎藤直樹《なおき》はこちらの緊張をほぐすように人当たりのいい笑みを返してくれた。

「俺に、なんか用？」

ニキビの多い頬に、大きな笑窪《えくぼ》が現れた。

僕は山霧こずえにしたのと同じような説明をし、どうにか村嶋竜也の最期の状況を教えてもらえないかと依頼した。すると彼はさすがに躊躇うように複雑な表情を見せたが、こちらの本気さを感じ取ってくれたのだろう。購買へ行こうと誘う友人達に断りを入れ、中庭のベンチで僕の話に応じてくれた。

「信じられないよな……タツが死ぬなんてさ」

「……僕もそう思う」

「でもあれはさ、マジで、どう考えても自殺だったんだよ」

彼はそこで言葉を区切ってから、

「膝壊してから、精神的にも相当キテたみたいだから」

村嶋竜也は元バスケ部の部員で、斎藤直樹は他でもない現役のバスケ部員だ。知らない間柄ではないこともあって、彼の口ぶりには悲痛なものが滲《にじ》んでいた。

村嶋竜也が命を絶ったのは、小早川燈花の自殺から一週間と数日が経った六月六日の木曜日のことだった。顧問にその日の練習内容を尋ねるため職員室に向かおうとしていた斎藤直樹は、新棟四階の廊下を歩いていた。それが彼の部活内での役割であり、毎日必ず行うべきルーティンだった。すると視聴覚室のほうから、何やら生徒の叫び声が聞こえた。

「たぶん、タツの友達だったんだと思う。視聴覚室の扉を拳でバンバン叩《たた》いてたんだ。それで、『何やってんの』って声をかけたら、『タツが死のうとしてる』って『一緒に止めて欲しい』」

突然のことに動揺しながらも、斎藤直樹は扉に空いた小窓から中を覗《のぞ》き込んだ。すると中には、見たこともないほど顔を真っ青にした村嶋竜也がいた。彼は椅子に座り、恐ろしいほどゆっくりとした筆運びで何か文章を書いていた。一画、一画、それこそ命を削るように、病的なまでに慎重に。

「俺も当時はちょっとしたパニックだったから、タツが誰かに脅されておかしな契約書にでもサインさせられてるのかと思った。とにかく、あんまりにもわけがわかんないから、そこにいたタツの友達に状況を説明してもらえるようお願いしたんだ。そしたら『こっちもわけがわからない』。昼休みになって突然、タツが死ぬと言い出した。そしてそのまま視聴覚室に鍵《かぎ》をかけて閉じこもってしまった。飛び降りるから邪魔しないでくれと言われてこの状況なんだ、って」

斎藤直樹は村嶋の友人がそうしていたように、扉を拳で叩いてから大声で叫んだ。

「何やってんだ！　出てこいタツ！」

ノブを回してみたが、やはり鍵がかかっていて開かなかった。やがて村嶋竜也は最後の晩餐《ばんさん》を終えて箸《はし》を置くように（と斎藤直樹は表現した）、そっと音を立てぬようペンを机の上に置くと、静かに立ち上がった。村嶋竜也が向けた目にあまりにも強い悲壮感が漂っていたこと、それから彼が深々と悲しいほど美しく頭を下げたことで、斎藤直樹は彼の覚悟が本物であることを確信した。

「これはガチだって思った……。だから職員室に鍵を取りに走ったんだ。死ぬ気で走ったよ」

職員室から視聴覚室の鍵をもぎ取って戻ってくるまでの時間は二分もなかった。しかし鍵をとって戻ってきた斎藤直樹の前には、膝から崩れ落ちている村嶋竜也の友人の姿があった。

「手にハンカチ握りしめて……肩を揺らしてた」

どうなったんだと訊いたが、友人は首を横に振るだけだった。間に合わなかったのか――最悪の予感を胸に、斎藤直樹は小窓から視聴覚室内を覗いた。村嶋竜也の姿はなかった。代わりに大きく開けられた窓から入り込んだ風が、場違いなほど爽《さわ》やかに、カーテンを揺らしていた。鍵を開け、村嶋竜也の名を呼びながら中に入る。半ば諦《あきら》めながら窓の外を覗いた。

地面に叩きつけられた村嶋竜也の体と、周囲に滲んだ血だまりがあまりにも凄惨《せいさん》だった。

体中の筋肉が死滅したように力が抜けてしまった斎藤直樹は、手近にあった椅子を引き寄せて座り込んだ。そこで初めて、先ほどまで村嶋竜也が書いていたものが遺書であることに気づいた。

必要なことは話し終えたと判断したのか、斎藤直樹はそこで腕を組むと大きなため息をついた。そのままやるせない思いの行き場を探すように口を右に左に曲げてみせる。

「怪我さえなければと思わずにはいられない、すごいプレーヤーだったよ、本当に。練習熱心だったし、声もよく出る。誰からも好かれる、キャプテンシーのあるやつだった。たぶんタツのことを嫌いな奴なんて、この世界に一人もいなかったんじゃないかな。ね？」

「そう思う」

「本当に……あんまりにも悲しいね」

「……訊いてもいい？」

「何を？」

「斎藤くんよりも先に視聴覚室の前にいたっていう、その生徒の名前はわかる？」彼に話を聞けば、更に詳しい情報が出てくるかもしれない。

「……あーごめん、顔はぼんやり覚えてるけど、名前はちょっと思い出せないな。初めて見た生徒だったよ。緑のネクタイをつけてたってことくらいしか思い出せない」

男子生徒のほとんどが緑か赤のネクタイをつけているので、このヒントは何一つ参考にならなかった。どうにかして当該人物を特定する方法はないものかと考えながら、僕は最も気になっていたことを尋ねる。

「ちなみに、村嶋くんが書いた遺書の内容って、どんなものだったか覚えてる？」

「知らないの？　相当な噂になってると思ってたんだけど」

「……なら」

「燈花ちゃんのやつと、まったく一緒だったよ」

〈私は教室で大きな声を出しすぎました。調律される必要があります。さようなら〉
小早川燈花が死んだときの状況に比べると、村嶋竜也の自殺時の状況にはいくつかイレギュラーな事態が絡んでいた。飛び降りる直前と直後を目撃した生徒と、おそらくは落下時を目撃した生徒がいる。しかし視聴覚室はベランダには通じていないので、ベランダ伝いに外側から侵入することはできない。唯一の進入口である入り口に鍵がかかっていたことを斎藤直樹が確認している以上、現場は事実として密室だったわけだ。つまり、目撃者の存在は、村嶋竜也が本当に自殺したという事実を裏打ちする以上の役割は果たしていない。

　しかしどんな情報よりも僕を驚かせたのは、遺書の文面だった。自殺した三人の遺書の文面が同じだったというのは生徒がねつ造したデマ——そう確信していた僕は、そこに強烈な衝撃を覚えざるを得なかった。それは単に同級生の自殺が死神の仕業によるものだったのだという事実を補強するにとどまらず、そこに存在する奇怪さ、不気味さ、あるいは悪意の存在をより濃厚に嗅《か》ぎ取れるようにしていたからだ。

「ＡＢ組合同のレクリエーション企画、まだ続けるんでしょ？」斎藤直樹は柔らかな笑みを浮かべながら尋ねてきた。

　僕はどうにか頭を切り替え「……そうだね、たぶん。続くと思う」

「そうか。なら、よかった。タツが始めた企画だって聞いてたけど……やっぱり、バスケほど夢中にはなれなかったのかな」

「……どうだろう」

「いつか——というか、早速次の企画からでもいいんだけどさ、ぜひＣ組もレクに交ぜてよ。うちのクラスもみんな羨《うらや》ましがってるんだ。『絶対に交ざりたいよね』『ＡＢだけ楽しそうでズルいよね』って。はは」

僕は彼につられてやさしい笑みを返した。

「言っといてよ、こずえちゃんとか、委員の人に、頼むよ」

僕はわかったと言ってから、協力してくれたことに改めて礼を言い、斎藤直樹と別れた。

その日の放課後、僕は高井健友が飛び降りた際、最も近くにいたという事務員に会いに行くことにした。このときまで名前は知らなかったのだが、箕輪《みのわ》さんと言うらしい。小柄で色白。生まれてこのかた野菜以外は口にしたことがないといった雰囲気の、棒のように華奢《きゃしゃ》な女性だった。年は二十代後半あたりだと思う。

事務員が勤務しているのは職員室ではなく、本棟一階東端にある事務員室だった。基本的には生徒が立ち入ることはない場所であったが、その分、他の生徒に——死神に——見られる可能性も少ないだろうという安心感もあった。

ルール上入室はできないので、手近にいた事務員にくだんの女性事務員を呼んでもらえるようお願いした。戸惑いながら僕の前にやってきた箕輪さんに向かって本題を切り出す。

話し始めた途端フラッシュバックに見舞われて卒倒される可能性も考えていたのだが、彼女はこちらが想像していたよりも遥《はる》かに冷静に僕の話を聞き届けると、では仕事が片付いたら時間をとりますのでと言って自席へと戻っていった。二十分ほど待たされた後、業者等の応対をするための面談スペースへと通された。本来、生徒が出入りする場所ではないので言いようのない居心地の悪さはあったが、人目につく場所に長時間さらされるよりは随分ましだった。

箕輪さんは抑揚のない声で淡々と、高井健友が飛び降りたときの状況を教えてくれた。

高井健友が飛び降りることになる六月十七日の月曜日は、例の仮装パーティが終わって最初の登校日であった。よってレク委員を中心とした一部の生徒たちは、放課後に仮装パーティの後片付けをする必要があった。便宜的に校庭の隅に置いておいたゴミや写真撮影に使用した脚立などを、本来の場所に戻していく。箕輪さんはその作業を手伝うことになっていた。

「脚立の他にもスマホにも使える三脚とか、小型の集会テントを私が窓口になって貸し出していたので、それの回収を手伝いました。組み立てるのにも、解体するのにも知識が必要なので。いくつかの班にわかれて作業をしていました」

そんな片付けの中、高井健友はいくつかの大きな荷物を持って新棟四階にある空き教室へと向かった。

「この時点で彼が自殺してしまいそうなほどに落ち込んでいる様子だったか――と訊か

れると、どうとも答えにくいところはあります。自殺を決意した人間の様子というのは私にはわかりかねるので。……でも彼があまり楽しそうでなかったのは事実でした。もちろん片付けが楽しいという人も少ないでしょうが、それでも明らかな気分の落ち込みは感じられました」

高井健友が空き教室に向かってから十分ほど経った頃に、箕輪さんもテントの骨組みである鉄製のパイプを持って続いた。男子高校生に比べると明らかに腕力に劣る箕輪さんは、階段の踊り場ごとに休憩を挟みながらようやく四階へとたどり着いた。

開いたままになった扉から見えたのは、しかし目を疑う光景だった。

高井健友が、ベランダの欄干に足をかけていたのだ。

「何が何だかわからないうちに、彼は飛び降りました。同時に向かいの校舎からどっと女子生徒の悲鳴があがって、それが中庭で反響して——そこでようやく私は、彼が何のマジックを見せたわけでも、ドッキリを仕掛けたわけでもなく、純粋に地面に向かって落ちていったのだと気づきました」

パイプを床に放り投げて開け放しになっていたベランダに飛び出す。下を覗き込むと、眼下にはぴくりとも動かない高井健友の体が転がっていた。ぞっとして顔を上げる。

新棟の校舎はUの字型をしていた。僕らはUの字の真ん中にできた空洞を中庭と呼んでおり（事実中庭にはささやかながらいくつかの植え込みがある）、今回高井健友は新棟左側から中庭に向かって飛び降りた形になる。よって新棟右側にいた吹奏楽部員からは、彼が落下する瞬間がはっきりと見えてしまった。

箕輪さんはしばらく何もできず、ただ吹奏楽部員の悲鳴と大騒ぎを見つめていた。

そんな折、足下になんとも名状しがたい違和感を覚えたそうだ。

「……違和感、ですか？」

「うち、猫を飼っているんですけどね、猫ってよく人間の足に顔を擦《こす》りつけてくるんです。強いて言うなら、そんな感じでした。足下を猫が通ったような——いま思うと、気のせいだと思います。そのときたまたま、足下に何か置いてあるのに気づいたんです」

ちらりと足下を見ると、そこには綺麗《きれい》にそろえられた高井健友の上靴があった。そして風で飛ばされないよう配慮したのか、上靴の下敷きになった一枚の遺書が見つかった。

訊くまでもないと思ったが、確認しないわけにもいかなかった。

「文面は覚えていますか？」

「もちろん。ただ、手書きではありませんでした。ワードか何かで作ったんだと思います。縦書きで、紙を目一杯使った大きな文字で——」

〈私は教室で大きな声を出しすぎました。調律される必要があります。さようなら〉

その後すぐ、教室には新たなパイプを持った女子生徒が入ってきた。

「檀優里《だんゆうり》さんという、私たちと同じ班で作業をしていた女の子でした。彼女も吹奏楽部員の悲鳴を聞いて驚いていた様子でした。私が事情を説明するとベランダに出て下を覗き込んで、すぐに後悔したように顔を上げました。それから——気持ち悪くなったんですかね――一度しゃがみ込んで口を押さえると、気丈に救急車を呼びましょうと言ってスマートフォンを取り出して――そこで二人して教室を離れてしまったので、これ以上、私からお話しできるようなことは何もありません。そこからは、警察に任せてしまいました」

黙考している僕の表情があまりにも険しかったからだろう。箕輪さんは申し訳なさそうな声色で私見を添えた。

「事件の可能性は、極めて低いと思います。あのときベランダには誰もいませんでしたし、彼の落ち方も誰かに突き落とされたようなそれには見えませんでした。彼は間違いなく自分の意思で飛び降りました。あれは、自殺です。警察の方々も同じ結論です」

「ありがとうございました。最後に失礼な質問をさせてください……今までのお話、すべて嘘偽りのないものだったと信じていいですか」刹那《せつな》の痛みが走り、太ももから血が滲む。

「もちろん、すべて嘘偽りのない事実です」

声は、震えなかった。

「少し悲しいことが続いてしまいましたが――」箕輪さんは僕を励ますように、やさしい目をしてから言った。「あのレク企画は外から見ていてもとても楽しげで、素晴らしい発想だったと思います。私も決してキャリアが長いほうではないですが、ふたクラス合同で生徒たちが自主的にイベントを始めた、などという話は、これが初めてでした」

「……ありがとうございます」

「ちなみに、あれは本当でしょうか？」

「あれ？」

「あの、大人しい雰囲気の園川くんと張本《はりもと》くんが、楽しさのあまりカラオケ大会で半裸になって踊り出した、というのは」

「……本当、ですね。二人のこと知ってるんですか？」

「昨年、清掃委員会の仕事で頻繁にやりとりがあったので――」と言ってから、二人の裸踊りを想像したのか、箕輪さんは初めて表情を崩して小さい声で笑った。「楽しそうでよかったです。悲しい出来事に負けず、ずっとそのような活動が続けられたら、素敵ですね」

　僕は表情が濁らないよう気をつけながら「はい」

7

　名探偵なら少しは気の利いた、あるいは突飛な推理で一息に真実にたどり着けるのかもしれない。しかし当然そんな芸当、僕にはできなかった。アルバイトに向かっても、自宅で妹が騒ぐ声を耳にしても、二段ベッドの上段で兄の大きないびきを聞いていても、ひたすら頭を駆け巡るのは『まったく、わからない』――ただ、それだけ。

しかしそんな僕でも、ひとつだけ言い切れそうなことがあった。

それはとても情けなくて、ある意味で敗北を認めるような推論なのかもしれない。それでも事実だとしか思えないので断言せざるを得なかったのは――

彼ら三人は、本当に自殺したのではないだろうか、ということだった。

矛盾するようだが、僕は死神の存在を否定しているわけではない。死神は確実にいる。そして彼女は僕と同じく《受取人》で、能力を用いて三人を誅殺《ちゅうさつ》したのだ。でなければ、三人がそろって学校を死に場所に選んだ理由も、そろって同じ文面の遺書を用意したことにも説明がつかない。ただし、それは自殺に見せかけて――言うなれば物理的なトリックを駆使して――三人を殺したのではないということだ。

死神は能力を用いて、彼ら三人を自殺したい『心理状態』に誘導したのではないだろうか。自殺時の状況を鑑《かんが》みると物理トリックが介入する余地はありそうにない。ならば実際に自殺に追い込んだと考えるのが妥当だ。

小早川燈花は自分で自殺用のロープを購入し、直筆の遺書を残した。村嶋竜也はどう見ても通常の精神状態にはない佇《たたず》まいで遺書を目撃者の前で認《したた》めた。高井健友に至っては、吹奏楽部員を含めると十人以上の人間が、自発的に飛び降りる瞬間を目撃している。三人は間違いなく自殺だった。

ただし、すべて死神によって精神を操られたがゆえに自殺してしまったのだ。

犯人が誰なのかは現状まったくわからない。しかし死神の持つ《受取人》としての能力には一定の予測がたった。彼女は精神誘導系の能力を持っている。それも、命を諦めさせ、なおかつ遺書の文面さえ統一させることのできる、残酷なまでに凶悪で、呆れるほどに強力な能力を。

いずれにしてもここまでが僕の限界だった。

斎藤直樹と一緒に村嶋竜也の死を目撃したという緑ネクタイの男子生徒に話を聞いたとして、先の仮説を補強する以上の役割を担いそうにはない。吹奏楽部の生徒に高井健友飛び降り時の詳細を尋ねることも同じような気がした。自殺が、自殺であることを再確認していくだけ。

あらゆる可能性を考えた上でひとつだけ次の手として考えられるものはあったが、これもあまり有力な情報が得られるような予感はしなかった。自宅内で誰にも見られない場所を考えると結局のところトイレしかないので、僕は便座に座ってくだんの手紙を開いていた。

どうして北楓高校に四つの能力が伝わっているのかということについては、本学の創立者である岸谷亮兼氏の自伝に詳しいので、気になった場合はご参照ください。図書室に一冊だけ所蔵されています。

読まないよりは読んでおいたほうがいくらかましだろうか。

その程度の気持ちで図書室へと向かった。

昼休みの図書室は想像以上に閑散としていた。受付当番を除くと生徒の姿は十人もない。弁当を食べた後の仮眠スペースに活用している人間がほとんどで、自習をしている勤勉な生徒が数人、純粋に読書を目的としている生徒はほとんど見当たらなかった。

当該の本は思っていたより簡単に見つかった。

『岸谷亮兼自伝』

それは、図書室最奥部にある『本校関係書籍』という、僕みたいな境遇になければ誰が興味を示すのだろうという場所にひっそりと差さっていた。強いて言うのなら緑色、そんな薄い色合いのハードカバーを抜き取り、ぱらぱらとめくってみる。紙の隅はすっかり赤茶色に焼けており、ページが風を生む度、何年も閉め切りになっていた押し入れの中のような埃《ほこり》っぽい匂いがした。一部、糸がほつれている。

僕は間違っても読書家ではないので通ぶったことを言うつもりはないが、昔の本というのはどうしても読みにくい。問題は文体だけによらず、装丁や、くるくるとした独特のフォントにもあるように思う。それでもどうにか読み進めていくと、かなりの紙幅を割いて本校創立者岸谷亮兼と、彼の友人である塩谷《しおや》三郎《さぶろう》との交流が描かれていた。

尋常小学校で出会った彼らは家族のように親しく過ごしたが、塩谷三郎はどこか心に闇を抱えているようだった。とうとう彼は十八になったばかりの夜に自殺をしてしまう。
三郎が死んだと云《い》う報知《しらせ》を受けたときの私の狼狽《ろうばい》ぶりは、それは三日ばかり飯が喉《のど》を通らなくなった程である。父が死んだと云われても斯様《かよう》にはなるまい。如何《どう》して三郎に手を差し伸べてやれなかったのかと後悔に溺《おぼ》れた。手を取って見せてやれる光もあった筈《はず》だ。大丈夫かと訊けば、大丈夫だ、と云う奴の強がりを如何して強がりだと見抜けなかったのか。しばらく経ってから柴倉《しばくら》の家のミチと云う女が、三郎の墓に手を合わせているのを見た。話を聞いてみれば、彼女も又後悔に明け暮れていた。惚《ほ》れていたのかと訊けば、そうでございますと頷く。三郎はよく、私なぞは誰にも好かれんと愚痴を吐いていた。生きていた頃に伝えてやったらどれだけの薬になったのだろうと考えると私の目には再び涙が溢《あふ》れてきた。生きている内に三郎の傷を癒《い》やしてやることは屹度《きっと》出来たはずなのだ。

読む価値がないとまでは言わないが、やはり昔の人の自分語りという感想以上のものは湧いてこなかった。もっと遠慮のない言い方を許してもらえるのなら、文語体で書かれた、一般人のツイッターだ。読めないことはないが、特別読みたいと思うこともない。当時、自費出版という仕組みがあったのかはわからないが、極めてそれに近い形で出版ないし製本されたのではないかと思う。この学校に置くためだけに作られた、文字どおり、創立者の自伝だ。それ以上の意味は感じられない。
塩谷三郎の話は更に数十ページほど進むとようやく終わり、いよいよ私立北楓高校設立と、僕ら《受取人》が持つことになる特殊能力の起源について触れられていた。能力を授けてくれたのは、その塩谷三郎に姿がよく似た謎の男だった。このとき岸谷亮兼はすでに四十を超えていた。当然、同い年だった塩谷三郎も生きていれば四十を超えているはずだったのだが、この謎の男はまさしく四十になった塩谷三郎という雰囲気の人物だった。岸谷亮兼は彼との出会いにいたく感動する。

口数の少ない男だったが彼はある時、君が本当に学校を建てるつもりなら一寸《ちよつと》変わった力をくれてやろうと云った。冗談にしても面白くないと指摘すると彼は疑う私にその能力の一端を見せつけた。その奇怪さに私は度肝を抜かれる思いがした。本物と云う他ない。云うに彼は人間ではないそうだ。そこで私は四つほど能力を作ってもらえるよう依頼し、それを生徒の間で代々引き継げるように調整をしてもらった。私は彼への感謝の気持ちも込めて、彼と出会ったその丘に学校を建てることにした。名をホゾ丘と云う。昭和二十二年の学校教育法施行に伴い校舎は現在の北楓に移転してしまったが、今でもホゾ丘は立派に本校の敷地である。自由に誰でも立ち入ることが出来るので興味を持った生徒はぜひ立ち寄ることを勧める。さほど遠くもない。

能力の存在を証明してしまう本を、誰の目にも触れるところに置いておくのは問題なのではないだろうか。そんな疑問というか懸念というかを、この本はいとも簡単に吹き飛ばしてくれた。まず《受取人》にでもならない限りこんな本は手に取らないだろうし、万一手に取ったとしても荒唐無稽《こうとうむけい》すぎて誰も信じない。

微塵《みじん》も期待していなかったので期待外れと言うのは語弊があるが、あまりにも得るものが少なかったのは事実だった。僕が小さなため息をついたとき、まったく予期していなかった声が、僕の体を震わせた。

「垣内、なんでそんなの読んでんだ」

本を落としそうになりながら声のしたほうを振り向く。声の主は僕のすぐ横に立っていた。

クラスメイトの八重樫卓《すぐる》だった。びっくりさせないでよ、ちょっと気になったからたまたま手に取っただけだ——そんな台詞で切り抜けられる局面でないことを、僕はすぐに理解した。

八重樫は笑っていた。笑っていたが、瞬《まばた》きを一切せずにこちらを射貫《いぬ》くように見つめるその視線には、確かな闇が宿っていた。本棚に左手を添えているのは、決して格好をつけているからではない。僕の唯一の逃げ道を、塞《ふさ》いでいるのだ。

僕は自分の迂闊《うかつ》さを呪った。冷静になればこんな本を堂々と手に取るべきではなかったのだ。先ほど自分でも考えていたばかりじゃないか——《受取人》にでもならない限り、こんな本は手に取らない。

「答えろよ。ひょっとして、何か嗅ぎ回ってんのか？」

美月の話によれば、死神の声は女性だった。よって僕は、死神の正体は女性だと決めてかかっていた。しかしそんなもの、思えば、小さな、小さな情報のひとつにすぎない。

心臓が暴れ始める。指先の感覚は死んでいく。

「三人の自殺について、って、言ったほうがいいか？　なあ？」

八重樫は僕より背が高い。筋骨隆々というわけではないが肩幅は広く、サッカー部ということもあって太ももやふくらはぎにはしっかりとした筋肉がついている。髪は整髪料で綺麗に立ち上げられ、肌は陽をたっぷりと浴びて浅黒い。顔立ちは精悍《せいかん》。シャツの胸元は第二ボタンまで開けられ、ズボンの裾《すそ》は足首を見せるよう適当な長さに折られている。だから何だと言われたらそれまでだが、そんなあらゆる事実が、僕の目の前に脅威となって、恐怖となって立ち塞がった。

僕はどうにか自分が選べる最善手を考え、ほとんど感覚のなくなった右手をポケットに忍ばせた。

「や……八重樫は」喉が張り付いてうまく声が出なかった。小さな咳払《せきばら》いをしてから

「八重樫は《受取人》なのか？」

僕は安全ピンを太ももに刺す。八重樫は黙って僕のことをじっと見つめていた。

「……答えてくれよ」

僕に促されてようやく、

「そうだ」

声は、震えなかった。僕は一度つばを飲み込んでから慎重に質問を重ねた。

「なら……八重樫が、三人を殺したのか？」

「はあ？」

「……答えてくれ」

深く差し込みすぎた安全ピンに太ももが悲鳴を上げ、思わず声が漏れそうになったときに、敵意を込めた声で、彼は言った。

「俺が殺すわけねぇだろうが。殺したのは、お前だろ」

声が震えなかったことに安心しすぎて、僕はその場に座り込みそうになった。

完全に誤解を解くのに、僕らは昼休みを丸々使う羽目になった。

八重樫の視線から疑いの色が完全に晴れたのは、僕が数日前に届いた手紙を見せたときだった。もちろん能力の詳細が記された箇所は渡さず、先代の《受取人》が死亡したことにより僕が能力を継承したことがわかる部分だけを見せた。当然ながらそれは、三人が殺されたときにはまだ僕が能力を保持していなかったことを証明してくれた。

人目につかないよう移動した新棟裏のベンチで、八重樫は僕を疑ったことを潔く詫《わ》びた。

「……てことは、燈花、タツ、ケンユーの三人のうちの誰かが《受取人》だったってことか」

言われて初めて、僕はそんな当たり前の事実に気づかされた。彼らのうちの誰かは、やはり今の僕と同じように能力を秘匿して日々を過ごしていたわけだ。彼らが死神に殺されたから、能力は僕のところへ転がり込んできた。誰が先代の《受取人》だったのだろう。今となっては確認のしようもないし、確認する必要もないことには違いないが。

八重樫の話はこうだった。彼は友人である村嶋竜也が自殺したときから強い違和感を覚え、高井健友が自殺したとき確信に至った。これは自分と同じ《受取人》による他殺だ。彼は独自に調査を始めた。その結果、彼は僕が——垣内友弘が最も怪しいと踏んだ。そこでしばらく僕のことをマークすることにしていた。

「そうしたら案の定、昼休みに教室を抜け出したお前が、あの本を手に取った。完全にクロだと思ったよ……悪かったな」

「……八重樫は、他の《受取人》が誰かは知らないのか」

「わかるわけねぇだろ。でもなんとなくこいつかなって思ってるのならいる。野球部キャプテンの佐古《さこ》っていう三年の先輩だ。まあ、もちろん直《じか》に確認したことはねぇけど……最初はあの人のことを疑ってもみたけど、あれは確実に違うわ。そもそも明らかにそんな雰囲気の人じゃねぇしな。……たぶん、代々サッカー部と野球部でそれぞれ一つずつ能力が引き継がれてきてんだ。俺の能力も、今年卒業したサッカー部の先輩が譲ってくれた能力」

ならば現在のこの学校にいる《受取人》はその佐古という人と、八重樫と、僕と、死神の四人ということになる。

勘違いから出会った僕ら二人だが、目的が一緒だとわかれば協力するのが自然な流れだった。僕は美月から知り得た情報を、美月から聞いたという部分を除いてすべて話した。別に美月から聞いたと言ってしまっても僕としては問題ないように感じたのだが、他でもない彼女自身がそれを嫌がっていた。多くは語るまい。話を聞いた八重樫はどこか納得したような表情を見せた。

「完全に盲点だった……そうか、女子か」八重樫は、犯人は男子生徒に違いないという先入観を持っていた。「女子を中心に調べれば、見つけられるかもしれない」

「調べる……どうやって？」

「そりゃ、能力を使ってだよ。俺の能力は――」

八重樫があんまりにも簡単に自分の能力を説明しようとしたので、僕は慌ててそれを止めた。改めて確認するまでもないと思っていたのだが、能力はその詳細を他人に知られてしまうと失効してしまう。その事実を突きつけても、しかし八重樫は落ち着いていた。

「内容だけならたぶん問題ない」

「……どういうことだ？」

「発動条件まで完全にバレると能力が使えなくなる。でも内容だけ知られる分には、たぶん能力は消えねぇんだ」

僕はその場で手紙を確認した。

3. 能力の内容と発動条件を他人に知られたり、言い当てられたりすると、力は瞬く間に失効してしまいます。

確かに八重樫の言うようにも読み取れた。

「だからって誰彼かまわずペラペラ喋《しゃべ》ってるわけじゃねぇぞ。でも実際、俺は先輩から手紙を受け取る前に口頭で能力の内容だけは教えてもらってた。それでも先輩のそれは失効しなかった。大丈夫なんだよ」

そう言うと、八重樫は自分の能力は『人の好き嫌いがわかる能力』だと教えてくれた。もちろん、その発動条件は秘匿して。

「誰が誰のことを好きなのか嫌いなのか、俺にはそれがわかる。好きだとしたらどのくらい好きなのか、嫌いだとしたらどのくらい嫌いなのか、好き嫌いの程度もなんとなくなら把握できる。少し試してやろうか。例えば垣内の好きな人と嫌いな人を――」

「いや、それは」

「……そうだな。そりゃそうだ」と八重樫は必要以上に何度も頷くと、それはやめとくかと言った。「何にしても、たいした能力じゃないし、馬鹿なことに巻き込まれたくもないからめったに使わねぇけどな。使い方間違えりゃ、ただ、他人の人間関係覗くだけの悪趣味なクズになっちまうし」

　ともするとひどく嘘くさい台詞なのだが、彼が言うと確かな説得力があった。八重樫はたぶん、本当に能力を悪用したくないのだろう。それは彼が人間として完成されているという意味ではなく、彼自身が規定する『かっこ悪い人間』『ダサい奴』をどこまでも嫌悪する人間だからだ。交流はさほど多くなかったのだが、その辺の性質は教室で見ているだけでも十分わかった。

「ただ、この能力の問題点は起点となる人物を一人決めなくちゃいけないことだ。例えば垣内を起点と決めたとすると、垣内が好きだと思っている人、垣内が嫌いだと思っている人を確認することができる。でもこのとき、逆――つまり、誰が垣内のことを好いていて、誰が垣内のことを嫌っているか――というのはわからない。一回起点を決めると次の人物に起点を移すまでに少し時間がかかるから、意外に万能じゃねぇんだ……。まあ、でもとにかく、犯人は女子。それで、燈花、タツ、ケンユー、さらにはこずえのことを嫌ってる人間。これさえわかれば時間はかかるかもしれねぇけど、能力を使って候補は相当絞れることになる。これなら……犯人、見つけられるかもしんねぇ」

　死んだ人間に対しても効力を発揮するのか。驚きはあったが、どう取り繕おうとも彼を不快にするニュアンスを孕《はら》んでしまうような気がしたので口には出さなかった。

「ただ問題は、俺は誰が怪しいかってことはわかっても、特定はできないところだ。空振りの可能性は十分に――」

「候補が絞れたなら、わかる」

「……何がだ？」

「候補さえ絞ってくれたのなら、そいつが犯人かどうか、僕には確かめる術《すべ》がある」

「本気で言ってんのか？」

僕は頷いてから、彼と同じように発動条件（つまり体に痛みを与える必要があること）は伏せて、自分の能力を説明した。八重樫はそれなら犯人を見つけられるとひとしきり拳を握りしめて喜んだあとで、途端に我に返ったようにさみしげな表情を作ってみせた。

「……そうか、ならタツだ」

「何が？」

「お前の前任者だよ。たぶんタツが《受取人》だったんだ……あいつ、やたらと人の嘘見破るのが得意だったし、アホかってくらい気が回ったし。全部、お見通しだったってことか……」

ふいに口からこぼれた今は亡き友人の話は、八重樫の心を悲しく、静かに震わせた。潤み始めた瞳《ひとみ》を僕から隠すように俯《うつむ》くと、八重樫はひとつ洟《はな》をすする。涙の潮が引いていったことを確認してから、八重樫は低い声で言った。

「……マジで許せねぇ」

僕は、かけるべき言葉を見つけられなかった。八重樫はまるで目に入ったゴミを気にするようなそぶりでこぼれそうになった涙を払った。

「狂ってるだろ……三人ともすげぇいいやつだったのに、俺たちレク企画だってやって、みんなうまくやってたのに……何の目的があってこんな……」

八重樫は感傷をどうにか押し殺すと、僕に対し、

「死んでも見つけるぞ、クソ犯人」

僕が頷くと、八重樫は自分の能力を最大限有効活用するにはＡＢ組の全生徒が一堂に会しているシチュエーションが望ましいと言った。だとするならばうってつけの状況はひとつしかない。今週の金曜日に予定されている、ＡＢ組合同のレクリエーション企画。校庭でのバーベキューだ。

八重樫がそこで必ず犯人を暴こうと言ってベンチを立ち上がったとき、僕は小さな声で尋ねてみた。

「あの、訊いていいか？」

「何をだ？」

「いや……八重樫はどうして、僕が犯人だと思ったんだ」

八重樫はしばらく肩越しに僕を見つめると、やがて正面を向いてしまう。そしてばつが悪そうに頭を掻《か》いた。

「いやさ……すげぇ単純な話になんだけど、ここ数日、お前アホみたいに動揺してただろ？　特にこの間のレク会議のときなんか突然吐きそうな顔しだしたしさ……これはなんかあるに違いねぇって思ったんだ。それだけだよ。それでマークすることに決めたんだ」

「……あのときは、能力の存在に初めて気づいて、それで同時に三人の自殺が他殺だってことに気づいた。だから慌ててただけなんだ」

「なるほど」と言って小さく頷いてから「垣内、なんか摑めねぇとこあるからさ、余計に怪しく見えちまったんだろうな」

「摑めない？」

「摑めないっていうか、なんだろうな、うまく表現できねぇや。まあとにかく……本当に悪かったよ。これからよろしくな」

八重樫はそれだけ言うと、静かに歩き始めてしまった。

僕は八重樫の姿が完全に校舎の陰に消えてしまうのを見届けてから、静かに立ちあがった。

8

「垣内くん、何班だった」

僕は配られたプリントに目を通し、三班だったことを告げる。園川は四方に寝癖のついた剛毛の頭をなでつけながら、口をへの字に曲げた。

「僕、七班。張《はり》さんは二班だって……やっぱりみんな、ばらばらになっちゃったね」

そうだねと言って小さく頷くと園川は大げさにため息をついて、

「ほんと、今日は休んじゃおうかと思ったよ。でもチャバネがうるさいからさ。まあ、もう少しで終わると思うから、垣内くんも頑張ろうよ」

教室にバスケ部の赤西《あかにし》とサッカー部の郡山が大声を出しながら入ってくると、園川は主人に怒鳴られるのを恐れた召使《めしつか》いのように、表情を殺して自分の席へと戻っていった。果たして園川が、何が、どういった理由で、『もう少しで終わる』と思ったのかはわからなかったが、わざわざ彼の席まで尋ねに向かう気にはなれなかった。

赤西と郡山の後ろから、大柄の八重樫も教室に入ってくる。彼は僕の横を通るとき、少しだけ歩くペースを落としてから、そよ風に揺れた柳の枝のように、ほんのわずかだけ頭を下げた。

「うす」

あまり教室内で目立った動きをするのも躊躇われたので、囁《ささや》くような声で「おはよう」とだけ返す。

「今日は、マジ頼むな」

「……うん」

八重樫は再び歩くペースを上げると、そのまま友人と合流し大声で話し始めた。そこに数人の女子生徒が引き寄せられ、がやがやと教室後方が騒がしくなり始める。今日のバーベキューではあれをやろうこれをやろうお前何班だったんだよマジかよ一緒かよてかあれも忘れんなよ忘れるかよバカといった楽しげな声を背に浴びながら、僕は事前に絆創膏《ばんそうこう》を貼っておいた太ももを制服の上からさすった。幸いにして触るだけでは、痛みはない。

安全ピンで刺した小さな傷といえども、回数を重ねすぎたせいでそれなりの出血になっていた。傷口はかさぶたになり、制服の裏地には少量の血もついていた。一着しかない制服のズボンをクリーニングに出すわけにもいかなかったので、昨日の夜のうちに簡単に手洗いしておいた。あらかじめ太ももに絆創膏を貼っておき、その上から安全ピンを刺せば制服に血はつかないのではないか。思いついて、今日の朝慌てて救急箱から一枚頂戴《ちょうだい》した。

登校すると全員の席の上にあらかじめ置いてあったバーベキューの班わけ表を改めて見つめる。八重樫は僕の隣の四班だった。一緒の班であったほうがより動きは取りやすかったのだろうが、隣の班ならおそらく問題なくスムーズに動けるだろう。

　また教室後方で大きな笑い声が起こる。しかしその声は、どこか物足りなかった。以前までは更にもう数十秒ほど続くはずの笑い声が、ガス欠を起こしたように途中で沈黙に飲み込まれて行ってしまう。その原因は、このクラスの誰もが理解していた。

村嶋竜也がいない。高井健友がいない。白瀬美月もいない。でも、それだけじゃない。

〈私は教室で大きな声を出しすぎました。調律される必要があります。さようなら〉

余計なことは考えまいと、僕は一限目の教科書を取り出した。

「えー皆さん、早く始めたくてうずうずしているとは思いますが、いくつか注意事項を説明させてくださーい」

　レク委員であるB組の竹《たけ》なんとかというツーブロック頭の男子生徒が、朝礼台の上に乗ってクリップボードを振った。音量が物足りないのかしばらくマイクを叩いたのちに、音響係に向かって何やらジェスチャーを送る。調整に納得がいくと校内なので騒ぎすぎるなだとか、肉は独り占めするなだとか、一緒に参加してくれることになった先生にも感謝しろだとか、そんなふうなことをもったいつけながら語った。山霧こずえにいい加減始めなさいと注意され、竹なんとかはようやく開会の言葉に移る。

「失礼しました、では、いよいよです。じゃあ、みんな『レッツバービー!』と叫んで始めましょうか、ね? それがいいよね? はい。では、いきますよ。レッツ……バービー!」

テーブルは全部で十二個用意されており、それぞれ五、六人の生徒が委員によって決められた席順で座っていた。もちろんバーベキュー用のコンロを十二個も用意できるはずはなく、実際に肉を焼けるのは朝礼台横に設置された鉄板一枚だけだった。そこで、レク委員の中でも少し気の弱そうな生徒たちが、必死になって肉を焼き続けている。

焼きあがった肉を、各テーブルの代表が受け取りに行く。代表がもらってきた肉が果たして僕や、僕の正面で下を向いたまま居心地悪そうにしているB組の浜屋《はまや》くん(イベント用としてつけている名札にそう書いてあるだけで、まったくの初対面だ)のもとにまで届くのかどうかは、少しばかり怪しかった。

「自己紹介すっか」と僕の対角に座っていたB組の男子(木村《きむら》と名札には書いてある)が切り出した。「つっても、普通にしたんじゃ面白くないから、名前と部活と好きな異性のタイプくらい言っちゃおうか。よし、それでいこう」

「何それ~」と満更でもなさそうに、仁科萌香が笑う。

「いいじゃんいいじゃん。ほら、萌香スタートで」

「ふっざけんなよ~」

肩を叩いてふざけ合う二人を尻目に、僕はトイレに行くと言って空気を読まずに立ち上がった。浜屋くんが一瞬だけ心細そうな視線を僕に送り、僕は彼に対して心の中で詫びた。レク委員会は交流の名の下に仲があまりよくないもの同士を的確に同じ班に組み込みながら、木村のような一部の生徒に対してはキューピッド的な采配《さいはい》を見せていた。少し全体を見渡せば一目瞭然《いちもくりょうぜん》だ。

　席を立ったのは質問に答えたくなかったからではなく、八重樫の様子を確認する必要があったからだ。僕は敢《あ》えて四班の近くを通り、八重樫のことを確認した。

　彼は同じ班に割り当てられた生徒たちと談笑に耽《ふけ》りながらも、どこか心ここにあらずという雰囲気でそわそわとしていた。言われなければ気づかない程度の変化かもしれないが、少なくとも僕にはそれがよくわかった。彼は僕が立ったのを見ると班員に断りをいれてから席を立ち、不自然な動きにならないよう僕のほうへとやってきた。まるでたまたま同じ方向に行きたいだけなんだと言わんばかりに、適当な距離を保ちながら口を開く。

「いまやっと、四分の一くらい確認し終わったところだ。まだそれっぽいのはいない」

　八重樫は確認用に使っていたらしい名簿を広げてみせる。ＡＢ組の女子生徒の名前がずらりと並んでおり、彼の言ったとおりその四分の一ほどにピンクの蛍光ペンで線が引かれていた。シロだと判断した生徒を消していっているのだろう。

「名前がわかんねぇ奴もいるから、こっちも参照しながらやってる」

　名簿の下には、以前文集用に撮影した写真のモノクロコピーを忍ばせていた。更に死んでしまった三人の写真もそれぞれクリップで留めてある。ひょっとすると能力を故人に反映させるためには、生前の写真が必要なのかもしれない——そんな予測を立てながらも、それ以上の考察は自重することにした。詳細を知ってしまえば、彼の能力を失効させてしまう危険性がある。

「必ず候補を見つけるから、もう少し待っててくれ……そんで、見つけたらマジで頼むぞ」

僕は首のストレッチをするようなふりをして頷いた。そのまますぐに自分の席に戻る気にはなれず、朝礼台付近の煙たい空気を抜け新棟一階のトイレへと向かった。実際に便意があったわけではなかったのでしばらく大便器に座って時間を潰《つぶ》してから、手だけ洗って校庭に戻った。唐突に歓声があがった。

見ると、二人の男子生徒が上半身裸になって踊っているのが見えた。園川と張本だった。手を叩いて賞賛を送る生徒に、目を背けながらも笑ってしまう女子生徒に、腹がよじれてもう立てないといった雰囲気の生徒。そんな彼らに囲まれて、二人は両手を挙げて不器用に踊ってみせる。盆踊《おど》りでも阿波《あわ》踊りでもなく、ましてやジャズダンスやヒップホップなんてものでもない。踊り方を知らない彼らが無理に踊ろうとすると、どうしても歪《いびつ》で滑稽《こっけい》な踊りが完成してしまう。

「もう勘弁してって、ほんと笑い死ぬ、マジで天才だわお前ら」

「今日も園川と張本がＭＶＰだろ」

「ぶっちゃけこれが見たくてレク企画やってるとこあるわ」

ようやく郡山からシャツを返してもらった二人は、拍手を恥ずかしそうな笑みでいなしながら、そそくさと自分の席へと戻っていった。同じタイミングで僕も自席へと戻る。

「次は、ハマヤンも踊ったほうがいいんじゃない？」

自分につけられたあだ名であることに気づいた浜屋くんは、木村のことを戸惑いの表情で見つめた。無茶ぶり、と言って仁科萌香が手を叩いて笑う。席に戻った僕を見て、木村がそうだ、君だけまだだから早く自己紹介してよと催促する。これ以上空気を悪くするのも嫌だったので、名を名乗り帰宅部であることを説明した。

「いや垣内くん、大事なの忘れてるっしょ」

「バレちゃったか。ごめんごめん」

しばらくどう答えたものかと思案していると、不意に木村の笑みが消えた。何があったのだろうと彼の視線を辿《たど》るようにして振り返ると、そこには大柄のサッカー部員が立っていた。

「……垣内」

八重樫の表情には余裕がなかった。まるで短距離走の後のように肩は揺れ、額には脂汗が浮かんでいる。一方で夏の屋外であるにもかかわらず、唇は凍えたように小刻みに震えていた。

「来てくれ」

八重樫は掠《かす》れた声で、でもはっきりと、言った。

「見つけた」

園川に呼び出されたのならいざ知らず、八重樫に呼び出された僕を止める者はいなかった。僕は椅子を弾《はじ》くようにして立ち上がり、しかしすぐに派手な動きは慎むべきだと反省した。不自然なほど動きを小さくしたところで、

「大丈夫だ……こっちなんか見てもねぇよ」

八重樫に指示されるまま体育棟の裏に移動する。校庭からは完全に姿を隠せたことを確認すると、八重樫は唸《うな》り声のようなため息をついた。それからもしばらく動揺を隠せない様子で顔を拭《ぬぐ》ったりしていたのだが、ようやく口にする決心がついたようだった。

「ほぼ間違いねぇわ。真っ青だった。あんな真っ青なやつ見たことねぇ」

「……真っ青？」

「悪《わり》ぃ、俺の能力の話だ。とにかくAB組の全女子生徒の中で一番こずえのことを嫌ってるし——それだけじゃない。ここにいる全員のことを、死ぬほど嫌ってた。病的なまでに、たぶん殺したいほどに。何人か候補を探そうと思ったけど、あんだけ真っ青なやつを見つけたらもう十分だ……次元が違う」

「……誰なんだ」

「向こうと目が合う心配はないと思うが、顔出すときは一応ゆっくりにしとけよ。七班のテーブルに座ってる女子だ」

慎重に校舎の陰から顔を出したとき、ようやく八重樫の言っていたことの意味がわかった。七班——園川と同じ班に割り当てられた彼女は、賑《にぎ》やかな生徒たちに囲まれながらも一人、読書に耽っていた。周囲を気にするそぶりはもちろん、顔を上げる気配すらない。周りの生徒たちも彼女のことを持て余している。声をかけても拒絶されそうだと思ったのかもしれないし、あるいは実際に声をかけて明確に拒絶されたのかもしれない。

「……何て名前なんだ」

　黒髪のボブヘアーが嘘みたいに綺麗に整っている女子生徒だった。座っていても身長が高いことと、その体がほっそりとしていることがよくわかる。手にしている文庫本が邪魔で顔はよく見えなかったが、肌の白さは指先から十分に見て取れた。

「……あ」

　僕は息を呑《の》んだ。そういう、ことだったのか。

　彼女が体勢を変えたときに文庫本の角度が変わり、胸元がちらりとだけ覗いた。僕が一つの可能性を脳裏に描いたとき、八重樫はようやく彼女の名前を告げた。

「B組の檀——檀優里」

　聞いたことのある名前だった。どこで聞いたのだろうと考え、すぐに思い出した。事務員の箕輪さんが高井健友の飛び降りを目撃してまもなく、教室に入ってきたと言っていた女子生徒だ。飛び降りの『後に』教室に入ってきたということでさほど気に留めていなかったのだが、あまりに迂闊だったかもしれない。相手は《受取人》なのだ。常識で様々なことを推し量るべきではなかった。

それにもう一つ、僕には確認すべきことがあった。

どこに行くんだと尋ねる八重樫に対し僕は、

「体育館。確認しなくちゃいけないことがある」とだけ叫んで走った。

バスケ部は通常どおり体育館で練習をしていた。シューズの摩擦音と、ボールがバウンドするバスドラのような低音が独特の空気を醸す。いつもだったら尻込みする空間だったが、今ばかりは遠慮してもいられなかった。ステージの前で声を出していた練習着姿の斎藤直樹に声をかける。迷惑そうな顔を一瞬だけ浮かべるも、僕のただならない様子を察してすぐに驚いたような表情に変わった。

「何だ、どうした？」

「突然ごめん。この間、話してくれた村嶋くんの件なんだけど、彼が視聴覚室に閉じこもったとき、入り口でドアを叩いてた村嶋くんの友人って、女子生徒だったの？」

「そうだよ」事もなげに言い「言ってなかったっけ？」

「僕が勝手に勘違いしてた。名前は思い出せた？」

「いやいや、調べてもないし——」

「檀優里」

「……あぁ、それだ、間違いない」

先ほど本の陰から彼女の胸元が少しだけ見えた。

彼女がつけていたのは——緑色のネクタイ。

男子生徒は基本的に学校指定である赤か緑のネクタイの着用を義務づけられている。若干赤いネクタイのほうが人気ではあったが、それでも三から四割程度の男子生徒が緑のネクタイを着けていた。よってネクタイの色など教えられても、さしたるヒントにはならない——そう思い込んでいた。村嶋竜也の彼女は、とあるB組の女子生徒であることをこの学年の生徒ならほとんどが知っている。だからこそ彼は村嶋竜也の近くにいた女子生徒のことを『恋人』とも『彼女』とも思わず、『友達』だと表現したのだ。どうしてあのとき、斎藤直樹がわざわざネクタイの存在とその色に言及したのか、もっと真剣に考えておくべきだったのだ。

うちの学校では、女子はネクタイではなく赤か緑のリボンをつける決まりになっている。よって確かに緑のネクタイを着けていたのが女子生徒であるのならば、それは見逃すことのできない大きな特徴だった。

僕は箕輪さんから聞いた彼女の名前をさほど重要視していなかったことを含め、自らの脇の甘さを恥じた。しかし今の僕が向き合うべきは自分の情けなさでも、それに対する反省でも今後の抱負でもなかった。檀優里という女子生徒が、二つの自殺現場に居合わせていたという、揺るがしがたい、決して無視するべきではない、ただの偶然では片付けられない事実だった。

一度八重樫のもとに戻って斎藤直樹と箕輪さんから聞いた話を改めて説明しようかと

思ったのだが、僕は体育館を出たところで思いもかけない光景を目にする。

檀優里が、荷物を持って校外に出ようとしていたのだ。

バーベキューが急遽《きゅうきょ》何らかの理由で終了してしまったのだろうか。慌てて校庭に目を遣《や》るが、もちろん終わってなどいない。朝礼台の横には、まだ焼いていない肉が山ほど発泡スチロールのパックに残っていた。山霧こずえがまるで首相参加のパレードでも警備するような真剣な表情で他の委員に指示を飛ばす。檀優里が抜けてしまったこと以外、そこに何一つ変化はない。

見る間に檀優里はどんどんと裏門へと向かって進んで行ってしまう。

どうするべきなんだ。落ち着いて最善の行動を考えることのできなくなっていた僕は、わけもわからず彼女を追いかけていた。逃がしてはいけない。冷静になれば焦る必要などないとわかるのに、言いようのない強迫観念が僕を急《せ》き立てた。

「待って！」

彼女はまるで前もってそこで止まることを決めていたように、落ち着き払った動作で立ち止まった。そしていかにも大儀そうに、焦《じ》れったくなるほどゆっくりと、こちらを振り向いた。

「なに」

彼女と目が合った瞬間、僕はあらゆる言葉をなくしてしまった。

初めて近くで見る彼女は、想像もしていなかったほどの美人で、想像もしていなかったほどに冷たい瞳《ひとみ》を持っていた。予想していたとおり身長は高く、目線は百六十六センチの僕とほとんど変わらない。指定のリボンではなく緑のネクタイを着けている点を除けば、制服はどこも着崩していなかった。スカートの丈は標準的、あるいはやや長め、白いワイシャツは学校指定のものだ。派手な髪飾りも、イヤリングも、ネイルもしていない。それでも彼女は、どこか常にスポットライトを浴びているような華やかさと、隙を見せたら取り殺されてしまうのではないかと思うほどの緊張感を携えていた。

てっきり鋭角に濃いアイラインを引いているのかと思ったのだが、彼女の鋭い眼差《まなざ》しは生来のもののようだった。どこにも化粧が施されている様子はない。小石を放り込んでも数十分は反響音がしないのではないだろうか。そんなどこまでも深くて黒い、冷たくて大きな瞳が、僕のことを見つめていた。それだけで、なぜだろう。心臓を鷲《わし》づかみにされているような気持ちになる。

「なに」

二度尋ねられて、僕はようやく正気を取り戻した。前後の文脈も踏まえず慌てて右手をポケットの中に忍ばせて安全ピンの針を出した。しかしそこで初めて、いまここで能力を用いた質問はできないことに気づく。

彼女はすでに、校門の外側にいたのだ。

4.すべての能力は私立北楓高校の敷地内でしか発動しません。

「……あぁ、ごめん突然」

どうにか場を繋ぐ言葉を探しながら、僕は必死に能力のルールについて思いを巡らせていた。果たして能力を行使する側の体が校内に残っていれば、能力は発動するのだろうか。あるいはやはり相手の体が外に出てしまった時点ですべて無効なのだろうか。いずれにしても、どうにか彼女をこちら側に引き戻すことはできないだろうか。いや、無理にそんなことをすれば彼女にこちらが《受取人》であることを悟られるリスクがある。なら、このまま試しに能力を使用してみようか。でもそうすると声が震えなかった場合に僕はどのような判断を——

自分で自分の心の声がうるさくなる。

「その……バーベキュー」僕は考えるのを諦め、砂利の中からちょうどいいサイズの石を掴んで投げるように慌てて言葉を選んだ。「まだやってるのに、もう、帰っちゃうのかな、って」

彼女は僕の言葉を吟味するように目を細めると、一度地面に視線を落としてからまたこちらを見つめた。

「逆に、あなたはまだ帰らないの？」

「……え？」

「あなた、垣内友弘くんでしょ」

目の前が真っ白になる。

「あなた垣内友弘くんなのに、まだ帰らないの？」

僕が何も答えられないのを確認すると、彼女は微笑だけを残して歩き始めてしまった。

僕はその場でしばらく金縛りにあったように立ち尽くしていたのだが、あるところで我慢しきれなくなって教室に向かって走り出した。自分の荷物を取りに行くためだ。碌《ろく》に前を見ていなかった僕は、ぶつかる寸前まで昇降口で呼び止める八重樫の存在に気づかなかった。

「どうした、垣内。やっぱりあいつが犯人だったのか」

「ごめん、まだわからない」

「質問できなかったのか？」

「能力を使う前に校門の外に出られた、今から追いかける」

「……は、はあ？」

「まだ追いつけると思うんだ」

「いや、追いついたとして、どうするってんだよ」

八重樫の言うとおりだった。論理的な反論は何一つできない。敷地外に出れば能力を使った質問はできなくなるし、更に言うなら彼女が山霧こずえに危害を加える心配もまるでなくなる。来週まで待てば、彼女が死神かどうかを確認するチャンスはいくらでもある。

しかし今の僕を動かしていたのは、言うなれば、どうしようもない本能であった。彼女を追わなければならない。彼女が僕の名前を知っていたことに対する恐怖、不気味さというものも確かにあった。でもそれだけではない。ここで彼女を追わなければ、僕は一生何かの呪いを解けなくなってしまう。そんな気がしていた。

荷物を摑んで階段を駆け下り、再度呼び止める八重樫を無視する。彼女が通った裏門から外に出ると、小さくなった彼女の背中がまだ微《かす》かに見えた。最寄りである北楓駅のある北西ではなく、彼女は南に向かって歩いていた。高校周辺は駅へと続く道しか歩いたことがなかったので地理には明るくない。見失わず、なおかつ尾行に気づかれない距離を保つ。最盛期から優に三十年はすぎたといった風情のさみしい商店街を通り過ぎ、車一台通るのがやっとという細い道をいくつも複雑に曲がっていく。ここまでくるとスマホのマップなしでは一人で帰れないかもしれない。不安な気持ちを覚え始めたところで、彼女はようやく歩を止めた。

彼女が座り込んだのは、丘の上のベンチだった。

さすがに雷鳴轟《とどろ》く断崖絶壁《だんがいぜっぺき》の髑髏城《どくろじょう》に住んでいると思っていたわけではないが、あるいは僕はそういうわかりやすい記号を探していたのかもしれない。道行く誰かに対しナイフをちらつかせてみたり、ネオン輝く怪しいバーに入っていったり、薬局で大量の睡眠薬を購入してみたり。人気《ひとけ》のない丘の上のベンチに座って読書——というのも、確かに一般的とは言いがたい放課後の過ごし方だ。それでも、拍子抜けの感は否めなかった。

僕は文庫本のページを静かにめくる彼女の背中を、少し離れた木陰から見つめていた。見晴らしのいい丘だったが、手入れが行き届いているとは言いがたかった。先ほど上ったコンクリート製の階段は大きくひび割れ傾いてさえいたし、手すりには赤錆《あかさび》が浮かんでいた。尾行目的でなければ上る気にすらなれない。上り切ってまもなく現れた高台にもベンチと小さな看板以外にこれといった設備はない。ベンチへと続く道だけが微かに踏みならされてはいたが基本的には雑草が膝元まで伸び放題になっている。

彼女の読書が終わるまで待つことに果たしてどれだけの意味があるだろう。そもそも彼女の住まいを突き止めて僕は何をどうしようというのだろう。ようやく自分の愚行を省みることができた僕は、黙って丘を降りることに決めた——はずだった。

薄汚れた看板を、改めて読むまでは。

『ホゾ丘公園　本座《ほんざ》市』

一応ここは公園だったのかというどうでもいい感想が一瞬だけ浮かび、それからどこかで聞いたことのある名前だなと引っかかる。ちょっとした想起の旅が、とんでもない仮説に育つまでにさほど時間はかからなかった。思い出したのは岸谷亮兼の自伝だ。

私は彼への感謝の気持ちも込めて、彼と出会ったその丘に学校を建てることにした。名をホゾ丘と云う。昭和二十二年の学校教育法施行に伴い校舎は現在の北楓に移転してしまったが、今でもホゾ丘は立派に本校の敷地である。

合わせて考えるべきなのは、能力のルール。

　4．すべての能力は私立北楓高校の敷地内でしか発動しません。

論理的に考えて、この丘の上なら、能力が使えるということではないだろうか。そんな考えがよぎったとき、僕の右手はポケットの中に滑り込み、足は檀優里のほうへと向かい始めていた。明確な作戦なんてものはない。ここで決着をつける必要性だってなかった。それでも条件が整っていると気づいたとき、妙な焦燥感と変形した自信とが胸をいっぱいにした。これは期せずして到来した千載一遇の好機だ。

いま、ここで、彼女に問わなくてはならない。

足音に気づいた彼女は校門前のときと同じように、やはりゆっくりとこちらを振り返った。少しだけ意外そうな顔をしたが、怯《ひる》んだり動揺したりという雰囲気は微塵もなかった。

「どうしてついてきたの」

「それは――」正直に答えることにした。「わからない」

彼女は黙したまま、僕の言葉を待っていた。

「なんで……僕の名前を知ってたんだ」

「隣のクラスなんだから名前くらいわかるでしょ。あれだけ合同のレクリエーション企画だってあるんだし」

「そうか……」それもそうだと自分に言い聞かせ「何、読んでるんだ。ミステリー？」

どうにかして話題を三人の自殺へと持って行きたかったために、無理にミステリーという言葉を選んだだけの話だった。しかし彼女は僕を見る目なしとでも判断したのか、あらゆる興味を失《しっ》したようにため息をついた。視線が本へと戻る。

「そういうくだらないのは読まない。異常な性癖だとか、偏った思想だとか、不幸な境遇で育ったとか、そういう犯人が、無茶な理由で人を殺す。それを利害関係のない名探偵とやらがやってきてこじつけの推理と薄っぺらい説教とで片っ端から叩いていく。何が面白いのかわからない」

「……なら、何の本なんだ」

「これはルソー、人間不平等起源論」

書名だけですでに圧倒されながら「……どんな本なんだ」

「一言ですべてを語った気になるのは恥ずかしいことだけど、強いて言うなら——社会制度が生まれると人は必然的に不平等を生み出す仕組みになっている。何らかの善後策を講じない限り不平等は拡大の一途を辿る。やがて行き着く先は、『王』を絶対の頂点としたピラミッド——そんな本」

「……王を頂点」

僕は決して不自然な流れではないと判断した。

「最近、自殺した三人についてどう思う」

いきなり懐に飛び込んだ僕の質問に、しかし檀優里は寸分の動揺も見せず、

「どう思うって、何が？」

「……こんなに、自殺が続くなんて、僕は考えづらいと思う」

「それはつまり何。誰かが彼ら三人を自殺に見せかけて殺したんじゃないか――とでも言いたいの？」

安全ピンの針を出すと、緊張の水位が急激に上昇した。呼吸が乱れそうになり、肩が揺れそうになり、視線が泳ぎそうになり、無意味に左手で首筋を撫《な》でてみせる。

「その可能性を、考えてもいいんじゃないか、って」

「なら、彼らはどうやって殺されたの？」

「それは、わからない。けど、例えばそれを可能にする『何か』が、犯人にはあった」

「『何か』、ね」

彼女はふっと小さく笑った。

「ギュゲスの指輪って、知ってる？」

「……いや、わからないけど」

「プラトンの国家という書物に出てくるエピソードのひとつ。ギュゲスという名の羊飼いは、あるとき洞窟《どうくつ》の中で不思議な指輪を見つけてしまう。それは体を透明にすること

ができる魔法のような指輪だった。ギュゲスはそれを用いて宮殿に忍び込み、王妃と通じる――つまり男女の関係になってしまうのね。親しくなった二人は共謀し、とうとう国王を殺してしまう。ギュゲスは見事に王位を簒奪《さんだつ》する――それがギュゲスの指輪の物語。何が言いたいのかわかりにくい話かもしれないけど、プラトンの――厳密にはグラウコンなんだけど、ややこしくなるだけだから――問いかけは単純。『誰にも悪事がばれないという状況に立ったとして、果たしてそれを実行に移してもいいのか』たったそれだけ」

果たして《受取人》として特殊な能力を手に入れたからといって、同級生を手にかけてもいいのか。

「……プラトンの答えはどうなんだ」

「もちろんダメ」

彼女はそこでしおりを挟んで本を閉じた。丘から見える景色に目を移す。小さくなったうちの学校が見えた。

「その理由は、人は善のイデアを追求するべきだから。善のイデアから逸脱した行為は実際に手に入れた栄光いかんにかかわらず、その人の心を汚してしまう……ゆえに決して認められないこと。だからもし、なんだっけ？　あの三人の自殺が本当は、指輪的装置を用いたギュゲスによる見えざる殺人だったのだとすれば――それをきっとプラトンは許さないでしょうね」

「……君は、許すのか」

「さあ、どうだろう。ギュゲスの指輪が本当にこの世界に存在するという絵空事を前提にしてお話を続ける気には、ちょっとなれない」

少し、気が抜けそうになった。あまりに落ち着き払った態度に、平然と殺人は悪だと言ってのける口ぶり、能力の存在を絵空事だと断じる冷静さ。どれをとっても、彼女はシロだとしか思えなかった。

彼女は死神ではないのかもしれない。そんな予感が、僕に最後の質問をする勇気を与えた。

「なら少なくとも君は、ギュゲスの指輪じみた特殊能力も持っていないし、誰を殺してもいないわけだ」

なにそれ、と呆れたように笑うと、彼女は僕の目を見つめた。

僕はあらかじめ絆創膏を貼っておいた位置を狙い、太ももに安全ピンを突き刺した。痛みが走り、じゅわっと滲み出た血がガーゼ部分に染みこんでいく感覚がある。

檀優里は当然のような顔で、夢見がちな少年を諭すような口調で、

「**私に特殊能力はないし、当然、誰も殺していない**」

三章　一般言語学講義

9

名前：檀優里
クラス：二年B組　部活：無所属　住んでいるところ：楓町
好きなもの得意なもの：読書
嫌いなもの苦手なもの：水泳
仲のいいAB組の友達：いない
みんなへのメッセージ：よろしく

どの項目にもたった一言しか記入されていない。『みんなへのメッセージ』の欄については、気合いの入った生徒なら五行も六行もメッセージを書き華やかなイラストさえ添えていた。僕でさえ三行くらいは書いた。レクリエーション企画の一環として作成されたAB組合同の自己紹介文集をぱらぱらめくると、余白の多すぎる檀優里のページはかえって目についた。

「悪《わり》ぃ、待たせた」

重たそうなエナメルバッグを乱暴に置き、濡《ぬ》れた傘をその上に放り投げる。スポーツタオルを頭にかぶった八重樫はすぐにドリンクバーとポテトを頼んだ。

校内で相談しているところを死神に――檀優里に見られるのを避けたかったので、僕たちは放課後にファミリーレストランで落ち合うことに決めた。皆勤だった部活を急に休むのも不自然という八重樫の話に納得し、サッカー部の活動が終わる午後六時まで待った。

八重樫が飲み物を取って戻ってくるまでの間に、テーブルの上に置きっぱなしになっていた彼のスマートフォンは三度ほどバイブレーションした。僕はその事実に驚き、そして思わず感動さえしてしまう。

「垣内の能力で、檀の《受取人》としての能力を当てることはできないのか」

「難しいと思う。檀にはあと二回しか能力は使えない。ほとんど完璧《かんぺき》な予測を立てた上で質問しないと、空振りに終わる可能性が高い」

「……そりゃそうだよな」

八重樫は頭に乗せていたスポーツタオルを顔にまでずらすと、唸《うな》るように言った。

「マジで許さねぇぞ……あの、クソ女」

タオルの奥で小さく洟《はな》をすすった音は、聞かなかったことにした。

死神が誰であるのか突き止めた僕たちにできることは、自分たちでも驚くほど、少なかった。僕らにとって喫緊の課題は、山霧こずえの命を守るということだった。しかしこれは、犯人を特定しただけではどうにもならない。檀優里の能力の詳細を突き止めて能力を失効させせない限り、彼女はいつでも（なのかはわからないが）山霧こずえを殺すことができる。

また、単純ながら極めて難しい問題だったのは、結局のところ彼女を警察には突き出せないということだった。現段階で『檀優里という生徒が殺人を犯しました』と通報してもまともに取り合ってもらえないのは当然ながら、仮に能力や殺害方法を詳《つまび》らかにすることができたとしても警察や司法の力は頼れない。能力をこちらが見破った途端に、檀優里から能力が消失してしまうからだ。いくら僕たちが能力について力説したところで、高校生の妄想としか受け取ってもらえない。仮に元《受取人》である卒業生が大挙して押し寄せ、能力の存在を声高に主張したとしても肝心の能力が失われていては説得力に乏しい。そんな途方もない証言をそれでも警察が愚直に信じ、彼女に手錠がかけられる瞬間が訪れるという可能性はちょっと想像ができない。あまりにもファンタジックだ。

つまり僕たちは、檀優里をどうすることもできないのだ。

僕らが見事に山霧こずえを守り、彼女の能力を看破したとしても、彼女は少なくともこの国の法律においては、一切、裁かれない。それはちょうど——ギュゲスのように。

彼女は透明なのだ。透明な死神なのだ。

「警察がどうにもできないなら、俺たちがどうにかするしかねぇだろ」

「私刑を……加えるってことか？」

「指咥《くわ》えて見てられるかよ、三人も殺しておいて無罪放免なんて俺は考えらんねぇ」

「……でも、檀の持ってる能力がわからないまま近づくのはあまりに危険だ。返り討ちにあいかねない。学校の外で殴ったとしても、学校の敷地内に戻ったときに反撃に遭う可能性は高いし、そもそも物理的な危害を加えた場合、警察の世話になるのは僕たちだ。やっぱり能力を確かめないと」

「わかってるよ……わかってる。わかってんだよ」

　確かに僕らの常識感覚からして、三人も殺しておいて無罪というのは到底受け入れられるものではない。それでも今の僕らにできることは、あるいはなすべきことは、どこまでいっても、檀優里の能力とその発動条件を特定することだった。特定し、檀優里から能力を奪い、山霧こずえの命を守る。それ以外にない。

　僕らは再度、檀優里の能力の正体を考察してみた。繰り返しになるが、檀優里が精神誘導系の能力を持っていることは断定せざるを得ないだろう。小早川燈花は自分で自殺用のロープを購入していたし、直筆の遺書を残した。村嶋竜也も自分の手で遺書を認《したた》め、誰も入れない一人きりの視聴覚室から飛び降りた。高井健友は箕輪さんの目の前で飛び降りた。彼らの死が自殺であることには疑いの余地がない。

　檀優里が彼らの精神状態を負の方向へと調整してしまったと見るのが、当然の推論だろう。

ただ、見逃せない点が新たに一つ浮上した。檀優里は村嶋竜也の自殺現場にも、高井健友の自殺現場にも居合わせていたということだ。村嶋竜也のときは視聴覚室の入り口で扉を叩《たた》き斎藤直樹を呼び寄せ、高井健友が飛び降りた直後には何食わぬ顔で箕輪さんの後から空き教室に現れたという話だった。

警察の聴取内容はもちろん僕らにはわからないが、どちらの自殺にも発見者としてかかわっているとなれば、少なからず疑いの目を向けられたのではないだろうか。加害者だとは思われなくとも、自殺の引き金を引いたキーパーソン程度には思われてもおかしくはない。檀優里としても、警察が《受取人》の存在や自分の超常的な犯行内容にまではたどり着けないとわかっていても、可能なら疑われるような真似は避けたいはずだ。

なのに、彼女はそこに居合わせた。

つまり彼女の能力は、対象者の近くにいないと使用できないものだということだろう。例えば彼女の能力が暗示をかけると三時間後に相手を自動的に自殺したい気分にできる――という種類のものであるのだとすれば、わざわざ自殺する当人の近くにいる必要はない。視聴覚室では扉を挟んで、空き教室では自殺した後に入室したという状況を鑑《かんが》みると、触れるほど近くにいる必要はないのかもしれない。それでも、ある程度の距離にいる必要はあるのだ。

例えば半径五メートル、あるいは十メートル以内。

仮に自殺したい気持ちにさせるエネルギーのようなものを離れたところから照射でき

るのだとして、照射範囲はさほど広くないのだろう。小早川燈花の遺体が発見されたのは彼女が首を吊《つ》った翌日だったので、自殺時の状況はわからない。もちろん檀優里が近くにいたというような目撃証言もない。それでも、このときも近くにいたと判断するべきだろう。

檀優里は対象者に近づきさえすれば、自殺したい気持ちに誘導できる能力を持っている。

「違うのかもしんねぇな」

「え？」

八重樫はスマートフォンを見つめながらぽつりとそう言った。

「シロパッパわかるだろ？」

「あの、事務員の？」

「そう」

事務員室の一番目立つ位置に座っている白髪頭の男性事務員がいる。彼は、なぜかシロパッパと呼ばれていた。白髪からシロが来ているのだとは予想できるが、パッパの由来はわからなかった。本名も知らない。たぶんもう七十近いのだと思うのだが、定年後も事務員として働いている。挨拶《あいさつ》の声がやたらと大きいのが特徴で、生徒の間ではちょっとした有名人だった。まるで友達のように慕われていると言えば聞こえはいいが、少々乱暴に扱っても許されるマスコットのように認識されている側面も否定できない。

「さっきシロパッパにLINEしたんだけどさ――あ、あの人、あんな年なのにスマホとかめっちゃいじるんだよ。そんで前、部活終わりにみんなでノリで連絡先交換してさ、ま、いいや――とにかく、この学校でこんなに大量の自殺者だったり、怪死や事故死だったりがあった年はあったかって訊《き》いたんだよ。そしたら――」

八重樫はスマートフォンの画面をこちらに見せつけてくる。シロパッパからの返事は、

「ここで働き始めてからもう五十年くらいになるけど、こんな悲しいことは初めてだね。病気とオートバイの事故以外で生徒さんが死んじゃったことだってそもそも初めてなんだ。びっくりしてるよ」

「俺の能力は『人の好き嫌いがわかる能力』だ」八重樫はスマートフォンをまたテーブルの上に置いた。「垣内の能力は『嘘を見破る能力』」

「……それが？」

「残りの二つのうちの一つが『自殺させられるほど強力に、他人の精神を誘導できる能力』ってのが、ちょっとあり得ないように思う。俺たちのに比べて強力すぎんだろ」

能力の強さ、有用さが平等である保証はどこにもない。それでも八重樫の説明は一理あるような気がした。確かに逸脱しすぎているような気もする。

「それにシロパッパの話じゃ、こんな大量の自殺者が出たのは今回が初めてなんだ。檀が何代目の《受取人》なのかはわからない。でも、過去に三十人だか四十人だかあいつと同じ能力を持ってるやつがいたはずなんだ。なのに、誰もあいつのように大量――ど

ころかたった一人を殺すこともしなかった。それはつまり――」

「言うほど、檀の能力は強力じゃないはずだ、ってことか？」

「それもあるし、殺人に特化してるわけでもねぇってことだと思う。あのクソ女は、相当頭をひねって最低の行為に及んだんだ」

八重樫は舌打ちを放ってからスポーツタオルをエナメルバッグの中に押し込むと、雨と整髪料が溶け合った髪をいかにも苛立《いらだ》った様子でかき上げた。

「てか、なんであの三人だったんだよ……それがわかんねぇ。何考えてんだあのクソ女は」

同意を求められたような間があったので、確かにまったくわからないと返す。ドリンクサーバーへと逃げている間に議題が変わっていることを期待したのだが、僕が戻ったときの八重樫は、

「何か関連性があるのか……」と真剣な様子で腕を組んでいた。

考えても無駄だ、わかりっこないさ。僕はコーラを流し込む。

「ひょっとすると、教室が最後の一人になるまで殺すつもりなのか」

「……それはない」

「どうしてそう思うんだよ？」

「いや、ごめん。なんとなく」

しばらく八重樫は難しげな表情で腕を組んでいたのだが、やがてまたバイブレーショ

ンしたスマートフォンに視線を奪われた。電話だったらしい。その場で耳に当てる。しばらくしないうちに会話の内容から相手が八重樫の恋人であることが僕にもわかった。名前は知らないが、確かD組かE組の生徒だったように思う。顔だけはぼんやりとわかる。

八重樫の声しか聞こえないので察するしかないのだが、彼の口調からするに交際相手はかなり不機嫌そうであった。ここ最近会う時間がとれてないことに対する非難があり、山霧こずえとの距離が妙に近くはないかという探りが入った。

事実、八重樫はここ数日、山霧こずえのことを常に気にかけていた。なるべく側にいるようにし、精神誘導の形跡がないか主にメンタル面をケアしていた。檀優里の能力の詳細がわからない以上こうする他ない。そしてその仕事は明らかに僕よりも八重樫のほうが適任だった。

「はあ？　なんでお前がジンと一緒にいるんだよ。意味わかんねぇ……ちゃんと説明しろよ」

聞き耳を立てるつもりはないのだが、八重樫の声が大きいのでどうしても耳に入ってしまう。ジンとは、おそらく山霧こずえの交際相手である森内仁のことだろう。「kozu-jin0427」の仁だ。

「今はファミレスだよ……別に誰とでもいいだろ……嘘なんかついてねぇよバカ。お前――」

あまりにも修羅場の全貌《ぜんぼう》が簡単にイメージできてしまう。僕はさすがに様々な意味で聞いていられなくなったので、耳栓代わりにイヤホンを嵌《は》めた。そのまま音楽を流す。秦基博《はたもとひろ》がギターを奏で始めた。

八重樫を見ていると脳内でアテレコをしてしまいそうだったので目も閉じる。そのままソファに沈む。そうしてこれから僕たちが——いや、僕が——とるべき最善の行動というものを考えてみた。犯人はわかったが、能力はわからない。能力がわかったとしても、その発動条件まで完全に理解できないと能力は失効させられない。

完全な手詰まりだ。

ならば——

肩を叩かれたのでイヤホンを外す。

「悪ぃ、垣内」

八重樫は財布からじゃらじゃらと小銭を取り出しテーブルの上に置く。そして四百五十円あることを確認すると、慌てた様子でエナメルバッグを担いだ。

「ちょっと彼女んとこ行かなきゃいけなくなった。あいつマジでキレてる。悪ぃけど、これからのことはまた明日《あした》——」

「もう、直接お願いするしかないと思う」

「……ええと、何がだ？」

「檀優里に直接、山霧さんを殺すのはやめてくれ、って」

聞き間違いを疑うように細かい瞬《まばた》きをすると、八重樫は呆《あき》れたように大仰なため息をついた。

「……いや、勘弁しろって、お前まで面倒なこと言うなって」

「でも、そうするしか道がないと思う」

「だとしても、そんな馬鹿な真似ないだろ」

「他に打つ手がない。このままじゃ、山霧さんが殺されるのを待つだけになる」

「ちょっと、一旦《いったん》冷静になれ、な。続きは明日以降だ」

八重樫が出て行ったドアが、ゆっくりと元の位置へと戻っていく。

僕はまたイヤホンを嵌め、今度は高橋優《たかはしゆう》の歌声に耳を傾けた。

五曲ほど聞いたが、考えは変わらなかった。

10

危険な人物であることには違いない。

でも、多少の話し合いならできる相手なのではないだろうか。

言葉を交わしたのは丘の上でのほんの短い時間だった。それでも絶望的に言葉のキャッチボールができないということはなかった。間違っても説得できるだとか、改心させることができると自負しているわけではない。ただ、妥協点を探すことくらいはできるのではないだろうか。そんな根拠のない予感を胸に抱いていた。

　また、僕は彼女が実は犯人ではないのかもしれないという、どうしようもなく甘い予感を捨てきれていなかった。あのとき、彼女の声が震えたのは間違いない。それでも言ってしまうならば、そんなもの声が震えただけなのだ。僕は少なくともこの十七年間、発言の真偽を計る際には相手の顔色と声色を頼りに生きてきた。能力の精度はある程度信頼しているつもりだ。でも僕は、僕自身に元から備わっている一般の人間としての認識能力も同じくらい——いや、それ以上に——信じてやりたかった。

　校内で声をかければこちらも能力が使用できる。ここだというタイミングで安全ピンを使った質問をすれば、ひょっとすると彼女の能力を特定できるかもしれない。しかしそういったメリットとは比べものにならないほどに、隙を見せれば殺されるかもしれないという恐怖のほうが強かった。外で会うことを選ぶ。放課後になると僕は、彼女がバーベキューの日にも使用していた裏門の外で待つことにした。

　八重樫には昨日の夜のうちにＬＩＮＥで連絡をした。やはり僕は檀優里と直接交渉してみたい、と。冷静になれの一点張りだった八重樫だったが、最終的に冷静になったのは彼のほうだった。僕ら二人が必死になって知恵を絞ったところで彼女の能力の詳細は摑《つか》めないのだ。檀優里の《受取人》としての能力は精神誘導系のもので、近距離にいる必要がある。わかったのはそれだけ。

「お前の言うとおりかもしんない」

　もうしばらくやりとりが続いた後、

「そうするしかないのかもな」

《受取人》の存在を不用意に檀優里に知られたくないからと理由をつけて、八重樫の同伴は断った。彼が檀優里を前に冷静でいられるとも思えなかったし、個人的にも彼女とは一対一で話したいという思いがあった。殺された村嶋竜也と高井健友の笑顔が、一瞬だけ頭をよぎる。

　檀優里が裏門に向かって歩いてくる。不思議なもので待っている間はひたすらに恐怖と緊張で鼓動が速まっていくのだが、いざ当人が現れるとどこか落ち着いた気持ちを取り戻せる。交渉の相手が殺人鬼という抽象的で凶悪な概念から、一介の女子高生という現実的である程度慣れ親しんだ概念に切り替わるからかもしれない。

　彼女が間違いなく敷地の外に出たことを確認してから、僕は声をかけた。

「なに」

　先日とまったく同じ反応だった。首を微《かす》かに傾げると、艶《つや》やかなボブヘアーが小さく揺れる。

　僕は少しだけ話をさせて欲しいと言った。喫茶店でもファミリーレストランでもかまわないから、どこかに入って話ができないか、と。裏門は、正門や南門に比べればだいぶ生徒の使用率も低い。それでも終業後間もないこともあって何人もの生徒が僕たちの前を通っていった。美人の生徒に声をかける男子という構図は、どうしても彼らの興味を買ってしまう。僕の切実さとは裏腹な好奇の視線が、ちらちらと吸い寄せられた。

「どうしてそんな時間をとらなくちゃいけないの」

想定の範囲内の反応だった。端《はな》から最も深いところまで話題を持って行く腹づもりだった僕は少し意味深な間を取ってから、

「……わかるだろ？」

「なにも」

「この間の話の続きがしたいんだ」

「私は一人でいたいの。垣内友弘くんなら、それがわかりそうなものだけど」

話はついたといった様子で、彼女は歩き出してしまった。逃がすわけにはいかなかったのでついていく。つかず離れず、三歩ほど後ろを追従しながら話を聞いて欲しいとしばらく続けた。信号で立ち止まったときに横に並んだ。

「相手をしてくれないなら、ずっとこうやって後をついていくことになる」

「そうしたいなら、そうすれば」

好意的な台詞《せりふ》ではなかったが、明確な拒絶の意思も感じられなかったので本当についていくことに決めた。あまりにも相手にされないので、のべつ幕なしに話しかけるのは途中でやめたが、従者のように後ろにぴったりとつくことはやめなかった。そうこうし

ている間に彼女は書店へと入っていった。当然、僕も続いた。学校から近いこともあり、生徒もよく利用する中規模の書店で、僕も何度か入店したことがある。とはいえ新刊が出る度に購入する漫画が二作品ほどあるだけで、基本的に僕にとってここはアウェーの空間だった。紙の匂いなのだろうか。店内独特の匂いに呑《の》まれながら、するすると本棚を器用に縫っていく彼女の背中を追う。

やがて彼女が立ち止まったのは、哲学書のコーナーだった。

いい加減根負けしたのか、ただ話し相手が欲しかったのか、少し相手をしてやるからもう帰れという意味だったのかはわからない。彼女は一冊の本に指をかけると、尋ねてきた。

「ソシュールはわかる？」

ヒントがなければ新しい洋菓子か何かと勘違いしたかもしれないが、目の前にソシュールの書いた本が並んでいたので哲学者なのだなとは見当をつけられた。知るわけがなかった。

「言葉をテーマに哲学に取り組んだ人。彼は、言葉というものは単語がそれぞれ固有に意味を持っているのではなく、差異の体系から意味が現れてくることを示した」

「悪いけど、まったくわからない」

「例えば、一つの言葉を説明するとき、我々はどうしても他の言葉を用いてその言葉を説明しなければならない。『楽しい』とは、『楽しいことである』なんてトートロジー、辞書では許されない。一つの単語は必ず別の単語との差異の中でしか、意味を持てない。『極寒』とは『寒い』よりも更に厳しい寒さのこと。『薄ら寒い』とは『寒い』ほど寒くはないこと。こうやって分解して比べていくことでしか、言葉は意味を持てない。差の世界だけが言葉の意味を構成できる——これでどう？」

「……まあ、少し、わかった気がする」

「このソシュールの考えを、言語だけでなくあらゆる分野に応用しようとした人たちがいる。ポストモダン——通称ポモと呼ばれる人たちで、七〇年代頃からあらゆることを差異で説明しようとした。結局彼らの研究というか、一種の愉悦は現在に至っては取るに足らない与太だということになっているけど、一部には確かに頷《うなず》ける部分があった。私は彼らの発想を拡張させて、こう考えた。人間の個性やアイデンティティもまた、差異の中でしか生まれない。よってそれを均一化しようとする動きには、断固として抗議しなければならない、って」

　少し気を抜いていた。というより、たぶん自分には理解できないだろうと端から諦《あきら》めていた。だから時間差でぼんやりと話の全容が理解できたとき、僕は寒気を覚えた。

　これはほとんど、自白に近いのではないだろうか。

　時間の流れが鈍化し、空気が湿り気を帯びる。目の前の本棚に居並ぶ数々の哲学者たちが彼女の仲間のように見え始め、僕の胸を圧迫する。プラトン、デカルト、ヒューム、ベンサム、ミル、ニーチェ、そしてソシュール。

「自殺した、三人――」

僕は静かな書店に爆弾を放り込むようなつもりで尋ねた。

「君が、殺したんだろ」

檀優里は、すっ、とソシュールの本から指を離した。

「どうしてそうなるの？」

「誤魔化さないでいい、もうわかってるんだ。僕は《受取人》の一人だ」

たぶんそうだろうとは思っていたが、彼女は驚いたようなそぶりはまったく見せなかった。ふうんとも、へえとも言わず、《受取人》って何ととぼけることもせず、静かに僕のことを見つめた。深淵《しんえん》の瞳《ひとみ》が、今にも僕のことを吸い込みそうに、こちらを覗《のぞ》く。

「それで？」

慎重に言葉を選ぶ必要があった。「白瀬から、君が死神の仮装で近づいてきたことを聞いた。そこで次に殺すのは山霧こずえだと言った。僕は、それをどうにかして止めたい。山霧を殺さないで欲しい、それが僕からのたった一つのお願いだ」

「普通――」彼女は少しだけ悲しそうな目をしてから、また本棚を見つめた。「最初に訊くのは、『どうして三人を殺したんだ』になる気がするんだけど、そうは尋ねないんだ」

「……話をすり替えないでくれ」

「そもそもどうしてあなたがそんなに山霧こずえを守ろうとするのかがわからない。どうしてあなたは彼女に死んで欲しくないの？」

「……人が殺されるのを黙って見ていられるわけ、ないだろ」

「それで、いいの？」

「何が言いたいんだよ……とにかく、山霧こずえを殺すのはやめて欲しい」

「白瀬美月なら問題ない？」

「……そんなわけないだろ。絶対に誰も殺しちゃいけないんだよ」

「死んでも嫌だ」

刺さるような言葉に、僕の胸からは血が流れ始めた。ひょっとしたら彼女は犯人ではないかもしれない。クリスマスの日、枕元にプレゼントを置いているのはひょっとすると父親ではなくて本物のサンタクロースなのかもしれない――そんな甘くて、馬鹿馬鹿しくて、心の底の底では違うとわかっている幻想が、この瞬間に音を立てて崩壊し、完全に絶命した。涙が吹き出しそうになる。しかし彼女はなおも僕の心をもてあそぶように、

「――って、言ったらどうする？」

「君は――」

怯《ひる》むわけにはいかなかった。

「君は《受取人》だ。それは僕の《受取人》としての能力を使用して割り出した、疑いようのない事実だ。君は相手を自殺したいような気持ちに精神誘導できる能力を持って

いる。それを使って三人を自殺させた——みんなに同じ内容の遺書まで書かせて。ただし、能力は対象となる相手の近くにいないと発動できない。だから君は二つの自殺現場で目撃されている。目撃証言はないが、小早川さんが命を絶ったときも君は近くにいたはず。そこまではわかってるんだ。情報は出そろってる。もうまもなく僕は君の能力を完全に暴くことができる。そうしたら君の能力は失効してしまう。だから——」

「推理は苦手なのね。全然違う。何もかもが違う」

そう言って嘲笑《せせらわら》う彼女に向かって僕は、

「……とにかく、山霧を殺すのはやめてくれ。目的さえ果たされれば、君だって彼女を殺す必要はないはずだ。山霧の死を回避できるなら、僕だって協力する。だから——」

「たぶんあなたは、少し勘違いをしている」

「……勘違い？」

「私の——犯人の要求は、そんなに単純なものじゃない。生やさしくもない」

「……ＡＢ組が最後の一人になるまで殺し続けないと気が済まないっていうのか」

「違う。惜しいけど」

檀優里は心持ち背筋を伸ばしてみせた。すらりとした彼女の体が、更に細く、しなやかに、伸びる。彼女は僕を見下ろすようにして、言った。

「最後の一人じゃなくて、教室がひとりになるまで、殺し続けるの。そのためにはまだ生贄《いけにえ》が足りない」

意味が理解できるよりも先に、その響きに肌が凍った。僕が固まったままでいると、

「わかった、こうしようか」

檀優里は歩き出した。そして本棚を三ブロックほど移動する。

「明日の昼休み、社会科資料室に来て。そこで、これからについて話をしましょう。私はそこで身の潔白を証明する。話を聞いたあなたは、私につきまとうことをやめる。そして濡れ衣《ぎぬ》を着せたことを誠心誠意詫《わ》びる。それで終わり」

支離滅裂だった。彼女は自分が犯人であることをほとんど認めながら、しかし潔白を主張する。ひたすらに混乱する僕を前に、彼女は急に表情を崩した。からっと笑ってみせたその横顔はどこにでもいる、ただの綺《き》麗《れい》な女子高生だった。

「敢《あ》えてミステリーでも読んでみようと思うんだけど、おすすめの作品はある？」

話題が転調したようにあまりに何気ないものに変わったので、心のチューニングが間に合わない。まごまごしながらも、僕は詳しくないからわからないと、正直なところを伝えてしまう。

「そう。なら、聞いたことのあるタイトルの本を」

そう言って彼女がレジへと持って行った本はアガサ・クリスティ。

そして誰もいなくなった。

11

檀優里は明日、僕を殺すつもりなんじゃないだろうか。

そんな可能性がふと頭をよぎったのは、その日、六玉目の蕎麦《そば》を寸胴《ずんどう》に放り込んだときだった。単純に身の潔白を証明したいだけならば、彼女はあのまま書店で話し合いを続けてもよかったはずなのだ。でもそうはせず、わざわざ校内にて仕切り直したいと提案してきた。それはつまり能力を使用したいと考えているからに他ならないのではないだろうか。自分に疑いの目を向けてきた生徒を疎しく思い――あり得ない話ではない。

途端に気分が悪くなり厨房《ちゅうぼう》を離れたくなる。店長に心配されたがさすがに休憩をもらうには早かった。もう少し大丈夫ですと言ってどうにか二時間半蕎麦を茹《ゆ》で続けることができたのは、これは逆にチャンスだと発想を切り替えることができたからだ。

もし僕を殺そうというのなら、彼女は確実に《受取人》としての能力を使用する。

彼女の能力と発動条件を見破る、これ以上ないチャンスではないか。

もちろん僕の身には多大な危険が及ぶだろうが、彼女は僕の協力者であるもう一人の《受取人》、八重樫卓の存在を知らない。僕と檀優里が二人で話している間、八重樫には社会科資料室前の廊下で待機してもらえばいい。僕が仮に小早川燈花のように首を吊ろうとしてしまったとして、おそらく紐《ひも》を天井に吊るしたりだなんだという準備には相応の時間がかかるだろう。その間に僕のことを取り押さえてもらって、校外にまで引っ張り出してもらえばいい。敷地外に出てしまえば能力の適用範囲外だ。かなりの荒技にはなるが、仮に精神錯乱状態に陥ってしまったとしても、あの体格の八重樫なら僕のことを組み伏せるくらい容易なはずだ。

　飛び降りようとしてしまった場合も同様だ。しかし実を言うと、この点に関してあまり心配していなかった。

　というのも、檀優里が指定してきた社会科資料室は新棟の二階にあったからだ。

　飛び降り自殺させようというのなら、最上階である四階の教室か、少なくとも三階を選ぶはずだ。事実、村嶋竜也が飛んだ視聴覚室も、高井健友が飛んだ空き教室もともに四階にあった。安全である保証はどこにもないし、実際に飛んでみろと言われたら断固として拒否するが、おそらく建物の二階から落ちても人は死なない。骨折が関の山ではないだろうか。つまり、檀優里は僕を飛び降り自殺させようとはしていない。そう、考えてもいいはずだ。いずれにしても、もし飛び降りてしまいそうになったときには八重樫に止めてもらえばいい。

　能力を実際に使用された僕自身の感覚と、それを近くで観察していた八重樫の証言がそろえば檀優里の能力の本質にぐっと迫れる。あわよくば、その場で見破れるかもしれない。

　そこまで考えたところで、僕はふと小早川燈花がホームセンターで買ったロープの存在を思い出した。当然ながら校内に購買部めいたホームセンターなんてものはない。よって小早川燈花は、校外で——つまり、檀優里の能力の適用範囲外で——自殺用のロープを買ったということになる。

　考えられる可能性は二つで、一つは、小早川燈花は自殺するためではなく、別の目的のためにロープをたまたま購入していたというものだ。これならば何も問題はない。ただもう一つの可能性は、僕にとってあまりにも恐ろしいものであった。

　檀優里の能力は敷地内でしか発動できないものの、その効果は校外に出ても消えないのではないだろうか。むしろ有害物質よろしく、ゆっくりと、しかし確実に体内に蓄積し、精神を漸進的に汚濁していく、遅効性の猛毒なのではないだろうか。

　大丈夫だ、そんなはずないと、僕は八重樫の論拠を持ち出して自分を落ち着かせた。そんなにも強力で野蛮な能力がこの学校に代々伝わってきていたとするならば、過去に大量の自殺者が出ていてもおかしくはない。でも事務員のシロパッパによれば、そんな事例は一つもなかった。

　大丈夫だ。間違っても僕は殺されない。

　少しずつ精神を汚染されたりもしない。

　休憩スペースには、五人ほどの先客があった。なるべく全員から距離を取る位置に座ると、ちょうど目の前に液晶テレビがきてしまった。ＮＨＫでは子供が川で溺《おぼ》れて命を落とし、その子供を助けようと飛び込んだ五十三歳の男性も帰らぬ人となったという夢も希望もないニュースが流れていた。僕の後ろで、川は本当に無理らしいね流れには勝てないから、と焼鳥屋のおばさんが何やら蘊蓄《うんちく》を語り始め、それに応じているのか独り言なのか和菓子屋のおばさんが、やだよねとこぼした。

安易に自分を重ねたつもりはないが、僕の頭には瞬間的に今日の檀優里の質問がよぎった。

——そもそもどうしてあなたがそんなに山霧こずえを守ろうとするのかがわからない。どうしてあなたは彼女に死んで欲しくないの？——

「チャンネル変えちゃおうよ」

腕が伸びて、僕の目の前にあったリモコンを掴む。当然こんなにもフランクに話しかけてくるのはタピオカドリンク屋ののり子さんしかいなかった。彼女はしばらくザッピングを続けると、やがて日テレのバラエティ番組に落ち着いた。いまひな壇に座ってるアイドルはどう見ても整形だよね。友達の友達がこの芸人と合コンしたらしいけど、ものすごくチャラくてウザいらしいよ。最後に大学に行ったのはいつだろう。それはそうとネットフリックスで見ているアメリカのドラマは本当に面白い、たぶんＴＳＵＴＡＹＡにもあると思うから垣ちゃんも見たほうがいい。

僕はそんな彼女の話に、また少し勇気づけられた。世界が日常と、微かな希望を取り戻していく。

イシミズさんが路上ライブをすることは事前にわかっていた。僕はバイトが終わると早足でロータリーへと向かい、円形にできた人だかりの最後部に加わる。開始時間に間に合わないことは百も承知だったので、最後の二曲をしっかりイントロから聴くことができただけで大満足だった。例によって人混みが捌《は》けるのを待ってからイシミズさんに声をかける。

買うべきギターを選んでもらいたかった前回とは異なり、これという特別の用事はなかった。なので簡単に感想を伝えるだけで退散しようと考えていたのだが、ギターケースの上に一枚の名刺を見つけると尋ねないわけにはいかなくなった。

「それって……」

「ああ、これね」イシミズさんは名刺をつまんで裏表を確認すると、それを僕に差し出した。「一応、メジャーデビューのお誘いっていうことらしいね。今回はちょっとした挨拶に来てくれただけだけど」

日中のあらゆる出来事を完全に忘れるほど、感動した。泣くかと思った。僕の感極まり方があまりにも過剰だったのか、イシミズさんはげらげらと笑い始めた。

「時間あるんだったらメシ行こうよ」

イシミズさんの中にも今日はめでたい日という感覚があったのかはわからないが、連れて行ってくれたのは吉野家でも日高屋でもなく、れっきとした焼肉屋であった。高校生の僕にとっては小さな一品一品が法外に高い。いや、大人でも高いのかもしれない。とにかくわからない。もはや何をどれだけ頼んでいいのかもわからない。完全に僕が気《け》圧《お》されていることを察し、イシミズさんは適当にいくつかの肉を注文してくれる。

美味《うま》かった。

このときの僕に明日の檀優里との約束について考える余裕は微塵《みじん》もなかったが、これが最後の晩餐《ばんさん》になるのでは——という邪念が頭をかすめていたとしても、たぶん納得していた。イシミズさんの財布を思いやる気持ちなど忘れて追加注文を重ね続けた。腹が膨れたときになってようやくあまりに無遠慮だったのではと反省したが、幸いなことにイシミズさんの笑顔は食後になっても消えていなかった。

「……でも、本当にすごいです」

何度目だろうという僕の賞賛をイシミズさんは笑って受け止め、やはりいつものように耳たぶをもてあそんでからピンと勢いよく弾《はじ》いた。

「本当にそう思うかい？」

そりゃあもうと可能な限り心の底から声を出し、ここにきてようやく本当にごちそうさまでしたと食事に対するお礼の言葉が出てきた。

「いいんだよこのくらい。むしろ君には感謝してるんだ。だからこそ、なんだか申し訳なくて」

「……申し訳ない？」

「この間まで、やっぱり君みたいに僕のことを応援してくれた高校生がいた」イシミズさんは咥えていた爪楊枝《つまようじ》を空いた皿の上に置いた。「最近は、もう見なくなっちゃったけどね。でも自分より若い子に応援してもらえるっていうのは、やっぱりちょっと感慨深いものがあるんだ。自分のやっていることが、少なくとも苔《こけ》の生えた過去の音楽の焼き直しにはなっていないと自信が持てる」

「そう言ってもらえると、僕としても……」その先は照れくさくて言葉にならず、「でも本当に、今回はおめでとうございます」

「はは、何度もありがとう。血の滲《にじ》むような努力がようやく実ったよ」

そう言うと、イシミズさんは少し目を細めた。

「時折、というより、いつも考える。なんのために音楽を奏でるんだろう、って。それがあまりにも陳腐で安っぽい悩みだっていうのは自分でもわかってるんだけど、考えずにはいられない。どうして音楽なんだろう、どうしてギターなんだろう、どうしてストリートなんだろう。どこまでが絶対に譲れないラインで、どこからが捨てるべき意味のない固執なんだろう。……君はどう思う？」

「……え、はい？」

「どうして僕が音楽を奏でると思う？」

不意を突かれても、すぐに気の利いたことを返せるタイプの人間じゃない。考えて考えて、イシミズさんが無理に答えなくていいよと表情を崩しそうになったときに思いつ

いたのは、

「自由になれるからじゃないですか？」

青いなとでも言って笑い飛ばしてくれると思っていたイシミズさんは、予想外に神妙な面持ちで腕を組んだ。ひとしきり考え込んでからようやく小さく頷くと、まるで死んだ誰かを懐かしむような憂いを帯びた表情で、

「なるほどね」

　夜の下り電車の混み具合は朝のラッシュと遜色《そんしょく》ない。電車が揺れる度に誰かの肩に、背に、容赦なくぶつかってしまい、その都度すべての元凶はお前だろというような冷たい眼差《まなざ》しをもらう。そうしているうちに僕は自分が向き合うべき問題を、どうしてだろう、思い出さざるを得なくなった。蕎麦のこともの り子さんのこともイシミズさんのことも忘れ、僕は檀優里との約束を思い出す。

　片手でつり革を掴みながら、簡潔に要件をまとめて八重樫にメッセージを送った。

「でかした。確かにチャンスだ。俺は死んでもお前を守る。絶対に能力を割り出すぞ」

　八重樫からそんな返事が送られてきたのは、僕が玄関扉に手をかけたときだった。

　ふと、５０１号室が気にかかる。美月はいまもあの暗い部屋で、暗い毎日を過ごしているのだろうか。仮にすべてが解決したとしたら、また学校にやってくるのだろうか。

　僕は思い立って５０１号室のインターホンに指をかけたが、結局それを押し込むことはできなかった。夏の入り口、不快な温風が僕の体を撫《な》でていく。僕は小さくため息をつ

いてから５０１号室の前を後にした。

いつものように、びっしりと敷き詰められた家族の靴を端に寄せ、自分の靴をねじ込むスペースを作る。妹が馬鹿騒ぎする声が聞こえ、兄が何かについて大きな声で抗議をしているのが聞こえてくる。独り言のようなただいまが、騒がしさの中に吸い込まれていった。

12

四限目が終わり、数学の教師が教室を出て行く。

そのまま弁当を楽しむわけにはいかなかった。机を持って近づいてくる園川と張本に断りをいれ、僕は一人教室を後にする。一瞬だけB組を覗こうかとも思ったが、さほど意味があるとも思えなかったのでやめておいた。そのまま階段を降りて二階へ向かう。社会科資料室の手前にあるトイレに入り、一番奥の個室に人が入っていることを確認する。三回だけノックした。すぐに八重樫の声が返ってくる。

「垣内か？」

「……うん。今から行く」

表だって一緒に社会科資料室に行くわけにはいかなかったので、八重樫には四限目の途中で具合が悪いと言って教室を抜け出してもらっていた。僕と檀優里の二人が社会科資料室に入ったのを確認でき次第、廊下側から室内を監視してもらう手はずになっている。同時に扉の隙間からスマートフォンのカメラを回して、動画を撮影してもらう予定だ。

「動画の準備はできてる。いざというときは引きずり回してでもお前のことを校外に出す。信用してくれ」

「……ありがとう。よろしく頼むよ」

「あの、こんなときだけど、マジでありがとな」

「え？」

「いや――」

個室の中から頭を掻《か》くような音が聞こえた。

「正直、俺、レク企画とかがあってもまだ、垣内のことよくわかってなかったんだ。特定の誰かとつるんでる様子もないし、お前から話しかけられたこともほとんどなかったし、どこかとっつきにくい奴なんじゃないかって思ってた。それに、お前こそが三人を殺した犯人なんじゃないかって、ついこの間まで疑ってたくらいだ……だから、お前がこずえや、殺されたみんなのためにこんなに一生懸命になってくれる奴だってわかって、いや、ほんと、しみじみマジでありがとうって思って」

どう答えたものかわからなくて、

「そんな、とんでもないよ」

「とにかく頼むな。絶対、終わらせっぞ」

「うん」

手だけ洗ってトイレを後にする。昼休み中といえども、新棟の二階には社会科資料室を始めとする特別教室しかないので生徒の姿はまるでない。自分の中の不安な気持ちとない交ぜになり、どこか廃校舎を歩いているような気分になってくる。ひとつ深呼吸をしてから、社会科資料室の扉を開けた。

檀優里は、まだ来ていなかった。

社会科資料室は通常の教室と同じサイズの空間なのだが、その名前の割に社会科の資料らしいものはさほど置かれていない。巻物型の巨大な世界地図、日本地図と、いくつかの地球儀、埃《ほこり》をかぶった百科事典、それから机と椅子とが、捨てるくらいなら取っておこうかという程度の扱いで教室の隅にぞんざいに積み上げられている。立っていると不安で意味もなく右往左往してしまいそうだったので、取り出しやすかった椅子を一脚だけ引っ張ってきて腰掛ける。

檀優里は一向に現れなかった。

全部、嘘だったのだろうか。あるいは僕は時間か日付を間違えたのか。

すでに昼休みが始まってから二十分が経過していた。昼食をとる時間を心配する呑気《のんき》さはさすがになかったが、もはや見切りをつけたほうがいいのではないだろうかという考えは何度も脳裏をかすめた。いたずらに増幅していた心拍数がいよいよ下降線を辿《たど》ろうかというとき、

「待った？」

檀優里が扉を開けた。

僕はすぐにLINEで八重樫に「来た」というメッセージを送り、あくまで暇つぶしに眺めていたんだよ、というような様子でスマートフォンを左のポケットにしまった。入れた途端にスマホが震える。八重樫からの了解の合図だった。八重樫はトイレの個室を出て、社会科資料室の前に移動を始める――ことになっている。

正直なところ、動画を撮るまでもなく、僕の体感と八重樫の目視で十分に能力は特定できるのではないかと踏んでいたのだが（なにせ、これから殺そうとする相手に発動条件を秘匿する必要はないのだ）、念には念をということで動画を撮ることにした。僕が安全ピンをポケットの中で刺しているように、彼女の能力が非常にわかりにくい動作で発動されている可能性もゼロではない。そんな場合であっても、後日、動画なら何度も再生して検証することができる。

巌流島《がんりゅうじま》を引き合いに出すのはあまりにもおこがましいが、焦《じ》らされ、集中力が切れかかったときに現れた相手は、極限まで緊張しているときに相対するそれよりも明らかに厄介だった。

「少し面倒な用事があって、なかなか抜けられなくて……ごめんなさい」

遅れてきたことを怒るべきか、気にしていないと言うべきか――あまりにも些末《さまつ》なことを考え始めていることに気づく。どうにか主導権を握るべく、話を切り出した。

「どうして、君は僕をここに呼びつけたんだ」

「昨日、言ったでしょ。身の潔白を証明する。それであなたに謝ってもらう、って」

「……そうじゃないだろ」

「どういう意味？」

「僕を、殺すつもりなんじゃないか？」

「そんなこと考えてたの？」

彼女はからかうように笑いながら適当な椅子を運んでくると、静かに僕の向かいに腰掛けた。反射的に距離を取りたくなってしまうが、ぐっと堪《こら》えた。いざというときは八重樫が飛び出してきてくれる。僕は両手の指をきつく絡めながら、彼女が能力を使用するタイミングをいまかいまかと待った。

「私の能力は――」

彼女は窓の外を見つめながら言った。

「相手を自殺したいような気持ちに精神誘導できるもので、対象者の近くにいないと発動できない――それがあなたの予想。合ってる？」

「事実、そうだろ」

「言ったでしょ。全然違うって。私は潔白」

彼女はそう言うと、頭上から見えない凧糸《たこいと》で引っ張られたようにすっと立ち上がった。そしてそのまま景色に心打たれたような様子で窓際へと近づいていく。やはりこの窓から僕を落下させるつもりなのだろうか。身構えたが、そこで気づいた。ここにはベランダがある。仮にこの窓から向こう側に飛び降りたとしても、僕の体はベランダに出るだけだ。死なないどころか、おそらく怪我すらしない。

彼女は窓際に置いてあった机に両手を乗せ、背伸びするような格好で外を眺めていた。特別胸を打つような何かが外にないことは、凝視するまでもなくわかった。というのも、学校の西側は小高い丘（ホゾ丘とはまた違う。僕たちは熊手《くまで》丘《おか》と呼んでいた）に面していて、この窓から見えるのはひたすらに無機質なブロック積みの壁と、手入れのされていない生えっぱなしの緑だけだったからだ。人がいることはもちろん、動物が通ることだってない。

「ちょっと、こっちに来て」

動くつもりはなかった。まだ恐怖心が微かにあったし、簡単に指示に従う人間だとも思われたくなかった。しかし彼女に手招きをされると、体が半ば自動的に立ち上がってしまう。まるで彼女の手が柔らかな引力を持っているようだった。あるいは床が傾いているのだろうか。じりじりと彼女に引っ張られ、気づくと僕は彼女の隣に立っていた。

「見て」

そう言われても、やはり目の前には何もない。長方形のブロックが互い違いにくみ上げられているだけ。さながら文明に対して抗議でもするように、ブロックの隙間からはところどころ力のない雑草が顔を覗かせていたが、それ以上に特筆するべきことはなにもなかった。視線をブロックの天辺《てっぺん》まで上げると緑色のフェンスが確認できた。更にその向こうに木々の姿も見える。しかしやはり、だからといってどうということはない。

「そっちじゃなくて、これ」

視線を落とす。机の上には、檀優里のスマートフォンが置かれていた。見慣れないアプリ画面だったが、それがインスタグラムなのだろうということはなんとなくわかった。誰のアカウントなのだろう。アカウント名を覗き込んだとき、瞬間的に嘔吐《えず》きそうになった。

とんだ勘違いをしていた。

なんて間抜けなことを——

「やえ——」名前を呼ぶのはまずいと思い口を噤《つぐ》む。考えがまとまりきらないまま、廊下に向かって叫び直した。「違った！　山霧さんのほうだ！　山霧さんのところに！」

檀優里は僕がよそ見をするのを嫌うように僕の肩に手を置くと、もう一度スマートフォンに表示された「Kozue_Yamagiri」のアカウントを見るように指示した。彼女が画面上で指をスライドさせると、読み込み中の丸いマークがくるくると回転——一枚の新着画像が表示された。

たったいま投稿された風景写真は、いま僕の目の前に広がる景色に酷似したものだった。面白みのない、無機質なブロックが写されている。ただし、いま僕が見ているそれよりも若干——視点が高い。

「早く……早く行ってくれ！」僕は画面を見つめたまま、八重樫に向かって叫んだ。

「この、ここのちょうど——ちょうど真上だ！　そこで山霧が——」

山霧こずえが投稿した画像には、コメントが添えられていた。

〈私は教室で大きな声を出しすぎました。調律される必要があります。さようなら〉

「檀……君は」

廊下側から、何かが扉に当たったような重たい音が響いた。ようやく八重樫が動き出したのだろう。そのまま階段に向かって駆けていくせわしない足音が聞こえる。

「前を、向いて」

檀優里が天井を指さす——

ひっくり返りそうになった。

僕の目の前を、大きな黒い影が通り過ぎていく。それは、ガラス窓を突き破ってこちらに飛び込んでくるのではないかと思えた。しかしもちろんそんなことはなく、それは地面に向かって高速で吸い込まれていった。あれは、黒くて、重たそうな、ただのポリ袋——そう信じられたのなら、幸せだった。無茶な話だった。僕は見てしまったのだ。

教室で何度も見てきた茶色い髪と、揺れるプリーツのスカートを。

地面に叩きつけられた瞬間の音が聞こえなかったのは、基本的にそういうものだからなのか、あるいは僕が動揺していたからなのか。檀優里の手をふりほどいてベランダへと出る扉に向かった。指先が言うことを聞かず何度も鍵《かぎ》を開け損ねる。よろよろとした足取りでようやく欄干にまでたどり着いたとき、僕は膝《ひざ》から崩れ落ちた。おかしな方向に関節が曲がってしまった女性が、ぴくりとも動かず、地面に転がっていた。血だまりができている——見間違えるはずがない、山霧こずえだ。

いま僕の目の前で、彼女が殺されたのだ。

通り過ぎていった影から予測した地点よりも、彼女の体はわずかに右のほうにあるような気がした。それは僕の気のせいなのか、あるいは落下時の衝撃で体が跳ねてしまったからなのか、もしくは命を諦めたくないと、最後の最後になって空中でもがいた彼女自身の理性が、運命の舵《かじ》をわずかだけ切ってみせたのか。

「これで私が犯人じゃないって、わかってくれた？」

僕は膝をついたまま、ベランダに出てきた檀優里の姿を見上げた。

逆光だった。彼女の顔は、白いもやの中に溶けている。

「私は山霧こずえに近づいていない。ここであなたとおしゃべりをしていた。確かなアリバイがある。あなたの仮説は——残念だけれど間違っていたみたいね。そもそも私、燈花が死んだときは学校を休んでいて近くにいなかったし」

ただ呆然《ぼうぜん》とすることしかできない僕に合わせるように、彼女はゆっくりとしゃがみ込んだ。そして群とはぐれた哀れな動物でも励ますように優しく微笑んでみせる。

「ありがとう。八重樫卓がずっと山霧こずえの近くをうろついていて邪魔だったの。どうにかして八重樫卓を彼女から遠ざけたかった。あなたのおかげで、無事に山霧こずえを葬ることができた」

　どうにか口を開いてみたが、言葉は出てこなかった。

「私の推測が正しければ、これ以上、誰も死ぬことはない。誰も死にたくなんてならない。学校には平和が訪れる。だから、私はここでひとつ綺麗に清算をしておきたいの。お前が犯人なんじゃないか、だとか、君が精神誘導したんだろなんて嫌疑をかけられたまま残りの学校生活を送るのは本意じゃない。だから、謝罪してもらってもいい？」

　膝をついているのも辛《つら》くなり、その場に突っ伏してしまいたくなる。

「『すべて濡れ衣でした。僕が間違っていました。もうあなたを疑うことも、つけ回すこともしません。ごめんなさい。許してください』――そう、言ってもらえる？」

　拒絶したのは正義感からではない。微かな見栄《みえ》でも、弱者なりの意地でもない。指の先をほんの少し動かす程度の気力すら、僕には残っていなかったからだ。

「心の準備が必要なのはわかる。だから夏休みが始まるまでは待っててあげる。それまでに、私のもとに来てきちんと謝罪をして欲しいの。そしてあなたのお仲間である八重樫卓にも私を追うことをやめるように伝えてもらっていい？　それができないのなら、たぶんあなたは――九月の学校には来られない。それより先に、死にたくなってしまうから」

まるで心臓が生唾《なまつば》を飲み込んだように、痛いほど大きく揺れた。

「あなたは教室のために調律されるわけじゃない。生贄として必要とされるわけでもない。ただ死にたくなってしまうの。わかる？　できることなら私もあなたと一緒に卒業したいと思っているし、今後もいい距離感で過ごせていけたらなと思う。だからお願いね。謝罪、待ってるから。それじゃ」

彼女は社会科資料室を抜けて、そのままどこかへと消えていった。

空から八重樫の咆吼《ほうこう》が降ってきた。

13

しとしとと降る雨は、まるで空までもが故人の死を悼んでいるようで。

誰一人としてそんな洒落《しゃれ》たことを言う気持ちではなかっただろうが、事実として山霧こずえの通夜は雨だった。通夜か告別式、どちらかに顔を出せばいいらしい。ただし告別式は授業時間と被《かぶ》るので通夜に出るほうが現実的。着ていくものは制服で大丈夫。お焼香の作法は基本的に合掌から始まり——僕たちは誰も迷わなかった。悲しいくらい、葬式に慣れてしまっていたのだ。

小早川燈花のときはクラスが違ったので参加しなかったが、クラスメイト全員で行こうということになっていた村嶋竜也と高井健友の通夜には僕も参加していた。勝手はわかる。

山霧こずえの家は浄土真宗だから過去の二人のときとは読経の内容が違うはずなんだという話を園川がどこか自慢げに教えてくれたが、僕は相槌《あいづち》も打たずにそれを聞き流した。いざどこか間抜けな木魚の音と読経が響き始めると、葬儀場はいっそうの涙に包まれた。娘と同じく明るい髪色をした山霧こずえの母親は、僧侶《そうりょ》に注意されるのではないかと思うほどの大声で泣いていた。父親は膝の上に置いていた拳《こぶし》に力を込めている。お焼香の順番が回ってきたにもかかわらず、腰が悪いのかと思うほどゆっくりと歩いていたのは山霧こずえと交際していた森内仁であった。手に握っていたのは、かのキーホルダーだった。

通夜振る舞いについては、生徒たちは全員遠慮しますということを担任があらかじめ遺族に伝えてあった。担任も遺族への配慮がうまくなってしまっていた。僕たちは読経が終わると、ぞろぞろと葬儀場を後にする。ビニール傘が悲しい紫陽花《あじさい》みたいに、ゆらゆら頼りなく、夜の街に揺れる。

山霧こずえが飛び降りてまもなくやってきた警察は、落下の瞬間を目撃した重要な参考人である僕と檀優里に当時の状況説明を求めた。檀優里がその状況を楽しむサディストだったのかはわからなかったが、とにかく彼女は終始口を閉ざし続けた。必然的に、僕が喋《しゃべ》り通す羽目になった。僕の隣には、紛れもない山霧こずえ殺しの犯人が座っていた。しかし警察を相手に、見え透いた嘘をつくわけにはいかなかった。脚色せずにありのままを語り続ければ、結果的に檀優里の無実と、山霧こずえの自殺を裏付ける事実だけが重なっていく。僕はあまりにも無力だった。

「……垣内」

八重樫が僕の横に並んだ。

「あれ、本当だった」

「あれ？」

「燈花が首を吊った日、あのクソ女は――檀優里は、学校を休んでた。B組の出席簿にそう書いてあったし、竹崎《たけざき》に訊いたら間違いねぇって……あいつは間違いなく、燈花が首を吊ったとき、燈花の近くにはいなかった」

「……そうか」

「俺が……俺がもっとちゃんと――」

いや僕が悪いんだよ、違う俺のほうが悪い。俺のほうが、いやそもそも僕のほうが――そんなやりとりにいい加減疲れ果てていた僕らは、それ以上言葉を重ねることはしなかった。逃げるように視線を移動させると、そこに意外な人物を見つけた。美月だった。

彼女は人目に触れることを恥じるように、傘で顔を隠しながら歩いていた。僕は彼女に何かかけるべき言葉があるのではないかとしばらく考えていたのだが、やがてそれにも疲れてしまって何も考えられなくなった。代わりにふと、一つの可能性が浮かぶ。しかしそれを検証する気力もなければ、敢えて尋ねる必要性も感じられなかった。

檀優里は、これで終わりだと言った――ただし、僕が謝罪をすれば。

彼女は、ＡＢ組が最後の一人になるまで殺し続けるのではなく、教室が一人になるまで殺し続けると言っていた。彼女の真意や本当の狙いは、僕には完全には理解できなかった。それでも彼女がこれで打ち止めだというのだから、彼女の願いは果たされたということなのだろう。

ならば、僕が謝罪してすべて終わりにするのが最善だ。

檀優里はこれ以上誰も殺さない。守るべきだった山霧こずえは死んでしまった。僕が望むものはこれ以上何もなく、檀優里が望むものはケシ粒ほどの価値もない僕の謝罪だけ。ならば応《こた》えてやればいい。期末試験が終了するタイミングあたりで謝罪をしに行こう。意地でも土下座だけはしたくないだとか、こんな状態でもイタチの最後っ屁《ぺ》くらい食らわせてやりたいというような甲斐性《かいしょう》もない。僕は十分に奔走したはずだ。八重樫も納得してくれるだろう。

冷静になれば、何もヒントがない状態で相手の能力やその発動条件を見破ることなどできるはずがないと、簡単にわかりそうなものだった。僕らの通っている北楓高の偏差値は大体五十後半で、目一杯甘めに査定してみても僕はその中では上の下といった程度の学力の持ち主だ。そんな僕に、何をどうできるはずもない。

また全校集会が開かれた。校長はあまりの痛ましさにとうとう何も言葉にできないといった様子で、五分も喋ることができなかった。代わりに壇上に上がった教頭が注意事項を淡々と伝達した。絶対に命を粗末にしないこと、これから個別にカウンセリングを実施するので悩みがあれば遠慮なく吐き出すこと、あらゆる空き教室への立ち入りは原則禁止とし、すべての窓、屋上への出入り口には施錠が徹底されること、登下校時にマスコミに何かを訊かれるかもしれないが決して何も答えないこと。

果たして校長や教頭は《受取人》の存在を知っているのだろうか。教頭はともかく、この学校の創立者である岸谷亮兼と血縁であるはずの岸谷校長は、概要くらいは知っているのではないだろうか。知っているが、信じていない。そんなところではないだろうかと、僕は勝手に結論づけた。

教室は沈黙していた。大げさな表現ではない。

本当に誰も、言葉を発しなかった。

三度目の正直という言葉があるが、四人目の自殺はこれ以上ない駄目押しだった。あらゆる生徒の予感や疑惑が、確信と恐怖に変わる。さすがに他殺を疑う者はいなかっただろうが、一種の呪術《じゅじゅつ》を信じたくなってしまう素地は整っていた。小早川燈花が死に、村嶋竜也が死に、高井健友が死に、山霧こずえまでもが死んだ。かつての僕のように遺書の文言についてはデマだと確信していた生徒たちも、インスタグラムへの投稿という誰もが確認できる形で文面が提示されれば、もはや信じないわけにはいかなかった。彼女のアカウントは未《いま》だに閲覧できる。最後の投稿ももちろんそのまま。

〈私は教室で大きな声を出しすぎました。調律される必要があります。さようなら〉

教室で大きな声を出せば、ひょっとすると自分も。

いやいや、そんな馬鹿な――

とは思うかもしれない。でも事実四人が命を落とした教室で、敢えて声を出す勇気が誰にあるだろう。

授業が終わる度に集まっていたはずの佐伯茉凜、仁科萌香、林未来たち。この世界に存在するのは自分たちだけだと確信しているように、誰の目も気にせずゲラゲラ笑い合っていた赤西と郡山、そして八重樫。彼らほどうるさくはなかったにしても、休憩時間ごとに喋っていた吹奏楽部の女子三人組。陸上系の雑誌を見ていつも意見を交わしていた陸上部の男子。やたらと顎《あご》の尖《とが》ったアニメキャラクターとその声優たちについてひそひそと話し合っていた女性陣。

一人残らず、誰もが、自分の席から立ち上がることさえしなかった。

ようやく立ち上がったかと思うと、トイレに行って帰ってくるだけ。小さな声で言葉を交わす生徒はいても、それ以上の目立った動きは誰一人として見せない。

なるほど。僕は思わず声を上げそうになった。

教室は完全に――ひとりになっていた。

奇《く》しくもこの日は金曜日だったが、もはや誰もが確信していた。放課後になると同時に、生徒たちは何の疑問も持たずに教室から出ていく。まるで押しつぶされた浮き輪の口から勢いよく空気が漏れていくように、するすると、次々に、廊下へと消えていく。何人かB組の生徒が僕らの教室を覗いてきたが、すぐに状況を察して引き返していった。そういった一連の光景を担任は少し残念そうな、でも仕方ないよなといった表情で眺める。やがてそんな担任も消える。

流れに抗《あらが》うつもりはなかったのだが、圧倒されてしまった僕は結果的にその場から動けなかった。教室が残り五人程度になったとき、園川が僕のほうへとやってきた。やけに芝居がかった忍び足でそろりそろりと近づいてくると、高揚感を隠すようにわざとらしく口をすぼめてみせる。口のサイズに比例して声も小さくし、

「いやいやいやいや、奇跡だよ。あの『サル祭』が」

僕が黙ったままでいると、

「これからさ、張さんと一緒に本座のほうにでも遊びに行こうかって話になってるんだけど、よかったら垣内くんもどう？　何をするかはまだ決めてないんだけど、せっかくだからパーッと何か楽しい――」

「……遠慮するよ」

「あ、そう？　まあ、来週とかでもいいから、今度ぜひ遊ぼうよ。これからはきっと毎

週遊べるしね。それにしても本当、これ、神様からのプレゼントだよ。おおっぴらにこんなこと言うわけにはいかないけど、これってどこかに正義のヒーローがいてさ、それで不思議な力でも使って、あのうざったい――」

「黙ってくれ」

「……ん、え？」

「それ以上何も言うな」

　想像していたよりもずっと空気が悪くなってしまったので、僕はひとつため息をついてから言葉が尖ってしまったことを詫びた。とにかく今日は遊べないということをもう一度伝え、園川と張本が教室から出て行くのを待つ。園川は怯《おび》えたように急に低姿勢になりごめんねごめんねを連発した。

　二人が教室の外に出て行くと、ちょうど廊下を通りかかっていた一人の女子生徒が立ち止まった。そしてこちらを見つめてくる。謝罪するなら、今でもいいんだよ。檀優里はしばらくうっすらとした微笑を浮かべながら、僕が行動を起こすのを待っていた。しかし僕は動けない。敢えて反抗しているわけでも、彼女から話しかけてくるのを待っていたわけでもない。ただただ、僕は、打ちひしがれていた。心も、体も、まったくもって僕自身の支配下になかった。やがて彼女は、僕が何もしないことを察すると静かに歩き出した。

　気づくと、教室に残っていたのは僕と八重樫の二人だけになっていた。

「……なんだ、これ」

八重樫はべっとりと背もたれに体を預け、天井の蛍光灯を見つめながら言った。どうやら檀優里が廊下を通りかかったことには気づいていなかったらしい。

「どうすんだよ垣内」

「……どうする？」

「こんなクソみたいな状況に追い込まれて、まんまとしてやられましたで終わるわけにはいかねぇだろ……。きっちりあのクソ女の能力見破って、償わせて、そんでまたレクリエーション企画ができるくらいまでこのクラスを立て直して。じゃねぇと死んだみんなに――」

「檀は」僕は八重樫の言葉を遮った。「檀はもう、誰も殺さないらしい」

「……だから何だって言うんだよ」

「終わったんだよ。僕らにできることは、もう何もない。僕が檀に謝れば、それで全部終わるんだ」

「……謝る？」

「檀が『疑ったことを詫びろ』って。そうしたらもう誰も殺すことはしない、って」

「……だからって、お前、あのクソ女に詫び入れるのかよ？」

「それしか、道がない」

「いや……いや、おかしいだろ。お前はそれでいいのかよ？　お前はあのクソ女に頭下げることを、どうとも思わないのかよ？　お前だってあいつのしたことが許せないから、ここまで一緒に動いてきたんだろ？　違うのかよ？」

「……僕たちにできることがもう何もないのは、残念だけど事実だ」

八重樫は勢いよく立ち上がった。反動で椅子がボウリングのピンみたいに踊るように倒れ、大きな音が響く。威嚇するように前傾姿勢でにじり寄ってくると、しかしそこで彼自身これといって効果的な反論がないことに気づいたようだった。どれだけ鼻息を荒くしてみせても、僕らにできることは何一つない。

能力がわからなければ彼女の凶行を止めることはできない。しかし能力を割り出すのは僕たち二人の力ではほとんど不可能なことがわかっている。開き直って力任せに暴力でも加えれば犯罪者になるのは僕たちのほうで、今となってはとうとう能力を割り出す必要もなくなってしまった。檀はもう誰も殺さないと言っている。

「でも――」

八重樫は拳を握った。

「お前だってこんなクラスじゃ嫌だろ？」

容器の底にこびりついたカスをどうにかこそぎ落としたような八重樫の言葉に、僕は奇妙な懐かしさを覚えた。どこで誰に言われたのだろうと場違いに回想を始めてしまい、

まもなく気がついた。

今は亡き、高井健友に言われたのだ。

「カキウッチーだって、さみしいクラスじゃ嫌だろ？」

本当に馴《な》れ馴れしいやつだった。小中学生のとき、でなければ塾か習い事で一緒になったことでもあっただろうか。あまりにも気さくに話しかけてきたので真剣に考えた。考えた結果、やはり間違いなく初対面だった。

Ｂ組と合同でレクリエーション企画をやってみたらどうだろうか。朝の学級会で最初に提案したのは、やっぱり村嶋竜也だったのだろうか。正確には思い出せない。やりたい人は手を挙げてください。僕を含めたクラスの過半数が手を挙げなかった。それを見た高井健友はちょんまげ頭を振りながら大声を出した。

「うそそうそ〜ん！」

彼はしばらく、やらない手はないでしょと力説をし、レク企画が実行に移された日にはどれだけ素晴らしい毎日が訪れるのかを身振り手振りを使って表現した。彼の演説が予想外に長くなったため、再投票は放課後に行われることになった。授業が終わるごとに高井健友は反対派の連中を説得しにかかった。素直に感動したのは、まだ四月だったのに彼がクラスメイト全員の名前をきちんと覚えていたことだ。ただなぜか本名を普通に呼ぶことができない質《たち》のようで、誰しもに勝手なあだ名をつけた。

彼が僕のところに来たのは、三限目が終わった直後のことだった。

カキウッチーが誰のことかわからないほど鈍感ではなかったが、あまりに遠慮のない距離の詰め方に、本当に自分に声をかけてきているのだろうかと何度も周囲を確認した。

肩を叩かれてようやく確信できた。

「カキウッチー、放課後は手を挙げよう。レクリエーション絶対楽しいって、いやマジで、これは本当に、マジで」

僕が肯定も否定もせず曖昧《あいまい》な態度のままでいると、

「いやカキウッチー、ダメだって。ここで手を挙げなきゃ男じゃない。やろう！　一緒に作り上げよう！　理想のクラス、理想の高校生活！」

「……どうだろう」

「カキウッチーだって、さみしいクラスじゃ嫌だろ？」

僕が答えに窮しているのを見ると、彼はぱちんと両手を叩いてから尋ねた。どうやらうるさいほど両手を強く叩くのが彼の癖らしかった。

「ＯＫ、なら質問変えるわ。カキウッチーだって、一人でいるのは嫌でしょ？」

村嶋竜也や八重樫に訊かれたら、調子を合わせて確かにねとでも答えてしまったかもしれない。でも高井健友には多少、こちらの揺さぶりを許してくれる隙がありそうに思えた。

「僕は一人でもいいかもな」

高井健友はしばらく僕のことを両手で指さしたまま、固まった。

やがて「またまたまた〜」と言って騒ぎ出し、「とにかく放課後は、手、挙げて、な。頼むカキウッチー」

僕のもとを去ると、彼はまた別の反対派の説得に取りかかった。彼のロビー活動は無駄ではなかった。放課後の学級会。賛成の人は挙手してください——言った瞬間に、えっと思うほどの手が挙がり、それを見てマイノリティになることを恐れた生徒の手が慌てて続いた。僕の手は、おそらく最後から二番目くらいに挙がった。高井健友はガッツポーズをして喜んだ。

レクリエーション企画が始まり、クラスは彼らの理想に向かって走り出した。

いま僕の目の前には、似たような質問をひっさげた八重樫がいる。

「お前だってこんなクラスじゃ嫌だろ？」

　彼の姿に今一度高井健友を重ね、あのときどう答えるべきだったのかを再度考える。

悩んだ末に僕がようやく口にしたのは、

「わからない」

　家に帰ると、僕は戸惑った。誰もいなかったのだ。

　誰に体をぶつけることもなくするすると冷蔵庫に貼ってあるカレンダーの前に向かい、家族の予定を確認する。父は当然仕事。母は毎週金曜日はカルチャースクールに編み物を習いに行っているらしく、妹はスイミングスクールへ、弟は部活が遅くまであるらしく、兄はアルバイトだった。金曜日の午後は誰も家にいないのか、そしてうちの冷蔵庫はこんなにもうるさい稼働音を立てていたのか。そんなことに初めて気づくと、僕はふと思いついて期末試験に向けた勉強をリビングで行うことにした。リビングのテーブルは子供部屋のそれと違い、参考書を三冊広げてもなお余裕があった。さらさらとシャーペンを走らせているうちに、気づけば二時間が経過していた。美月の部屋よろしく時計の針の音を強く意識させられたとき、僕はペンを置いて泣いた。しばらく涙は止まらなかった。しかしどれだけ泣いても、誰も僕に涙の理由を尋ねることも、顔を覗き込むようなことも、茶化して笑いものにするようなこともなかった。一人なのだから当然だ。そんな事実に、また涙が溢《あふ》れてきた。

14

「こういうの見る度いっつも思うけどさ、校長は何もわかんないだろ、って話だよね」

休憩スペースのテレビでは、僕たちの校長がフラッシュから目を逸《そ》らすように俯《うつむ》いていた。これまではネットニュースで都市伝説まがいの報じられ方をしてきた三人の自殺だったが、四人目が出たとあってはさすがに世間も無視してはくれなくなった。テレビはしかし遺書の文言が同じだった等の情報は流さず、徹底して校長を始めとする教育現場の失策を強調したいようだった。

いじめがあったのだろう。認めなさい。

暗にそう圧力をかける報道陣の質問攻勢は、僕にとってはどこまでも的外れだった。いじめの事実はありませんでした、彼らはみな明るく元気な生徒でクラスの中心的な人物だったと聞いています。校長がどれだけ真実を口にしても、そんなはずがないだろという追撃の手は止まない。全校集会であれだけ心を痛めていた様子の校長が、非難を一身に浴びる姿は僕の胸にも痛いものがあった。詳しくは知らないが、きっと校長は悪い人ではないのだ。

「ひっどいいじめがあったんでしょ？　じゃなきゃ四人も死ぬわけないじゃん」

タピオカドリンク屋ののり子さんは、自殺が僕の通っている高校で起こったものだとは理解しているものの、四人の内の三人が僕のクラスの生徒だとは知らない。敢えて指摘して気まずい空気が流れるのも嫌だったので伏せておく。

いじめはありませんでしたよと言おうかと思ったが、ないわけでもなかったのかなと思い直して言葉をしまった。果たして誰が本当の加害者で、誰が本当の被害者なのかは、僕としても今ひとつ判然としなかったが。

「学校って本当クソだよね」

のり子さんはテレビの画面を見つめたまま、休憩スペースに入ってから二つ目のブラックサンダーの封を開けた。

「特に高校。絶対に戻りたくないね」

「……嫌な思い出でもあるんですか？」

「しかないね」

「はい？」

「嫌な思い出、しか、ないね」

　どんな環境でも笑顔で楽しく振る舞える人だと思っていたので、意外な答えだった。

「なんかあるじゃん？　バカみたいな階級がさ、生徒の間に」

　原宿《はらじゅく》からもってきましたというような彼女のポップでカラフルなエプロンに、どことなくグレイの影が差したように見えた。

「あたし当時さ、真剣に考えたの。これってなんだろう、って。そしたらわかったんだよ。実は階級が『下』の人なんていないんだ、ってことに。いるのは『上』だけ。そしてあれは『上』の人が勝手に始めた『軍事力』を最大にすることを目的にした『富国強兵ゲーム』に巻き込まれてただけなんだ、って」

「……富国強兵ゲーム？」

「軍事力は、『暴力』って言葉に言い換えてもいいかもしれないね。ただ、腕力が強いことだとか、本当に相手を殴ることに意味があるわけじゃなくて、いざとなったら我々のほうが強いんだよということがアピールできる力が大事なわけ。だからやっぱり『軍事力』って言葉がぴったりなんだよ」

　話の肝が摑めなかったので、僕はしばらく黙って聞くことにした。

『上』にいたい人たちは自分の意見が通りやすくて過ごしやすい、快適な教室を作るために、グループという名の『国』を作ろうと頑張る。誰もが屈服してしまうような、強力で、大きな国をね——これが富国強兵ゲーム。鍵を握るのは教室すべてを制圧できる、圧倒的な軍事力。

じゃあ教室における軍事力って何って話だけど、やっぱりこれの正体は『暴力』なわけだよ。暴力にも色々種類はあるけど、まずは腕力でしょ？　力の強い男子はそれだけで相手を威圧できる。『ぶん殴るぞ』って言われたら、誰だってビビって従っちゃうからね。だから、そういう男子は『上』のほうにいられる——んだけど、でも、いくら腕力があっても『ダサい』男子は、『上』ではいられない。女子グループと交流が持てなくなっちゃうからね。男子はどうしても女子を求める。国を栄えさせるために生殖は不可欠だから。それに、女の子も取り込まないと軍事力にとって不可欠な『数』が保てない。となると、『上』であろうとする男子はどうしてもおしゃれに気を遣う必要に迫られる。芋っぽくて汗臭い空手部のキャプテンじゃ、女の子たちはキャーキャー言ってくれないからね。スポーツはスポーツでも、可能ならかっこよくて相手を威圧できるような豪快な——軍事力に直結するようなスポーツがいいよね。卓球より野球、バドミントンよりサッカー、バレーボールよりは接触のあるバスケ。強くてかっこよくて、声の大きい男子が『上』になって、強い国作りを目指す。

一方で自分の意見を通したい——『上』を目指したい女の子も、やっぱり男子を求める。理由は男子と一緒。女子だけで国を作っても繁栄、繁殖できないから。それに女の子はどれだけ腕力があっても、残念ながら男子には及ばない。だから腕力の部分は最強の男子グループにボディーガードになってもらって補う必要がある。必然的に目指すことになるのは、マッチョなレスラーじゃなくて可愛いアイドル。かわいい、綺麗、守ってあげたいと思ってもらえる容姿端麗な女子でなくちゃ、男子の庇護《ひご》は受けられない。おしゃれに気を遣うのはもちろん、腕力での地位向上が目指せない分、元が綺麗であることは男子よりも遥《はる》かに重要なんだな。でも気をつけなくちゃいけないのは『一人で突出して美人になって男子と交流を持つこと』はタブーだってこと。突出するとクーデターを起こす危険分子だとして、女子の中で徹底的に排除される――友達が減れば、自分の意見をバックアップしてくれる人が減り、結果的に地位が低下してしまう。これは絶対にやりたくない。だからまずは女子同士で強いグループを作る必要がある。一番イケてる男子グループの目を引くため、おしゃれに気を遣って、ブスだとか、あたしみたいなデブはいの一番に排除してしまう。

　面白いのは、顔がよくて運動ができる男子でも、美人で性格のいい女子でも、いくら上等な恋人を手に入れたとしても『上にいきたい』、『富国強兵ゲームに参加したい』と思わない生徒たちは、階級が『下』だと認識されてしまうところだよね――まあいいや。

　とにかく、そうして男子の最大派閥と、女子の最大派閥は、惹《ひ》かれ合うようにして自然に手を組む。そのとき、彼らに口出しできる者は誰一人としていなくなる。なぜって、そりゃ、はむかったら学校じゃ生きていけなくなってしまうからね。殴られるかもしれないというわかりやすい暴力だけじゃなくて、大人数から無視されるかもしれないし、罵倒《ばとう》されるかもしれないという不安がつきまとう。見えない恐怖はまさに『軍事力』なんだよ。『暴力』であり『数』であり『イデオロギー』であって、『核兵器』ですよ。国に入れなかった生徒たちは――あるいは端から国に入る気のない生徒たちは――教室で小さな声を出して生きていくか、上の国の属国にでもなるしかない。誰も彼らから舵を奪えない。教室中のありとあらゆる富を彼らは独占し、『下』の人間に一生消えない、入れ墨みたいに強力な劣等感を植えつける」

「一生消えないんですか？」

ようやく口を挟んだ僕に、のり子さんはそういえば話し相手がいたんだと思い出したみたいに、はははと笑った。喋りすぎた喋りすぎたと言ってテレビから視線を外すと、

「あたしこんなにベラベラ喋ってんだよ？」

のり子さんはおどけたような口調で言った。

「どう見ても、消えてなくない？」

例によって帰りの電車はすし詰め状態だった。ようやくプラットフォームに解放されてからも、誰かの汗のにおいが服にこびりついていて気分が悪くなる。

どうしてもすぐに自宅に帰る気分にはなれなくて、道中にある小さな公園のベンチに腰掛けた。目についた自販機で炭酸飲料を買う。あっという間に飲み干せそうだと思っ

ていたのに、いざ口にすると一口で飽きてしまう。いろいろなことに嫌気が差し、僕は灰色のため息をついた。見るともなく砂場に目をやると、子供が作ったまま放置したのだろうか、小さな山の姿が確認できた。はたとピラミッドという言葉を連想する。それは先ほど聞いたばかりののり子さんの話と混ざりあい、ホゾ丘の上で檀優里が話していたルソーの話へとたどり着いた。

――社会制度が生まれると人は必然的に不平等を生み出す仕組みになっている。何らかの善後策を講じない限り不平等は拡大の一途を辿る。やがて行き着く先は、『王』を絶対の頂点としたピラミッド――

さすがに書籍のタイトルは覚えていない。社会契約論でなかったことだけは覚えているが、それ以上のことは思い出せない。

僕は砂場の山を見つめながら、その頂上に村嶋竜也がいる姿を思い浮かべた。その近くに小早川燈花や高井健友、八重樫や美月など諸々《もろもろ》の生徒が君臨している。のり子さんの言葉を借りるなら、富国強兵ゲームの参加者たちだ。彼らは教室を意のままに操り、富を独占してしまう。なるほど確かに、そのとおりかもしれない。

岸谷亮兼氏がどのような思いでこの《受取人》の能力を生み出したのかはわからない。それでも、この能力が果たしてここまで偏った人たちの手に渡ることを望んでいただろうか。僕の持つ能力の前任者は、八重樫の話によれば村嶋竜也だ。間違いなくA組の頂点に立っていた男。八重樫もピラミッドの上位にいる人間で、そもそも能力はサッカー部で代々引き継がれていると言っていた。もう一つの能力も野球部で代々引き継がれ、現在はキャプテンである佐古という三年生が持っていると八重樫は言っていた。ピラミッドの上位者が能力をほしいままにする。『下』の生徒たちはそもそも能力が存在していることすら知らない。上位層による、立派な富の独占だ。必然的に生み出された不平等と、王を頂点とするピラミッド構造に諦めにも似た拍手を送ろうかと思ったとき、僕は当然考えるべきだった違和感にようやくぶつかった——いや、心のどこかではもっと早くに気づいていたのかもしれない。しかし敢えて考えないようにしていたのだ。そういうこともあるのだろう、と。しかしこれ以上、違和感を無視して手押し車を進めるわけにはいかなかった。やっぱり、明らかに奇妙なのだ。

村嶋竜也はバスケ部の先輩から能力を受け取ったとする。僕はその村嶋の死により、たまたま能力を受け取ることができた。八重樫はサッカー部の先輩から引き継いだと言っていた。

なら、誰があの檀優里に能力を授けたというのだろう。

彼女に友人らしき存在は見当たらない。部活にも入っていない——先輩との交流はおそらくない。どうして貴重な『富』が、『国』の管理下を離れてしまったのか。

再生でもするように、瞬く間に基礎ができ、足場が組み上がり、骨組みができ、外壁が、内壁が完成し、僕の胸の中心には一つの仮説が、巨塔のようにそびえ立った。

そうか、なんでもっと早く――

僕は走り出すと、玄関扉をこじ開けた。おかえり遅かったじゃないの、もう少し扉は静かに開けろよ、友ちゃんハサミどっかにやっちゃったでしょ――すべての声を「ちょっと、今はごめん」で収めると、僕は学校用の鞄《かばん》の中から例の手紙を引っ張り出した。そのままトイレに駆け込み、鍵をかける。便座に座って手紙を広げ、一文一文を改めて食い入るようにして熟読する。

能力は、卒業するタイミングで必ず次の生徒に引き継ぐ必要がある。

5.卒業時、あなたは次の《受取人》を、新入生を含めた在校生の中から選出する必要があります。

檀優里は、おそらくこのパターンに当てはまらない。ならば僕と同じように、正規のルート以外で能力を手に入れたのだ。《受取人》が先代以外の人物によって選ばれる可能性は、大きく三つあった。まずはルールの六番と八番。

6.選出せずに卒業した場合、新一年生の中からランダムで新たな《受取人》が選出されます。

8. 能力を言い当てられるなどして能力が失効した場合、次の《受取人》は三年後の新一年生の中からランダムで選出されます。

仮に檀優里の持つ『精神誘導』の能力の前任者が、何らかの理由で次の《受取人》を指名せずに卒業してしまった、もしくは何らかのヘマをやらかして誰かに能力を見破られてしまったとする。その結果として当時新一年生だった檀優里がランダムに選ばれたという可能性は、論理的にはゼロではない。でもこれは、ない。僕はそう確信できた。

なぜなら、彼女が凶行に及んだのは、今年の五月末になってからなのだ。彼女は能力を手に入れてから実に一年と二ヵ月もの間、能力は使わず人を殺すこともせず、じっと不満のある環境で耐え忍んできたことになる。ようやく犯行に及んだかと思えば、堰《せき》を切ったように四人連続での殺人を断行する。果たして一年生のときから能力を持っていたとして、このようなアンバランスな殺害計画を実行に移すだろうか。僕は確実に、ないと思う。短期間に何人も殺せる人間が、じっと一年以上、我慢し続けられるわけがない。仮にレクリエーション企画に問題意識を持っていたのだとしたら、二年になってまもなく計画を実行に移せばよかっただけの話だ。いずれにしても彼女はこの仮説上だと、いささか我慢しすぎているのだ。

ならば、残る可能性はたった一つだけ。適用されたのはルールの七番。

7．《受取人》が死亡した場合は、先代の《受取人》が新たな《受取人》を在校生の中から再度選出する必要があります。

僕が指名されたのと同じように、《受取人》が死亡したために、彼女は更に先代の《受取人》から、ほとんどランダムで選ばれるような格好で指名されたのだ。この手紙にも僕を指名した際の状況が綴《つづ》られていた。

失礼ながら在校生の名簿だけを見て適当に再指名を行いましたので、私はあなた様がどのような人となりであるのか存じ上げません。あなたが良識のある人物で、この能力をきっと学校の平和と生徒の幸福のために活用してくれるものと願っております。

これしか考えられない。ただここまでは、さほど重要な話ではない。彼女が能力を手に入れた経緯が明らかになっただけ。

問題はこの仮説を採用すると、必然的に四人の自殺は新たな景色を見せ始めるということだ。

というのも、四人は檀優里の能力によって自殺に追い込まれたという事実と、四人のうちの誰かが死んだために檀優里は能力を手に入れることができたという二つの事実は、見事に矛盾するからだ。誰かが死ななければ檀優里は能力を手に入れられないし、しかし檀優里の能力がなければ彼らは自殺することもなかった。どちらも嘘ではないとすると、論理的に導ける解は一つだけになる。

最初に自殺した小早川燈花だけは、能力も、檀優里も関係のない、本当の自殺だった。

そして小早川燈花は《受取人》だった。そのために、彼女の代役として檀優里が先代から選出された。能力を手に入れた檀優里は、さも小早川燈花を含めた四人を殺したように見せかけたが、実際は村嶋竜也以降の三人しか手にかけていない。

そして小早川燈花の死が唯一の本物であることを看破してしまえば、いくつか違和感のあった物事は何ら不思議ではない当然の事実になっていく。檀優里の能力が及ばないはずの校外で、小早川燈花が自殺用のロープを事前に購入していたのも当然の話で、当日檀優里が学校を休んでいたのも何ら自殺に影響を及ぼす事象ではなくなる。

考えれば考えるほど腑《ふ》に落ちた。村嶋竜也は斎藤直樹が目を離した隙に、視聴覚室の窓から飛び降りて死んだ。高井健友は事務員の箕輪さんの目の前で空き教室のベランダから飛び降りた。山霧こずえは僕のいた社会科資料室の真上、やはり四階の窓から飛び降りた。みな飛び降りでの自殺を選んだ中で、しかし最初に死んだ小早川燈花だけが、首吊りでの死を選んでいた。少し俯瞰《ふかん》して全貌を見てみれば、彼女の死だけがあまりにも異質だ。

こうなると、一つの真実が浮かび上がってくる。断言してもいいのではないだろうか。

檀優里は、飛び降りの形でしか、人を殺せない。

まだ、決定的なことは何も言えない。

でも確実に、何かが見えかけていた。

15

教室で起こっていた生徒間のいじめの実態を、校長が把握できているわけがない。

そんな考えを持った人は、どうやらのり子さんだけではなかったらしい。担任こそが表に出て詳細を語るべきだという一部の声に煽《あお》られるようにして、僕らの担任である河村教諭はマスコミ対応に追われていた。一時間足らずの会見の映像が何度もテレビで流され、自宅前には連日テレビカメラが押し寄せる状態だそうだ。さすがに報道のされ方が悪かったせいで、繊細で優しそうな教師というよりは、いじめを黙認した頼りがいのない教師というイメージが先行していた。

よって忙しさから断られるだろうなと予想はしていた。それでも他に頼るつてがなかったのだから仕方ない。

「悪ふざけでも、軽い気持ちで言っているわけでもなく、僕は本当に三人の自殺に疑問を持っているんです。どうか現場検証に付き合ってもらえないですか」

檀優里の能力を今一度きちんと見極めるために、僕にはどうしても村嶋竜也、高井健友、山霧こずえの殺害現場の検証をする必要があった。しかし山霧こずえの自殺以降、あらゆる教室の扉、窓には施錠が徹底され、教師の同伴なしでは入室することすら許されなくなってしまっていた。

「悪いな……いまちょっと立て込んでるから」

予想どおりの反応に落胆しながらも、どうにも完全に脈がないようには思えなかった。より担任との距離が近かった八重樫を経由すればあるいは——そういった打算を胸に今一度八重樫とともに担任に頭を下げると、

「わかったよ……放課後に時間をとる」

大柄の八重樫が深々と頭を下げる姿には、大きな山を動かす力があった。

その日の放課後、火曜日はたまたま部活がないという八重樫を含め、三人で現場検証を開始する。八重樫にも事前に小早川燈花の自殺だけは本当の自殺だったのではないだろうかという仮説をぶつけ、十分に検討に値する話だと納得してもらっていた。

現場は、自殺した順番どおりにまわるつもりだった。小早川燈花が首を吊ったトイレは言わずもがな無視して、村嶋竜也が飛び降りた視聴覚室へと向かう。視聴覚室があるのは新棟の四階で、Uの字型の校舎の左下、ちょうど角の部分に位置している。村嶋竜也はここの窓から方角的には西側である熊手丘のほうに向かって飛び降りた。

当時の状況を整理すると、斎藤直樹は職員室へと向かうために廊下を歩いていた。すると檀優里が視聴覚室の扉を叩いているのを目撃した。彼女は「村嶋が死のうとしている。止めて欲しい」という旨のことを斎藤直樹に言った。視聴覚室の扉についている小窓から覗いてみると、確かにそこには村嶋竜也がいた。彼は椅子に座って、遺書を認《したた》めている最中だった。

僕は視聴覚室の小窓から実際に中を覗いてみることにした。もちろん今は誰もいなかったが、そこに村嶋竜也が座っている光景はどうにかイメージできた。

斎藤直樹は村嶋竜也を正気に戻そうと扉を叩いた。すると彼は立ち上がって、斎藤直樹に向かって深々と頭を下げた。ここで斎藤直樹はノブを回し、扉には確実に鍵がかかっていたことを確認している。

僕も試しにノブを回してみる。当時と同じく鍵がかかっていた。扉はびくともしない。力業でどうにかなるような脆弱《ぜいじゃく》な造りでもない。

村嶋竜也の顔色が尋常ではないことを見た斎藤直樹は鍵を取りに行くため、檀優里を残して職員室に向かって走り出した。全力で走ったため戻ってくるまでの時間は二分もなかった――と言っていたが、検証してみる必要がありそうだった。

八重樫が実際に職員室まで走りそのタイムを僕がスマホのアプリで計ることに決める。いざ走り出そうとしたところで、僕らの念入りさにいくらか気圧された雰囲気の担任が、

「……随分、本格的に検証するんだな」

八重樫は鋭い目を担任に向けた。「だから言ったろ。本気なんだって、俺らは」

「……まあ、そうだよな。信じられないもんな」故人に向かって囁《ささや》くように言うと、担任は少し遠い目をした。「お前らは、一連の自殺がすべて殺人事件だと思ってるのか？」

答えにくそうにしていた八重樫に代わって僕が「……はい」

「そうか」担任は壁に背を預けると、ふーっと長いため息をついた。「生徒の心の闇に気づけない間抜けな教師か、それとも続けて四人もの殺人事件を発生させてしまった危機管理のできない教師か。果たしてどっちのほうが、俺の罪は軽いんだろうなぁ」

唖然《あぜん》とした。どれだけ失望させるのだろう――そんな僕らの嫌悪感がしかしあっという間に霧散していったのは、担任が細く頬を伝った涙を静かに拭《ぬぐ》ったからだ。

「どっちも最低だな。いやあ、参った参った」

言葉の軽さとは裏腹に、担任の声はあまりにも重たい響きを孕《はら》んでいた。

「俺はさ、ずっと長距離の人だったから。言うなれば、自分と闘ってきたんだよ。自分とだけ闘っていればよかったんだよ。それが大人になって、こうやって四十人近い高校生を見なさいって言われて、こんなにも誰の気持ちも見抜けないのか――って、いやあ、毎日絶望だよ」

八重樫がため息をつき、僕が唇を噛《か》むと、

「難しいな、人と過ごすってのは」

このとき僕は初めて担任のことを年長者だと、人生の先輩なのだと認められたような気がした。その気持ちわかりますなんて軽い言葉が言えるはずもなく、僕は小さく俯くだけだった。

「お前らの気が済むまで協力するよ。職員室まで行って戻ってくればいいんだな？」

「……いや」八重樫が首を横に振り、「俺が行くからショーキチはここで待っててくれれば――」

「いいよいいよ、職員室前で走っていても教師なら怒られないだろうし。その代わり戻ってきたときに、ここに誰もいないってイタズラは勘弁だぞ」

担任は僕が想像していたよりずっと真剣に走って本棟の職員室まで向かってくれた。戻ってくるまでのタイムは二分十三秒だった。

斎藤直樹が鍵をとって戻ってきたとき、すでに視聴覚室から村嶋竜也の姿は消えていた。斎藤直樹は間違いなく鍵を開けてから中に入り、カーテンの向こう側、飛び降りてしまった村嶋竜也の死体と、机の上にあった遺書を確認している。

つまり檀優里は、この二分十三秒の間に村嶋竜也を窓の向こう側に突き落としたということになる。疑問は山積みだが、整理すると問題は大きく三つにわけられた。

一つ目はどのようにして遺書を書かせたのか。二つ目はどのようにして突き落としたのか。三つ目はどのようにして密室を破ったのか。

「やっぱり、扉の外から精神誘導できるような能力があったとしか考えられねぇだろ」と八重樫が担任には聞こえないような声で尋ねてくる。「じゃないと遺書も書かせられない。密室も作れない。色々と説明がつかねぇよ」

一理あった。しかしだとすれば、わざわざ斎藤直樹を証人として呼び寄せたのがあまりにも奇妙だ。どうしてそんなことをする必要があったのだろう。本当は何ら問題なく破れる密室を、簡単には破れないそれだと誤認させたかったのだろうか。いずれにしても何らかの証人になって欲しかったには違いあるまい。

僕は改めてノブを回してみる。遊びがある分、多少動くことには動くが、がちゃがちゃと音がするだけでそれ以上の何かはない。

「中に入りたいのか？」そう言って、担任はポケットから鍵を取り出した。

僕は違うと言ってから、しかし鍵についての話が気になった。

「当日、視聴覚室に鍵はかかっていたと思いますか？」

「ん～、なかったと思うな。基本は開けっぱなしだったから。高い機材が入ってるわけでもないし、特別危険があるとも思われていなかったし。だから村嶋も簡単に中に入れたんだろうし、内側から鍵を閉められたら職員室に鍵を取りに行く以外に開ける術《すべ》はない」

「職員室の他に、視聴覚室の扉を開けられる鍵はなかったんですか？」

「ないかな……うん、ないな。基本的に鍵類は全部、職員室で一括管理してるから。プールの鍵以外は全部、職員室にいかないと手に入らない」

「プールだけ別なんですか？」

「あれの鍵は部室棟の管理室にあるんだよ。水泳部があった名残で。でも言われてみると、あれだな、よくないな、そういうのは」

話の方向がずれてきたので、改めて整理する。基本的に視聴覚室に鍵はかかっていないので、誰でも自由に入ることができた。村嶋竜也も檀優里も、中に入ることに問題はない。しかし鍵がないので、施錠したい場合は室内側からツマミを回してロックする他にない。中にいたのは村嶋竜也だけ。だからやはり、彼が自分で閉めたと考えるのが、どこまでも自然なのだ。

しかし自然なことばかりを考えていてはいけない。

僕たちが相手にしているのは《受取人》なのだ。

「『鍵を自在に開け閉めできる能力』ってのは、ないか……」と八重樫が独り言のようにこぼす。

なるほどそれならば、確かに斎藤直樹が職員室に向かっている間に中に入るのは簡単だろう。施錠も容易だ。うまく立ち回れば、二分十三秒の間に村嶋竜也を窓の向こうに突き飛ばすことができるかもしれない。しかしそれだけでは遺書を書かせることができない。なぜ村嶋竜也は青い顔で遺書を認《したた》め、深々とお辞儀する必要があったのだろう。

僕がその能力はなさそうだなと小声で伝えると、担任が横から、

「ひょっとして何だ、密室がどうだとか考えてるのか？」

「……まあ、そういうことも一応」

「どこまで深く悩んでるのかはわからんけど、閉めるだけでいいなら、そんなもん楽勝だぞ」

　僕ら二人がぽかんとしていると、

「サムターンに何か引っかけて、そのまま外から引っ張っちゃえばいいんだから」

「サムターン？」

「ちょっと待ってろ、な」

　数分後に戻ってきた担任は、手に両面テープと梱包用《こんぽうよう》の細いビニール紐を持っていた。担任は一度扉を開けてから、鍵をかけるためのツマミ――これをサムターンと呼ぶらしい――に両面テープを貼り付けた。そしてそこにビニール紐を接着させる。そのまま紐を持って廊下側に出て、扉を閉じてしまう。

「こうだよ」

　担任がゆっくりと紐を引っ張ると、かちゃりという重たい音が響いた。更に強く紐を引っ張ると、両面テープごと紐が完全にこちら側に抜けてくる。

「紐を回収すれば、証拠は残らない。こういう、隙間がスカスカな扉はその気になればいくらでも閉められる」

「……なんでショーキチがそんなの知ってんだよ」

「ミステリー読んでたら、こういうことの一つや二つ」

「読むんですか？」

「まあ、本当に読む人からしたらヘナチョコ読者かもわからんけど、一応、ひととおりの作品はな。本格はいいぞ。もしお前らにその気があるなら、いくらでも貸してやる」

　あらゆる意味で、檀優里に対抗するにはうってつけの人材だったらしい。

「でも、このトリックでできるのは閉めることだけ。開けるのは無理。サムターンに粘着剤は残らないと思うが、手元にこんなのが残っちゃうのも――」担任は両面テープのついた紐を持ち上げてみせる。「難点だな」

「こういうのって有名なトリックですか？」

「だろうなあ。検索すればいくらでも出てくるんじゃないか。これ知ってるからって自分ミステリーファンですみたいな顔をするのはかなりダサいくらいには有名だな」

「これって、紐じゃなくちゃできませんか？」

「いいや、扉の隙間さえ通るならなんだって。鉢巻きみたいなのだって大丈夫だし、長めの短冊みたいなものだって大丈夫だろうし、あとは――」

「……ハンカチ」

「いけるんじゃないか？　もっとも、鍵を閉めるだけでいいなら他にも無数に方法はある」

　斎藤直樹は間違いなく言った。

『手にハンカチ握りしめて……肩を揺らしてた』

　あのときの檀優里はハンカチを握りしめていた。だからといって早計は禁物に違いない。それでも鍵を閉めることがさほど難しいことじゃなかったということは、心の片隅に留めておいてもいいのかもしれない。

　どうにか村嶋竜也を視聴覚室に連れ込み、何らかの脅し文句で遺書を認《したた》めるように指示する。自分だけ外に出て、先のハンカチを使ったトリックで外側から鍵をかける。毎日同じ時間に斎藤直樹が顧問に練習内容を尋ねるために視聴覚室前を通ることはあらかじめ把握できていたはずだ。通りかかった斎藤直樹に声をかけ、遺書を書いている村嶋竜也の姿を見せる。彼は何らかの理由で、斎藤直樹に向かって深々とお辞儀をする。異常事態を察知した斎藤直樹が職員室に向かって走り出す。そこで檀優里は、例えばこうして――

　僕は、閉ざされた視聴覚室の扉に、そっと右手を当ててみる。そしてそこから、気功のイメージで、あるいは突風でも巻き起こすようなイメージで、空想の中の村嶋竜也を吹き飛ばしてみる。彼は檀優里の能力によって吹き飛ばされ、そのまま窓の向こう側へと落ちていく。

「『離れたところから、人を突き飛ばせる能力』みたいなのを考えてるのか？」と八重樫が尋ねてくる。

「いや、まあ……どうだろうと思って」

　あまりに荒唐無稽《こうとうむけい》だった。任意の遺書を書かせる脅し文句も、青い顔でお辞儀をさせる方策も見当たらない。そもそも当時、窓は開いていたのだろうか。開いていたとして、離れたところから能力で突き飛ばしてうまいこと窓の下に落とせるのだろうか。あまりにも無茶が多すぎる。しかしたぶん、無茶であるだとか、荒唐無稽であるだとか、常識を逸脱することを恐れてはいけないのだ。あらゆる可能性を、馬鹿みたいに真面目に考慮する必要がある。

僕たちは村嶋竜也の現場を諦めて、高井健友の自殺現場へと向かった。

こちらの現場も新棟の四階にあった。彼が飛び降りた空き教室は、Ｕの字で言うと左上に位置している。ただし高井健友は中庭に向かって飛んだので、村嶋竜也のときとは逆の方向、東側に向かって飛んだということになる。彼の体はＵの字の真ん中に落ちたので、右上の音楽室にいた生徒たちが落下する瞬間を目撃してしまった。

当日、高井健友は校庭に置いてあった荷物を持って、この空き教室を目指した。十分ほど遅れて事務員の箕輪さんが後に続いた。空き教室にたどり着いたとき、扉は開けっぱなしになっていたと箕輪さんは証言していた。彼女が見たのは、ベランダの欄干に足をかけていた高井健友の姿。彼はまもなく地面に向かって落下してしまい、同時に向かいの校舎から女子生徒たちの悲鳴が上がった。

僕はそこで当時の状況を再現する。まず担任に頼んで空き教室の扉を開けてもらい、ベランダへと続く窓も開けてもらう——廊下から見ただけでベランダの欄干に足をかけている高井健友の姿が見えたというのなら、ここの窓も開いていたはずなのだ。ためしに八重樫にベランダに出てもらい、欄干に足をかける真似をしてもらう。僕はそれを廊下側から目撃する。

その後、箕輪さんは持っていたパイプを床に放り投げて慌ててベランダへと駆け出た。下を覗き込むと、中庭には高井健友の体が転がっていた。ここで箕輪さんは、足下になんとも言えない違和感を覚えた——と言っていた。まるで猫が足下をすり抜けていったような。気のせいだと思いますとも添えていたが、些細な情報も無視できない。足下に視線を落とすと、そこには高井健友の上靴とその下敷きになった遺書が見つかった。ただし高井健友の遺書は手書きではない。

八重樫を実際に中庭に落とすわけにはいかなかったので、一度空き教室内に戻ってもらう。僕は足下に違和感を覚えたことにして、箕輪さんと同じように視線を落とす。もちろんそこには何もないが、上靴と遺書を見つけたことにしておく。個人的に廊下からベランダを見通した時点で上靴と遺書の存在に気づいてもいいのでは——というささやかな疑問はあったのだが、なるほど廊下側から見て少し右側のスペースに置いてあったのだとしたら納得だ。手前にある空き教室の内壁が邪魔をして死角になっている。まず高井健友の落下に気づいてベランダに飛び出し、それから下を見て上靴と遺書に気づく——その流れにおかしな点はない。

檀優里が現場に現れたのは高井健友が落下してまもなくだ。檀優里は悲鳴に驚いたような様子で空き教室に入ってくると、ベランダに出て下を覗き込んだ。そして一度しゃがみ込み、救急車を呼びましょうと言ってスマートフォンを取り出した。

僕は檀優里の動線を辿るため、八重樫と箕輪さん役を交代してもらった。八重樫が上靴と遺書に気づいたタイミングで、僕が空き教室の中に入ってくる。ベランダにまで飛び出し一度下を見てから、その場でしゃがみ込む。実際に演じてみると一度しゃがみ込むという動作に違和感があったが、しかし衝撃的な光景に瞬間的な吐き気を催しましたよ――という演出としては、別段奇妙な動きでもないように思えた。実際の檀優里は山霧こずえの落下を目撃しても眉《まゆ》一つ動かさない冷淡な人間だ。過剰なポーズをとってみせる必要があったのだろう。いずれにしても、ここで二人は空き教室を通って廊下へと出てしまう。後始末は警察に任せたと言っていた。

　高井健友が落下する瞬間、おそらく箕輪さんに背後を確認する余裕はなかっただろう。檀優里が真後ろにいても、たぶん気づかない。ならば――

「『離れたところから、人を突き飛ばせる能力』ってのは、案外的外れじゃねぇんじゃねぇか？」

　八重樫の発言に頷き返しそうになってしまう。確かにその能力があった場合、檀優里は箕輪さんに気づかれることなく高井健友を落下させることができただろう。

　箕輪さんの背後から右手を突き出し、能力を使って、どん、と、力を放つ。

　高井健友が後ろから押されたような格好でベランダから落ちていく。

「でもやっぱり、突き飛ばす能力だけじゃ色々と説明がつかない」

第一に、どうやって事前に遺書をベランダに置いておいたのか（パソコンで作成されたものなので、筆跡を真似する必要はないのだが）。また、あくまで箕輪さんの証言においては――という話にはなるが、彼女曰《いわ》く、高井健友の落ち方は何者かに突き落とされたようには見えなかったということだった。欄干に足をかけていたというくらいなのだから、強引に突き落とされたというわけではないのだろう。

試しに欄干に足をかけてみようとしたが、なかなか難しかった。後ろから強引に突き飛ばされたのだとしたら、ただ欄干に激突するだけで足をかけることはできなかったに違いない。高井健友は、自分で落ちようとして、落ちたのだ。そう考えるしかないのだが、やはり信じがたい。

「落ちる瞬間を見たっていう吹奏楽部員に話を聞くのは、ダメですか？」

「……遠慮してあげて欲しいな。まだ学校に来られない子もいるみたいだし、教師として『いいぞ』とは口が裂けても言えない」

当然の反応に頷きながらも、僕はやはりどうしても落ちる瞬間の目撃証言を求めていた。まさしく落ちる瞬間――落下の始点――が目撃されたのは後にも先にも、この高井健友の死だけなのだ。そこに檀優里の能力を見破るヒントがあるように思えてならない。

ふと視線を向けた先に一棟のマンションを見つける。見つける――と言っても、常日頃から目についていたマンションなので今日初めて見つけたわけではない。それでも改めて観察してみると、そこはちょうどこの学校に対してベランダを向けるような格好で建っており、落下の瞬間を目撃した住人がいてもおかしくはなさそうに思えた。

妙案が思いつかなければあのマンションを訪ねようと決め、最後の現場である山霧こずえの自殺現場へと向かう。

僕は二階の社会科資料室で落下途中の彼女の姿を目撃したが、彼女が実際に飛び降りたのは新棟四階の廊下にある窓からだった。またもUの字の話をすると位置としては左上で、方角としては西側（Uの字の左側）の熊手丘に向かって飛び降りたことになる。近くには僕たちのA組、B組の教室もあるのだが、山霧こずえが飛び降りた窓付近は設計ミスかと思うほど何もないので——つまり階段やトイレ、水道などの設備がないので——基本的に生徒は近寄らない。置いてあるのは消火器くらいだ。山霧こずえが飛び降りたときも、おそらく近くには誰もいなかっただろう。まだ教室には数人の生徒が残っている様子だったが、こうやって現場検証している最中にも生徒は誰も寄ってこない。

僕は山霧こずえが飛び降りた窓からスマホで写真を撮ってみる。八重樫には山霧こずえがインスタグラムに投稿した画像を表示してもらい、二つを見比べてみた。もちろん細部まで完全に一致したわけではないが、まず間違いなくここで撮った写真と見ていいだろうと判断した。画像は酷似している。目線も一致している。

彼女のアカウントは未だ誰でも閲覧できる状態で放置されていた。これが自殺した生徒のアカウントらしいぞ——という情報がネット上で拡散され、くだんの投稿には哀悼の言葉と、一部の心ない人間からはイタズラのようなコメントが寄せられていた。

〈私は教室で大きな声を出しすぎました。調律される必要があります。さようなら〉

　さすがにこの投稿は山霧こずえ本人が行ったものだとしか思えない。投稿があったとき、檀優里は間違いなく僕と一緒に社会科資料室にいた。この画像は四階にあるこの窓から撮影されたものだし、そもそも本人以外がインスタグラムのアカウントに投稿することはできない。山霧こずえが飛び降りたとき、彼女のスマートフォンも遺体の側に落ちていたという。彼女はスマートフォンを誰かに奪われたりもしていない。

「やっぱり、精神誘導系の能力としか思えねぇよな……」と八重樫がそっとささやく。

　どうしてもそう考えたくなってしまうのだが、そこで押しとどまって腕を組んでみる。どうにかして投稿を偽装する手立てはないだろうか。

　まずは山霧こずえ本人に、直接投稿を依頼する方法——あまりにも馬鹿げているが、思えばこれまでの三人すべてが、まるで檀優里の依頼を素直に受け入れているように思えるポイントを持っている。村嶋竜也は遺書を認《したた》めてお辞儀をし、高井健友は自らの意思でとしか思えないような動きでベランダから飛び降り、山霧こずえはインスタグラムに遺書らしき文言と写真を投稿している。

『短い時間なら、相手を意のままに操ることができる能力』もしくは『小さな依頼を、相手に実行させる能力』——どうだろうと考え、

「やっぱり……精神誘導はないと思う。そういう考えは捨てるべきだ」

「どうしてだ？」

「そんなことができるなら、ここまで事件を複雑にする必要がない」

万能な能力を保持しているなら、小細工を労することなく「飛び降りなさい」と一言命令すればいい話なのだ。それに、そうなれば飛び降りに固執する必要もなかったはずだ。首を吊ってもらってもよかったし、ナイフを胸に突き立ててもらってもかまわなかった。それをしなかったということは、そこに何らかの制約があったからだ。事件はたまたま複雑になってしまったのではない。どうしても複雑にならざるを得なかったのだ。

僕と違いインスタグラムのアカウントを持っている八重樫にどうにかしてアカウントを偽装する方法はないかと尋ねてみるも、妙案はないようだった。流れで担任にも話を振ってみると、

「詳しくないけど、そんなもんアドレスとパスワードさえわかっちゃえば一発なんじゃないのか」

当たり前の話すぎて盲点だった。しかしアドレスとパスワードなんて簡単にわかるわけがない。そう考えたとき、はっ、と、悪寒に包まれた。

どちらも、わかるんじゃないか？

導かれるようにしてほんの数メートル先にあるA組の教室に向かうと、僕は教卓の中にある過去のプリント類を漁《あさ》った。ほどなくして見つけたのは、いつかのレクリエーションョン企画用のアンケート用紙だった。

『夏休み中のイベントについて意見を募集します』

そう書かれたそのプリントには、意見の提出先として山霧こずえのアドレスが克明に

記されていた。不用心だと非難するつもりにはなれない。アドレスなんて、他人に知ってもらって初めて効力を発揮するものなのだ。これが正しい使い方に違いあるまい。

しかし、一方のパスワード。これは絶対に誰にも知られてはいけない。

他人のパスワードなんて考えるのも面倒なので、悪意を持ってアカウントの乗っ取りでも企てない限り予想しようとすら思わない。でも仮に、悪意を持って頭をひねった人間がいた場合——山霧こずえのパスワードは容易に想像できてしまった。いや、まさか、そんな安易なパスワードをつけるはずあるまい。どこか楽天的に構えながら、僕は思い当たったその言葉をそのままインスタグラムのログインページに打ち込むことにした。

「kozu-jin0427」

ああ、と、ため息が漏れそうになる。

ログインを押すと、そのままするりと——トップページへと誘導されてしまった。

おい、マジかよと八重樫がため息をつく。

「Kozue_Yamagiri」

見てくださいと言わんばかりにぶら下げられた、恋人との愛情の証《あかし》であるキーホルダー。確かにあまりに無警戒だが、それでもよもやまさか、誰かが自分のアカウントにログインしようとすることはないだろうと、油断してしまう気持ちも大いに理解できた。かくいう僕のパスワードだって、好きな歌手の名前をそのまま流用している。本気でパスワードを類推してアカウントを乗っ取ろうとする人が現れたら、防波堤はあまりにも簡単に決壊してしまうのだ。以後、こんなパスワードはやめなさい、あまりに軽率だと説教をするべき相手は、しかしもういない。

ログインなら誰でも簡単にできてしまう。できたのなら偽装投稿をすることも容易だ。残る問題は投稿時間だ。アカウントに画像が投稿されたとき、檀優里は確かに僕と一緒にいた。左手を僕の肩に乗せ、右手で机の上に置いたスマートフォンを操作していた。余った第三の手で別のスマートフォンを操作し投稿するということは、もちろんできない。僕は八重樫にインスタグラムに予約投稿機能はあるのかと尋ねてみる。

「できないな。間違いねぇよ」

ならば檀優里はどうやってあの瞬間に投稿をしたのだろう。そのことについて悩みながら、僕たちは社会科資料室へと移動する。

校内を移動するたびにいたたまれない気持ちになるのは、すれ違う生徒や教職員たちが担任に向ける視線に、なんとも言いがたい気持ち悪さが含まれていたからだ。まるで重大な事件の被疑者でも見つけたように、最初は戸惑いの表情が一瞬浮かぶ。しかし嫌悪の色は決して出さないように努力する様子が顔に表れ、最終的には、私は何も気にしないおおらかな人間ですよとでも言いたげな、無関心と寛容のちょうど中間というような微笑に落ち着く。

「連れ回してしまって、すみません」となぜだか謝りたくなり、

「なんか、気を遣われてるよな」と担任は乾いた笑みを浮かべる。八重樫が慰めの言葉

を添える。

社会科資料室について改めて見るべき箇所は少なかった。それでも僕が覚えた唯一の違和感については念のため再確認をしておきたかった。というのも、心なしか山霧こずえが落下してきたときの――つまり空中での――イメージよりも、実際に地面に転がっていた彼女の遺体の位置がやや右にあったような気がしたのだ。

落下を目撃した位置と、ベランダに出て遺体を発見した位置を何度か行き来し、当時の自分の感覚が間違ったものではなかったことを確信する。やはりどう考えても、遺体はもっと左側に落ちていてもよさそうな軌跡を辿っていた。落下位置にして大体三メートルから五メートルほどの違和感がある。

当時は動転していたのでさほど気にならなかったのだが、落下時の衝撃で体がバウンドしてあの位置までずれてしまった――というのは、あまりにイメージしにくかった。数十キロもある人間の体が、通常の自由落下の速度で地面にぶつかったとして、あそこまで移動するとはやはりどうしても思えない。怖くなった山霧こずえが空中でもがいたからずれたのではないだろうか――という考えも、冷静になればあまりにナンセンスだった。僕が落下する彼女の姿を見たのはこの社会科資料室からで、つまり階数にして二階だ。ということは彼女の体は地面にぶつかるまで残り五メートルもなかったことになる。そこからいくらもがいたとしても、こんなにも着地位置がずれることはないだろう。

僕は山霧こずえが落下する直前、檀優里が右手で天井を指さしたことを思い出していた。一度ベランダに出て、四階にある窓の位置を確認する。出窓状になっているので窓の姿はここからでは見えなかったが、おおよその位置はわかった。僕はそこに佇《たたず》んでいる山霧こずえの姿を想像し、そこに向かって右手を突き出してみせる。

「『離れたところにいる人を引っ張る能力』か？」

ぐっ、と、力を入れ、山霧こずえのことを思い切り引っ張る。すると彼女の体は窓から飛び出し、地面に向かって吸い込まれていく。当然彼女の体にかかる力は通常の重力よりも遥かに強く、落下速度も速い。強い力で地面に叩きつけられればその分――僕は目を閉じた。

「引っ張るだけじゃ、他の二人の事件は成立させることができねぇな」

八重樫の言葉に僕はため息をついてから頷いた。

「B組の子の現場はいいのか？」

担任の言葉で現実に戻される。僕は必要がないことを告げる。

「まだ、何か見るか？」

八重樫と二人してしばらく黙り込んでから、僕らはゆっくりと首を横に振った。

「やっぱりみんな、死んじゃったんだな……U・N・オーエンはどこにもいなかったわけだ」

担任は他殺を裏付ける証拠が出てこないことを確信すると、ベランダの欄干に手をかけ熊手丘のほうを覗いた。見るべきものなどなにもないブロックの壁面に、見るべき何かを見いだそうと目を細める。

「間抜けな担任は、ここに置いてけぼりだ」

　小早川燈花の自殺が唯一本物であることに気づいたときには、何か道が開けたような気がした。村嶋竜也が死んだ視聴覚室の密室を破るトリックについても新たな可能性を見つけられたし、山霧こずえのインスタグラムの投稿についても偽装方法の目処《めど》はついた。まったく意味のない現場検証であったとは思わない。

　それでも決定的な証拠は何も摑めなかった。あらゆる仮説が、あらゆる可能性が、あらゆる要素によって見事に打ち消されていく。彼女の能力は未だ藪《やぶ》の中。開きかけた扉が静かに閉まっていく気配がしていた。向こう側に見えていた光の筋が、少しずつ、それでも確かに細くなっていく。

「いやいや……」担任は静かにぼやいた。「まったく、どうしてなんだろうな……いいクラスだったじゃないか……みんなあんなに楽しそうにしてたのに」

「本当に——」ふと、言葉が口の端からこぼれる。「本当に、そう思ってましたか」

「……なんでだ？」

　八重樫が驚いたような顔をしていることには気づいていないふりをした。

「いえ、なんとなくです。本当にあのクラスは先生にとって、理想的なものに見えていたのかな、って」

「そりゃもちろん——」

その気はなかったのだが、たまたまポケットに入れていた右手が安全ピンに触れた。軽い気持ちでそのまま太ももに刺す。担任はまっすぐな目で僕を見つめながら、

「最高のクラスだと、思ってたよ」

昇降口を出ると、僕は挨拶を交わして八重樫と別れる。そのまま一人、裏門の向こうにそびえるマンションの姿を見つめた。さほど期待していなかったマンション住人の一言にすべてがひっくり返ってしまうことを、このときの僕はまだ知らない。

16

「ベランダにいましたよ」

「……え、と、誰がですか？」

「ですから制服を着た女の子が、今にも落ちそうになってる男の子のすぐ横で体育座りをして」

「落ちる直前まで？」

「はい」

意味がわからず、僕はぽかんとしていた。嘘だとしか思えなかったので一度校内に連

れ出して安全ピンを使おうかと考えたくらいだが、常識的に考えてこの人が嘘をつくメリットは何一つなかった。

僕の話を聞いてくれたのは、学校の北側にそびえるマンション――ハイクレスト北楓の605号室に住む女性だった。幸いにしてエントランスに鍵があるタイプのマンションではなかったので、最上階の見晴らしが良さそうな部屋を狙って片っ端からインターホンを押していった。運良く三件目で飛び降りの現場を見たという人を引き当てた。どうやら友人の死の真相を知りたがっている、という人間味溢れる惹句《じゃっく》が効いたらしい。何の警戒もなく扉を開けてくれた彼女はすぐに目撃情報を提供してくれた。

中でお茶でも出しましょうかという提案はさすがに断ったが、実際にベランダから景色を見てみますかという提案は断れなかった。中には娘さんらしき小学生くらいの女の子が二人いて室内を通るときはだいぶ物珍しげな視線を向けられたが、どうにかベランダまで抜け出る。予想どおり、校舎を北側から一望することができた。U字型の新棟はこちらから見ると∩の形になっていて、中庭までがはっきりと見える。

「あのとき、洗濯物を取り込んでたんですね、ここで」と、女性は当時の状況を説明してくれた。「それでふと高校さんのほうに目を向けたら、男の子がベランダの柵の上に足を乗っけてて、これ落ちるんじゃないかな、危ないんじゃないかな、って思ったんです。で、男の子のすぐ横にいた女の子が何か彼のことを引っ張ってあげてるように見えたんですね」

「……横にいた女の子？」

「はい。今にも落ちそうな男の子のすぐ横に、女の子が」

高井健友が落下してすぐに、事務員の箕輪さんはベランダに飛び出した。そして足下にある上靴と遺書の存在に気づく。だがもちろん、そこに女子生徒がいたというような発言はしていない。いたとしたら気づかないはずがない。それでも、箕輪さんが嘘をついていないことは安全ピンで確認済みだ。

「すぐに事務員の女の人が走ってきたと思うんです、それは見ましたか？」

「……ごめんなさい。男の子がふわっと落ちた瞬間に、怖くなって部屋の中に戻ってしまって」

「……そうですか」

「たぶんですけど、落ちた男の子のことをまじまじと見つめなかったからこそ、こうやって落ち着いて話せてると思うんです。たぶん最後まで見ちゃったら——ねえ」

僕は鞄の中から文集を取りだして、檀優里の写真を見せてみた。

「そこにいた女の子って、この子でしたか？」

「さあ、距離もあったから……でも、言われてみればこんな雰囲気だったような気もします。ボブっぽい黒い髪の子……んん、ちょっと断言はできないですけど、たぶん」

「彼女は高井——落ちそうになっていた男子生徒です——の足を引っ張っていたんですか？」

「そう見えましたね、助けてあげようと思ってるんだと思ったんですけど」
「足の裏をこう、押し込んで、向こう側に落とそうとしている雰囲気じゃなくて？」
「そうじゃないですね。そんなに一生懸命引っ張っている感じにも見えなかったですけど、少なくとも押し込んでいる感じじゃなかったですね……。私の目には、男の子は自分の意思で落ちたように見えました」

　僕は、改めて高井健友が飛び降りた四階のベランダを見つめてみる。

　仮に、今の証言どおり檀優里がベランダに身を潜めていたとして、上靴や遺書と同じ位置――つまり空き教室の内壁による死角――に身を潜めていたのだとすれば、すぐには箕輪さんにも気づかれずに済む。しかし、箕輪さんがベランダに出てくるまでにはどこかに身を隠さなければならない。またその後、何食わぬ顔で箕輪さんの背後から現れる必要もある。

　中庭側に面するベランダは、基本的に他の教室まで通り抜けられるように作ってある。しかし、もし箕輪さんに気づかれないように彼女の背後に回り込もうとするならば、これはかなりの距離を走らなければならない。構造上、教室にして二つ分は移動しないと棟内に戻れる出入り口にはたどり着けないのだ。瞬間移動でもしない限り、走っている背中を箕輪さんに捉《とら》えられてしまう。

　ならば『瞬間移動できる能力』か。あるいは自分だけではなく『あらゆる物体を瞬間移動させることができる能力』。そもそもどうして檀優里はそこにいたのだろう。そこにいて何をする必要があったのだろう——

そこまで考えたときだった。

手応えがないままに何日間も引っ張り続けていたテグスが、ずん、と、鉱物のように重たい獲物に当たった。あらゆる可能性が、あらゆる仮説が後頭部から勢いよく放たれ、重要な事実だけが浮き彫りになる。大事だと思っていたことがとんだまやかしだと気づかされ、どうでもいいと思っていた情報が見逃すことのできないヒントだったことにようやく気づく。

遺書を書いてお辞儀をした村嶋竜也、自分の意思で飛び降りた高井健友、落下直前になされた山霧こずえのインスタグラム投稿。中庭に飛び降りた高井健友と、熊手丘側に飛んだ村嶋竜也と山霧こずえの違い。

僕はスマートフォンを取り出すと、画像フォルダから仮装パーティの日の集合写真を探した。今まですっかり確認することを忘れていたが、そこには死神の姿こそないものの檀優里の姿なら見つけられるはずだった。彼女は仮装パーティだというのに、ただ一人、見慣れた北楓高校の制服を着用していた。笑顔はもちろん見せず、かといって不快そうにふてくされるわけでもなく、無関心を見事に体現したような中庸の表情を見せていた。もちろん彼女は、大きな鎌も、黒いローブも持っていない——あんなもの、どこに隠せるはずもないのに。

僕は何度もお礼を言ってから、足早に６０５号室を後にした。

学校に戻って情報処理室のパソコンを貸してもらえるよう、急いで担任に許可をとった。

誰もいない情報処理室で一番手近にあったパソコンのスイッチを入れ、すぐにSDカードを挿入し、動画を再生する。山霧こずえの通夜のときにはすでにもらっていた動画だったのだが、どうせ得るものはないだろうと一度スマートフォン上で再生したきりほったらかしにしていた。僕が見ようとしていたのは、檀優里に呼び出された社会科資料室の様子を、八重樫がスマートフォンで撮影してくれていた動画だった。問題なく再生できた。

八重樫がゆっくりと社会科資料室に近づいていくところから始まり、やがて八重樫の左手が社会科資料室の扉を小さく開ける。その隙間から中の様子が撮影される。椅子に座った僕が檀優里と話している。声は微かにしか聞こえない。音量を上げれば聞き取れるようになったかもしれないが、音はさほど問題じゃなかったのでそのまま視聴を続ける。僕が立ち上がり、檀優里と並んで窓の外を見つめ始める。画面上では何をしているのかわかりにくかったが、ちょうど僕が檀優里のスマートフォンを確認するために机の上を見始めたところだった。

「違った！　山霧さんのほうだ！　山霧さんのところに！」という僕の声ははっきりと聞き取れた。ここで八重樫に動揺が走り、カメラが小さくぶれる。「早く……早く行ってくれ！　この、ここのちょうど――ちょうど真上だ！　そこで山霧が――」

八重樫が走り出そうとした拍子に扉を蹴《け》ってしまったのだろう。どんという音が響き、カメラがもう一度大きくぶれる。そしてとうとう撮影することを諦めたように、スマートフォンが扉の隙間から移動する。僕と檀優里の姿は見えなくなり、八重樫が走り出す。撮るつもりのなかったであろう八重樫自身の腰元がしばし映される。

僕は停止して、少しずつ映像を巻き戻していく。ぎりぎり僕と檀優里の姿が確認できる最後のコマで、檀優里は天井を指さしていた。一方、隣にいる僕は微かにのけぞっている。

この時点でほとんど確信した。

念には念をと、僕は動画ファイルのプロパティを確認する。動画の作成日時は7月10日12時43分となっていた。今度はスマートフォンを取り出し、山霧こずえのアカウントに投稿された例の遺書代わりの投稿がなされた日時を確認——しようと思ったのだが、インスタグラムは機能上、投稿時間が厳密にはわからないらしい。そんなことには、まるで気がつかなかった。この辺も檀優里の計算の内だとするならば、その繊細さには思わずため息さえこぼれる。少し検索をすると、しかし投稿時間をブラウザ上で割り出すツールが見つかった。そこにURLを貼り付けて例の写真の投稿時間を割り出すと——

7月10日12時32分。

呪いが解かれたように、体中が途端に軽くなる。背もたれに体を預け、両手で顔を押さえた。何が『精神誘導系の能力』だ。

精神を誘導されていたのは被害者たちではなく、むしろ僕のほうじゃないか。

檀優里の能力が、わかった。

四章　人間不平等起源論

17

能力を見破ったので学校には平和が訪れた——という、簡単な話にはならない。

問題は山積していた。まず根本的な問題として、僕は檀優里の能力こそ把握できたが、その発動条件は完璧《かんぺき》には理解できていない。もう一押しではあるが、まだ完全に彼女の能力を失効させる手には辿《たど》りついていない。

更に重要な問題は、今の僕は檀優里に命を狙われているということだった。膝《ひざ》をついて彼女に謝罪をしない限り、九月の学校には来られないという脅しを受けている。謝るのは簡単だった。その程度の屈辱は、屈辱とも思えない程度のプライドの持ち主であると自負していた。そんな自分が、どうしてだろう。驚くべきことに、ここにきて彼女には謝りたくないという思いに駆られ始めていた。何か危害を加えてやりたいだとか、鼻を明かしてやりたいというわけではない。ただ、どんな形であれ、彼女の存在を認めるようなことは断固としてやるべきではないのではないだろうか。そんな考えが僕の中に芽吹いていた。

それは人を殺すということが倫理的に間違っているからという単純な話ではない。

彼女が調律して作り上げた教室の意味が、十二分に理解できてしまったからだ。能力が判明したので、命を狙われたとしても対策が立てられる——というのは一理あったが、なお注意が必要だった。彼女の持つ能力は精神誘導ではなかった。よって僕が、死にたくなることはないだろう。それでも考えようによってはかなり強力な能力であり、少なくとも僕の持つ『嘘を見破る能力』や、八重樫の『人の好き嫌いがわかる能力』に比べれば、明らかに危険なものであった。

準備など碌《ろく》にできていないまま始まった期末試験のさなか、僕は窓の向こう側が気になった。教室は四階にある。急に強烈な力が働き、僕は向こう側に放り出されてしまうのではないだろうか。そんなはずはないと頭では理解しながらも、僕は細い糸を命綱代わりにするようなつもりで、自分の足を机の脚に小さく絡めておいた。

一応、謝罪の期限は夏休みまでと言われている。今日の期末試験が終わり、残りの登校日は終業式を含めて二日間だけ——つまりこの二日間が謝罪の最終期限であり、これをすぎると檀優里は僕を殺すために具体的に動き出すことになる。檀優里は間違いなく『あなたは——九月の学校には来られない。それより先に、死にたくなってしまうから』と言った。

彼女の発言を信用してスケジュールを考えると、檀優里が僕を殺すのは夏休みの間ということになる。言わずもがな授業はない。彼女の能力は校内でしか使用できない。さて彼女はどうやって僕を殺すつもりなのだろう——という疑問は、数週間前から廊下に貼り出されている図書当番表がすべて解決してくれた。

『夏休み中の図書当番――8月1日（木）午前：尾崎《おざき》百合香《ゆりか》 午後：垣内友弘』

午後の図書当番は午後一時から午後四時まで一人で図書室の番を任される。夏休み中に本の貸し出しを受け付ける係ということにはなっているものの、実際に本を借りに来る生徒が現れる可能性はおそらく都心にニホンザルが現れる可能性と同程度のもの。限りなくゼロに近い。よって図書当番の仕事は、実質的には置物のように三時間座っているだけということになる。

檀優里がこのタイミングを、狙わない、はずがない。

当番表は堂々と廊下に掲示してある。檀優里の目にも必ず留まる。

「垣内」

間違えることがないようにと、当番表をスマートフォンのカメラで撮影していたとき背後から声をかけられた。八重樫だった。いつものことだが、僕より頭一つ大きい八重樫は完全に僕を見下ろす格好になる。向けられた視線には既視感があった。それはちょうど図書室で岸谷亮兼の本を読んでいた僕に向けられていたのと同じ種類の、疑いと、軽蔑《けいべつ》と、憤りのこもった眼差《まなざ》しだった。

どうしてこんな視線を向けられなければならないのかわからず、僕はしばし固まった。

「お前、なんかわかったのか？」

「……どうして？」

「お前、昨日俺と別れた後、学校に戻ってなんかパソコン使って調べてたらしいじゃねぇかよ。ショーキチから聞いたぞ。何で、俺を誘わねぇんだよ」

「ああ……」と答えてから、どう言葉を繋《つな》ぐべきかを考える。八重樫に何も伝えていなかったことに気づきながらも、しかし同時に八重樫にはまだ何も伝えたくないという思いが湧き上がる。ぎこちない笑みを浮かべながらどうにか紡いだ言い訳は、「悪かったよ……試験前だったしあれ以上付き合わせたら悪いと思って」

「……お前本気で言ってんのか、それ」

八重樫はしばらく無言で僕のことを見つめた。

「お前、やっぱり、なんかおかしいよ。何考えてんだかさっぱりわかんねぇ」

「……おかしい？　何が？」

「全部だよ。おかしいんだって……マジで」八重樫はいかにも不快そうに顔を歪《ゆが》ませ、それから頭を乱暴に掻《か》いた。「昨日だってお前、ずっと一人で現場を見てたじゃねぇか」

「……一人で？」

「何を見てどんな考えを浮かべてたんだか知らねぇけどよ、ずっと難しい顔したままこっちにはほとんど何も喋《しゃべ》ろうとしなかったじゃねぇか。必要なときだけ質問してきたかと思えば、情報も推理も何も共有しようとしないで黙り込む。俺が話しかけてもやる気のねぇ返事をするだけ。そもそもお前、最初は一人で現場検証させて欲しいってお願いしてたんだろ？　ショーキチがダメって言ったから俺のとこに来ただけで、ショーキチがいいよって言ったら、お前一人で現場検証するつもりだったんだろ？　何なんだよ……なあ？　俺は無視か？　俺は邪魔か？　俺たち、一緒になって真相突き止めようって動いてたんじゃねぇのかよ？　なあ？」

　予想もしていなかった言葉に圧倒されながら「……本当に悪かったよ。そんなふうに思ってたなんて気づかなかった。謝る」

「本気でそう思ってんのか？」

「……もちろん」

「……なら言えよ、パソコンで何調べてたんだよ。何がわかったんだ」

「いや、まあ……それは……別にたいした話じゃ――」

　八重樫は僕の胸ぐらを摑《つか》んで強引に引き寄せると、オイと小さな声で凄《すご》んだ。ほんの少し動かされただけで簡単に踵《かかと》が浮いてしまうのが、自分でも恥ずかしかった。たまたま通りかかった八重樫の友人らしき他クラスの生徒が彼を窘《たしな》め、僕は解放された。咳払《せきばら》いが収まった頃に、

「お前、いい加減にしろよ……何で協力しようとしねぇんだよ？　わかったことがあるんだろ？　ならそれを俺に伝えろよ！　なぁ⁉　オイ‼」

　終始、言い淀《よど》んだのがいけなかった。僕の曖昧《あいまい》な態度に確信に至った八重樫は、ここじゃ碌に話せないから体育棟の裏に行こうと提案した。事情が把握できていない周りの生徒たちは戸惑っている様子だったが、僕が大人しく八重樫についていくのを止めはし

なかった。

　ちょうどバーベキューのとき、八重樫が檀優里という生徒が怪しいと教えてくれた場所だった。八重樫は、さっきはカッとなって悪かったと詫《わ》びると、しかしまだ興奮は収まらない様子で尋ねてきた。

「クソ女の能力が、わかったんだな？　だから確認のために何かをパソコンで調べ直した。そうだな？」

　概《おおむ》ね的を射ていた。ただどうしても、そうだと肯定する気になれなかった。煮え切らない僕の態度に八重樫は笑顔で怒りを表明してみせた。

「お前それは……ないぞ。ここまで来て、なんで急に裏切ろうとしてるんだよ。考えらんねぇよ」

　言えよ、何で教えねぇんだよ——で、とうとう彼は僕の頬を思い切り殴った。人に殴られたのは本当に久しぶりだったので——たぶん小学生のとき以来だ——僕は一瞬、何が起こったのか理解できなかった。反動で地面に倒れてしまい、すっと鼻の奥で粘度の低い、さらさらとした血が流れる気配を覚えた。慌てて鼻をすすり、血の香りが口元にまでふわっと広がったところで、ようやく殴られたのだと理解できた。瞬間の衝撃よりも、頬骨を中心にじんじんと痛みが広がっていく感覚のほうが、ずっと不快で気持ちが悪かった。

「信頼してたんだぞ……お前のこと。友達になれたもんだと思ってた」

ひどい能力を受け取ってしまったものだと自らの境遇を呪いながら、僕はゆっくり立ち上がった。スクールカーストは軍事力――そんなのり子さんの話が頭をよぎり、なるほどそのとおりかもしれないと思いながら手の甲で鼻を拭《ぬぐ》う。鮮血がついた。

「何がしてぇんだよ？　言えよ、言ってなんか都合悪いことあんのかよ？」

八重樫に檀優里の能力がわかったことを伝えたくなかった理由は単純だった。彼が次に起こそうとする行動がなんとなく想像できてしまい、どうしてもそこに踏み込むことに抵抗があったからだ。

犯人がわかれば解決編――警察に突き出してハッピーエンド。

そうできないのが、今回の事件の最大の問題だ。

「八重樫は――」口にしたところで鼻血がこぼれた。また手の甲で乱暴に拭う。「八重樫は、檀から能力を奪ったら、彼女をどうするつもりなんだ？」

「ずっと言ってんだろうが――」八重樫の目はまっすぐに僕を捉《とら》えていた。「三人も……三人も大事な友達、殺されてんだぞ？　復讐《ふくしゅう》しなくちゃいけないに決まってんだろ」

「……殺すのか？」

「できるなら、そうしてやりてぇよ。あんな女、この世界に存在していいわけがない」

「でも僕ら二人の能力じゃ、どうすることもできない」

前もって考えていたのだろう。少し間を置いてから八重樫は堂々と言い切った。

「最後の一人に――野球部の佐古先輩に協力してもらうしかないだろうが。どんな能力持ってるかはわからねぇけど、事情説明して、三人の力合わせたらできることもあるかもしれない」

「最後の一人は――」

鼻から流れてきた血が口の中に溜《た》まってしまい喉《のど》が詰まる。かっこよくぷっと吐き出せたのなら絵にもなったが、僕はまるで排水溝に吐き出すように、痰《たん》が絡んだ血をどろりと落とすことしかできなかった。

咳払いで喉を整え、

「最後の一人は……その佐古って人じゃない」

「はあ……？」

「檀をこのまま放置していいわけがない――それはわかってるんだ。でも、僕にはどうにも決心がつかない。だから、少し時間が欲しい。その最後の一人と、少し話し合うから。内緒にしたのは本当に悪かったと思ってる……絶対に話すから、少しだけ待ってて欲しい」

背を向けた僕を、八重樫は追っては来なかった。

荷物を取りに教室に戻ると、園川と張本が僕の机の近くで待っていた。ほっぺた怪我したの、大丈夫という言葉から始まった彼の話は、この間のことを謝りたいんだ、今日こそ一緒に遊べないかなというものだった。僕はこの間のことは何も気にしていないことを再三強調し、今日は用事があるので遊べないと言って教室を後にする。

インターホンを押すと、美月はチェーンをかけたままゆっくりと扉を開けた。第一声に悩んだが、まずは依頼を遂行できなかったことを謝る必要があると感じた。

「山霧さんのこと――」

僕がごめんと言うより先に、

「私が――」と美月は被《かぶ》せた。「家の中に籠《こも》って……こんな……最低だったから」

無理に言葉を重ねるのも無用な気がして、僕はしばらく黙り込んだ。美月もそれ以上は何も言わなかった。二度ほど深呼吸をしてから本題を切り出す。

「六時にもう一度ここに来るから、出かける準備をしておいて欲しい」

「……え？」

「頼む。本当に迎えに来るから」

「……どうして？」

「白瀬が持っている能力について話がしたい」

反射的に扉を閉めようとしたのか、チェーンが一瞬だけたわんだ。しかしゆっくりと元に戻っていく。僕は尋ねた。

「白瀬は、《受取人》なんだろ？」

18

　迎えに行ったとき、美月は黒のノースリーブに白いロングスカートという格好をしていた。派手にめかし込んでいるというわけではなかったが、制服以外の格好は先日のTシャツにハーフパンツ姿しか見たことがなかったので随分と華やかに映った。顔色こそ優れないが、少なくとも衰弱して一ヵ月近く学校を休んでいる生徒には見えない。冴《さ》えないTシャツ、ジーパン姿で出てきたのが申し訳なくなってきた。

「顔、怪我したの？」

「あぁ、ちょっと……そんなに目立つ？」

「……けっこう」

　鏡を見る余裕がなかったので、どれほどの痣《あざ》になっているのか見当もつかなかった。鈍い痛みは未《いま》だに続いていて、患部を触るのも、あまり大きく表情を変えるのも怖かった。

　マンションを出る。歩き始めてすぐに目的地がわかったのか、あるいは何を尋ねる気にもなれなかったのか、美月は何も言わずに僕についてきた。日が傾いてうっすらとコバルトブルーがかった住宅街を、博物館の中を歩くようなスピードで、ゆっくり、ゆっくりと、進んでいった。しばらく沈黙が続いたが、おそらく彼女の頭の中ではいくつもの言葉が浮かんでは消えていたのだろう。十分ほど経った頃にようやく尋ねる決心がついたという雰囲気で口を開いた。

「……垣内も、《受取人》だったんだ」

それが一番の驚きだったらしい。言われてみれば、彼女は僕が手紙を受け取ったことを知るはずがない。僕は手紙を手に入れた経緯を説明し、前任はおそらく村嶋竜也であったことを伝えた。死んでしまった友人の名前が出たことに表情を少し暗くすると、悲しみを堪《こら》えるように五歩、祈るように地面を踏みしめてから、

「どうして、私が《受取人》だってわかったの？」

「……後づけだけど」と僕は前置きしてから言った。「よくよく考えてみれば、死神の荒唐無《こうとうむ》稽《けい》な話をすんなり信じていたところから、感づくべきだったんだと思う。『私には特殊能力が備わっていて、それを使って二人を自殺に見せかけて殺した』なんて話、普通は簡単に信じない。それに死神が命を狙っているから山霧さんに学校を休んでもらいたい――って言ってたのも、思えば能力の範囲を把握しているみたいで不思議だった。その時点ではまるで、なんとも思ってなかったけど」

「なら、いつ？」

「山霧さんの通夜に来てたから」僕は足下を見つめながら言葉を紡いだ。「山霧さんが

殺されたら、次は自分が狙われるかもしれない――そんな状況なのに、犯人がいるかもしれない葬儀場に平気で顔を出すのはおかしいと思った。能力が校内でしか使えないことを知っていなくちゃ、いくら弔いの気持ちがあってもあんなところには行けない」

美月はまるで過失を反省するように口を閉ざした。ちょうどそのタイミングで、僕らと同年代の恋人同士らしき二人組とすれ違う。

「……彼氏とか、大丈夫だったか」

「え？」

「いや、なんか、こんな感じで呼び出して、もしなんか変な――」

「もう、別れたよ」

「……そうなのか」

「うん。だいぶ前、何ヵ月前だろ」真剣に思い出そうとするふうでもなくそう言うと、美月はため息をついた。「なんでなんだろうね」

「喧嘩《けんか》でもしたのか？」

「いや、そういうことじゃなくて……なんだろう。なんで背伸びして生きようとしちゃうんだろう、って」もう一度ため息をついてから、彼女はたぶん笑おうとした。しかし頬がうまく言うことを聞かなかったのか、今にも泣き出しそうな悲しげな表情ができあがった。「十二歳になったら中学校に通わなくちゃいけない。十五歳になったら高校に通わなくちゃいけない。友達はいないと恥ずかしい。なるべくなら、活発で明るい子と仲良くなったほうが自分も素敵になれそう。友達には離れていって欲しくないから、ついつい歩調を合わせちゃう。そこに自分の意思は——どのくらいあったんだろう。いろいろなことが自分の趣味とか、希望とか、理想とかから少しずつずれていく。あらゆることが、友達とか、周囲の環境に合わせるために、なんとなく、どこか消去法的に決められていく気がする……。垣内と話さなくなったのも、そういうことの延長にあるのかもね」

「……どうだろう」

「こうやって話してると、みんなには話せないけど垣内には話せることがとても多いってことに気づく……どうしてだろうね。私……本当にこずえのこと、好きだったのかな」

わけもわからずそういうことを言うべきではないと咎《とが》めそうになり、しかし自分には何も言う資格がないことに気づく。

「一年生のとき、本棟の裏で怪我をしている猫を見つけたの」美月はどことなく苦しそうな表情で続けた。「猫同士の喧嘩でそうなったのか、生徒の誰かがイタズラしてそうなったのかはわからない。片目が潰《つぶ》れちゃってて、左の後ろ足を重たそうに引きずってた。もういくらも動けそうにない。どうしたらいいんだろうって途方に暮れてたら、後ろから三年生の女の人が来たの。髪を明るい色に染めてて、腰にカーディガンを巻いてて、リボンもすごくおしゃれなのに付け替えてて——とにかくとっても綺麗《きれい》できらきら輝いてる人だった。その人は自信に満ちた顔で言ったの。『私に任せて』って。それから大事に猫を抱えてどこかに消えていった。数日後になってその先輩が教室にいた私のところを訪ねてきて『君は猫を救おうとした素晴らしい人間だ。すごく見込みがある』みたいなことを言ってきて、名前を尋ねられた。部活にでも勧誘されるんじゃないかと思ったんだけど、そういうことはなくて、とにかく名前だけ教えてって。数カ月待ってもそれ以上のことはなくて、二年に進級したときに丸っこい文字で書かれたかわいらしい手紙が届いた。『猫を救おうとしたあなたに、この能力を授けます』って。嬉《うれ》しいというよりは、買いかぶられちゃったっていう焦りと申し訳なさみたいなほうが強くて、ものすごく動揺した。あのときだって、たぶん後ろから先輩が来てくれなかったら、猫のこと——見捨てちゃってたのかもしれないし」

　夕方が終わり、僕らはすでに夜の入り口にいた。車のヘッドライトが彼女の横顔を一瞬だけ照らす。目が微《かす》かに赤みを帯びていたように見えたのは、気のせいだろうか。

「でもだからこそ、自分は選ばれた特別な存在なんだ、その能力を積極的に行使して、学校をいい方向に導いていかなくちゃいけないんだ——そんな不思議な使命感が湧いてきた。うぬぼれ、って言ってもいいのかもしれないし、選ばれたことに対する言い訳、罪滅ぼしって言ったほうが適切かもしれない。ますます私は私を見つけられなくなって、どこか誰かに操作されているみたいに毎日を過ごしていた。別に強い憧《あこが》れもないのに、まるで道徳の教科書に登場できる望ましい自分を演じようとしていた。いつかドキュメンタリーのカメラが教室に入ってきて、私を主人公にしてもらっても、きっと素敵な自分が映し出されるように、って」

そこで美月は立ち止まった。

目的地だったので僕も立ち止まる。

目の前には、彼女が一ヵ月近く休み続けている、僕らの学校の姿があった。

僕も美月も電車での通学を選んでいるが、僕らの住む花園台《はなぞのだい》から北楓はふた駅の距離にあるので、徒歩や自転車でもたどり着けるにはたどり着ける。どうして今日、電車を選ばなかったのかというのは、人目を気にすることなく話がしたかったから。どうしてわざわざ彼女を学校に連れてくる必要があったのかというのは——たぶん美月も了解してくれているに違いない。

「花火」と美月は本棟の屋上を見つめながら言った。「夏休みにやる、吉見川の花火。みんなでプールで見ようって話、あったよね。あれは——」

「ダメになったって言ってたと思う。危ないから、って。でも仮に許可されてたとしても、イベントは開催されないと思う。レク企画自体がなくなったから」

「そっか」美月は校門に手をかけ、とんとんと二度ほど叩《たた》いた。「そのほうが……いいのかもね。私だって本当に行きたかったのかって訊《き》かれたら、たぶん答えに困ってたと思うし」

校門は閉まっていたが、鍵《かぎ》はかかっていなかった。事務員室を筆頭にいくつかの窓からぼんぼりのような暖色の明かりが漏れていたが、生徒や、校庭を歩いている職員の姿は見当たらなかった。音を立てないよう静かに校門をくぐると、僕らは新棟との連絡部分近くにあるベンチに腰掛けた。事務員室からも職員室からも死角になるのが都合よかった。

「犯人が、わかった」

「あの……死神？」

僕は頷《うなず》いた。「B組の檀優里っていう女子だった。知ってるか？」

美月は首を横に振った。「見たことはあるのかもしれないけど、顔は……」

僕はそれから、能力を受け取ってから今日までのことを、要点を絞って説明した。八重樫も《受取人》であること、彼と協力して動いていたこと、事件の真相と犯人の能力を見破れたこと、だけれどもまだ発動条件がわからないこと、八重樫は檀優里に制裁を加えるべきだと——つまり殺すべきだと考えていること、僕はまだいろいろなことを決めかねていること。

「それで……もう一人の《受取人》に会いに来たの？」

「意見を仰ぎたかったのもあるし、仮に檀に報復するのであれば——どんな能力を持っているのかを把握しておきたかった。白瀬は、どうするべきだと思う？」

「死神を？」

僕は頷いた。「もう檀優里は誰も殺さないらしい。僕が謝罪さえすれば、放っておいても害はない——ということになってる」

「普通、四人も殺したら――違うか、三人だったんだね――やっぱり、死刑、なのかな」

「普通はそう。ただ――」実は気になって事前にネットで調べていた。「檀は未成年だから何人殺しても死刑にはならないらしい。ならないだろうけど、いざ死刑ではないということがニュースになるようなことになれば――」

「未成年といえども三人も殺したんだから死刑が妥当だろ、って騒がれるような事件」

美月は事実を咀嚼《そしゃく》するように何度か頷くと、まっすぐ前を――暗がりに落ちた新棟の壁面を見つめながら言った。

「彼女の能力は確実に失効させなくちゃいけない。彼女がこれ以上罪を重ねることがないのだとしても、絶対に」想像していたよりもずっと強い口調で彼女は断言した。「それで、そのあとのことも、やっぱりきっちり処理しなくちゃいけないんだと思う」

「……処理？」

「法律の届かない世界だからこそ、大人の目の届かない世界だからこそ、能力という非常識が顔を覗《のぞ》かせている世界だからこそ、私たちできっちりと、秩序を保たなくちゃいけないんだよ」

言ってから途端に弱気な顔になって、目を伏せて、それでもそれしか選べないんだからというような儚《はかな》げな視線をこちらに向け、

「たぶん、二年A組の白瀬美月なら、そう言うんじゃないかと思う」

言葉の意味が顆粒状《かりゅうじょう》の薬みたいにあまりに違和感なく胸の奥まで溶けるように届いてしまい、僕は言葉に詰まった。進むべき方向を見極めようと手元を見つめたまま黙り込んでいると、美月は唐突に手鏡を差し出した。鞄《かばん》に入れていたらしい。

「顔」と言われたので覗いてみると、そこには目の下を真っ青に腫《は》らした間抜けな高校生が映っていた。弱者の烙印《らくいん》である青痣は、明かりの少ない夜の学校でもくっきりと見えた。イメージしていたものより三回りは大きい。普通の絆創膏《ばんそうこう》では隠しきれないななどと考えていると、「目、閉じてもらっていい？」

口づけを期待するほどの馬鹿ではない。軟膏《なんこう》でも塗ってくれるのか、大きめのガーゼの持ち合わせでもあるのだろうか。そんなことを考えながら目を閉じると、美月は患部に優しく触れた。やはりじりりと痛んだが、声を上げたくなるほどではなかった。何をするのだろうと待っていると、何をする気配もなく添えていた手を離したので思わず目を開けてしまう。

美月は手鏡を差し出すと、また、

「顔」

目を疑った。念を入れて五度ほど瞬《まばた》きをしてみたが、間違いない。

痣がなくなっていた。試しに頬に触れてみても痛みはまったくない。

「これが、私がもらった能力」

美月は深いため息をついた。単に気持ちを入れ替えたかっただけなのか、あるいはそれが能力の代償なのかはわからなかった。一度唇を噛《か》んでから、力を蓄えるように深呼吸をする。

「ごめんね。仕返しには最も向かない能力だと思う。でも、改めて——学校から逃げ出して目の前で起こっていた惨事から目を背けた最低な白瀬美月として考えてみても、犯人のことは許しちゃいけないと、そう思う」

ようやく自分の頬から手を離した僕に、美月はまっすぐな眼差しを向けた。

「一緒に考えさせて。死神の終わらせ方を」

19

終業式は欠席した。

美月も引き続き休んだ。万一ということもあるので八重樫にも休むように伝えたのだが、彼は逃げるような真似をするくらいなら殺されたほうがましだと言い、断固として休もうとはしなかった。幸いにして何事もなく下校できたようで、無事の連絡が届いたときには安堵《あんど》した。

夏休みに入る。それは檀優里に対する謝罪期限が終わってしまったことと、彼女が僕を殺す決意をしたことを意味していた。

　初めて三人での話し合いをしたのは終業式の翌日、七月二十日の土曜日だった。午前中は部活があると言っていた八重樫にあわせ、午後二時から以前も二人での話し合いに使っていたファミリーレストランに集まった。八重樫は開口一番「この間は、本当にすまなかった」と言って清々《すがすが》しいほど潔く頭を下げ、僕の頬を見て思いのほか軽傷だったことに胸をなで下ろした。美月の能力で治癒したことについて説明してしまうと、しばらく謝罪の言葉が続いてしまいそうだったので伏せておく。

　八重樫と美月は元々仲がよかった——と言い切ってしまえるほど睦《むつ》まじい間柄ではなかったが、少なくとも教室内ではそれなりに交流していたはずだ。嫌な言い方になるが、二人は同じグループに属していたのだ。僕と美月、あるいは僕と八重樫よりは、遥《はる》かに二人のほうが教室内で言葉を交わしていた。

　美月が《受取人》であることに八重樫は意外そうな顔をしたが、それ以上のリアクションはなかった。

「こんなに偏ってたんだな」と言ったのは、たぶん《受取人》が二年A組とB組に集中していたことを言いたかったのだと思う。何年も前から代々引き継がれてきた《受取人》の歴史の中で、それが珍しいことなのか、往々にして発生してしまうことなのかは僕にはわからない。ただ一つ言えそうだと思ったのは、《受取人》の存在が偏ってしまったからこそ今回の悲劇は起きてしまったのではないかということだった。間違っても口には出さない。

美月は逃げるような真似をしてごめんと長期の欠席を詫びたが、八重樫は気にすんじゃねぇよとそれを一蹴《いっしゅう》した。「同じ状況だったら俺も同じようにしてたよ」という言葉はたぶん慰めのための嘘だと思うが、美月を責める気持ちがないのは本当のようだった。

場が落ち着くと、僕は檀優里の持つ能力についての仮説を披露した。美月はそもそも自殺時の状況を詳しく知らなかったようでそちらの把握に注力していたようだったが、八重樫は愕然《がくぜん》とした様子で、ゆっくりと毟《むし》るように髪を掻き上げた。

「それだ……間違いねぇよ。間違いねぇ」

問題は発動条件がわからないことで、僕らにはその検証をする必要がある。それも告げた。三人がかりでうまく立ち回れば、どうにか発動条件を見破ることはできるかもしれない。どのタイミングでどのように動くかはまだ詰める必要があったが、慎重に動けばこれももはや無理難題という状況ではないのかもしれない。

個人的には、いま僕が檀優里に命を狙われている状況にあるという点はとんでもなく重要であったが、これは狙われる日が特定できそうな分、割合楽観的でいられた。彼女は僕が唯一、夏休み中に登校することになるであろう八月一日の図書当番の日に狙いを定めているに違いない。思えば檀優里は山霧こずえを葬って間もない社会科資料室で、僕にこう言っていた。

『八重樫卓がずっと山霧こずえの近くをうろついていて邪魔だったの。どうにかして八重樫卓を彼女から遠ざけたかった』

なるほど能力の性質上、対象が一人になるタイミングを窺《うかが》いたいのが彼女の本音なのだろう。ならば僕に脅しをかけた時点で、殺すなら図書当番の日だと決めていたに違いない。ただ、そこまでわかってさえいれば何も恐ろしい話ではない。図書当番をサボったところで学校から厳罰に処されるわけでもないし、どうしても任をまっとうしたいと思えば担任に電話でもして担当日時をずらしてもらえばいいだけなのだ。檀優里は日時の変更には対応できない。簡単に回避できてしまう。

よって僕たちにとってどこまでも重要で、どこまでもデリケートで、どこまでも難しい問題は、やはり檀優里をどうするのか——という問題につきるのだった。たまたま自ら命を投げ出した小早川燈花の死と、たまたま彼女から受け継いだ《受取人》としての能力を利用し、三人もの同級生を葬った悪魔を——死神を、果たしてどう処理するべきなのか。

「絶対に許せないからって理由だけで言うわけじゃねぇんだけど——いや、違うな……やっぱり許せねぇからこういうこと言うんだと思うんだけど」

八重樫は、彼なりに感情論に陥らないよう気をつけ、藁《わら》の上を踏みしめるようにして一つ一つ慎重に言葉を落としていった。

「タツは——タツって村嶋竜也のことな——タツは、マジでクラスのことを一番に考えて、みんなの幸せを一番に考えられるヤツだった。どうしてそんなことができたのかって背景には、ひょっとすると今は垣内が持ってる嘘を見破る能力が関係していたのかもしれねぇけど、とにかく誰よりも優しくて、誰よりもかっこいいヤツだった。今でも忘れらんないのは――」

村嶋竜也がまだバスケ部員だったときの話だった。

非凡な才能の持ち主だった村嶋竜也は一年生ながらすでにレギュラーを獲得していた。うちのバスケ部はさほど強豪ではないのだが、それでも快挙に違いないと八重樫は讃《たた》えた。彼の力もありバスケ部はこれまではまるで歯が立たなかったライバル校相手にも勝利をもぎとれるだけの力をつけていた。今年の俺たちはいけるかもしれない。期待感が最高潮に膨らんで迎えた秋の県大会予選でしかし、村嶋竜也の膝が爆発した。

試合はおろか、しばらくは歩くこともままならないと言われた。代役に抜擢《ばってき》されたのは三年生の先輩だったが、実力は村嶋竜也の足下にも及ばなかった。敗戦後の部員たちの怒りは、一年生ながら人望のあった村嶋竜也ではなく、試合で終始足を引っ張り続けた代役の三年生に向かった。練習しとけよ、普段から村嶋の動きちゃんと見とけよ、やる気ねぇなら無理ですって先生に言っとけよ、消えろ、詫びろ、帰れ、死ね。容赦ない言葉が飛び交った中、すべてを制して村嶋竜也が非難の的となった先輩に向かって頭を下げた。

『大事な時期に怪我をしてしまって本当にすみませんでした。俺の存在が、結果的に先輩の実践練習の時間を奪ってしまいました。終盤になってもあんなに運動量の落ちないセンター見たことないです。先輩の基礎体力に練習量、半端じゃなかったんだって、改めて思い知らされました。ありがとうございました。先輩たちの最後の大会、めちゃくちゃにしちゃって本当にすみませんでした。全部自分の責任です』

誰もそれ以上、何も言うことはできなくなった。村嶋竜也はまもなく膝が二度と元どおりにならないことを知り、二年進級と同時に部活を去る。

「タツは新しく本気でぶつかれるもんを、探してたんだと思う。そんでみんなを思って色々動いてくれたんだ。そんなさ、本気でみんなのことを考えられる、最高の人間を、あのクソ女は――平気で殺したんだよ。殺したし、殺せるんだよ。それってやっぱり、あり得ねぇって思うんだわ。考えられねぇんだよ、俺には」

八重樫の涙は、もう何度も見てきた。それでも今回の涙が、最も胸の深い場所からこぼれてきたものであるような気がした。

「ケンユーだっていつもバカやってるように見えて、本当にみんなのことを考えてる最高のヤツだった。絶対に誰の悪口も言わないし、そういうポリシーっていうか、とにかくかっこいいとこもたくさんあったんだよ。こずえは本当にきっちりしてて、いつだってみんなに的確な指示出して、きっと将来は旦那《だんな》を尻《しり》に敷くいいお嫁さんになるだなんだって、そんな話で盛り上がって――とにかく、そんな、そういうみんなの未来を、あのクソ女は、根こそぎ奪っていったわけだよ」

僕たちがだいぶ前に平らげたポテトフライの空き皿を下げようとした店員が慌ててき

びすを返した。人の気配を感じて顔を伏せた八重樫の涙が、それでも見えてしまったのだろう。

「許しちゃいけないと思う。許せねぇよ」

「……やっぱり、檀を殺すべきだと思うってことか」

　八重樫はしっかりと頷いた。

「俺はずっとそう考えてる。冷静になっても変わらない。それが正義だろ。あんなの人間じゃない。退治されるべき、悪魔——いや、死神なんだよ」

　僕の口からも、美月の口からも、ついに反論の言葉は出てこなかった。

　その日は解散となり、続きの議論は後日に回された。死神は退治されるべきなのかもしれない。しかし実際問題、退治も封印も容易なことではなかった。まだしも殺人に応用できた檀優里の能力とは違い、僕らにはそれぞれ穏やかで平和な能力しか授けられていない。悪人に正しき罰を——大義名分を掲げれば聖戦めいて聞こえはいいが、求められているのは結局のところ完全犯罪なのだ。能力を使えるとはいえ、あまりにも難易度が高い——というより、不可能だと断じていいのではないだろうか。

　嘘を見破ることができて、相手の好きな人嫌いな人がわかって、傷が癒《い》やせる——足し算をしてもかけ算をしても、死神を退治することはできそうにない。

　その後もＬＩＮＥ上でのやりとりが続き、何度かファミリーレストランで会議というか、相談というか、集団での沈黙みたいなことを続けたが、残念ながら妙案は湧いてこなかった。まるで自分の実力を思い知らされて志望校をみるみるランクダウンさせて行くみたいに、僕たちの議題は『いかにして檀優里に罰を与えるか』というところから、『能力の完全失効を目指す』という地点へと逆戻りしていった。あらゆる意味で自分たちがあまりにも子供であることに、言いようのない腹立たしさがこみ上げてきた。

どうすれば、檀優里の能力の発動条件を特定できるのだろう。何度も行き来していた議論がふと、ほんの少しだけ明るい光を見せたのは四度目の集まりの最中だった。

「……自伝だ。岸谷亮兼の」

物騒な話をいつまでも特定のファミリーレストランでするのも考えものだということで、その日の僕たちはカラオケボックスに来ていた。隣の部屋から微かにぼやけた歌声が漏れ聞こえてくる中、僕は確信した。

「間違いない……もう一度、あれを読みたい」

「今から、図書室行くのか？」

「いや……とりあえず――」

諸事情を鑑《かんが》みた結果、僕は自分の図書当番の日に本を確認すればいいという結論にたどり着いた。もちろん廊下に掲示されていた八月一日の当番は断固として避ける必要がある。

家に帰ってからすぐに学校に電話を入れ、担任に図書当番の日を調整してもらえないかと依頼した。問題はないが、別日の生徒と入れ替えてもらう必要があるため少し待ってて欲しいと言われ、二十分ほどスマホの前で待った。無事に日付を入れ替えてもらうことに成功する。

その日の夜、兄のいびきのせいもあってどうにも寝付けず、僕は深夜三時にベッドを抜け出した。部屋の構造上リビングで明かりをつけると両親の寝室に光が差し込んでしまうので、キッチンにある脚立を椅子代わりにして瞼《まぶた》が重くなるのを待った。しかし眠気はやってこない。スマホの光で目が冴えるのも嫌だったので、何の気なしにレクリエーション企画で作成した文集を手に取った。どうしても目が留まるページは——

名前：檀優里
クラス：二年B組　部活：無所属　住んでいるところ：楓町
好きなもの得意なもの：読書
嫌いなもの苦手なもの：水泳
仲のいいAB組の友達：いない
みんなへのメッセージ：よろしく

ため息をつこうとしたとき、冷蔵庫ががたんと大きな音を立てた。どういう仕組みなのかはわからないが、年季が入っているせいもあってたまにおかしな音がするのだ。驚かされたついでにふと目をやると、そこには一枚のチラシが貼ってあった。いったい何の興味があって母親はこんなものを貼っておいたのだろう――そこまで考えたところで、とんでもない景色が見えてしまった。

　今日はもう眠れないかもしれない。そんな予感を胸にもう一度文集に目を落とし、現在の学校の状況を考える。あらゆる可能性を吟味して実現性が高そうなことを認識したとき、僕はいつの間にか立ち上がっていた。閃《ひらめ》きと同時に湧き上がってくるのは喜びというよりは、黒々とした恐怖心。分不相応な大役に任じられたような緊張感と動揺に支配され、急激な吐き気がこみ上げてくる。

　怖くなって投げ出した文集がぱらりとめくれ、たまたま小早川燈花のページが開かれた。期せずして覗き見てしまった文面にもう一度大きく心臓を揺さぶられ、いよいよ今日は眠れないことを確信する。

　僕は冷蔵庫に貼ってあったチラシを剥《は》がして四つに折り、文集の間に挟んだ。

　死神は退治――できるのかもしれない。

20

　校門を抜けようとする足が震えた。

檀優里が犯人であるとわかってからも、学校で過ごすことにそこまでの恐怖心はなかった。

　というのは、彼女が僕を殺そうとするのは、夏休みが始まって以降だとしっかり確信できていたからだ。果たしてどうして殺人犯を信用できていたのかという理由は敢《あ》えてはっきりさせたくなかったが、とにかく僕は今まで（社会科資料室での一件を除けば）校内で殺されてしまうかもしれないと真剣に恐怖したことはなかった。

　でも、今は違った。今日は檀優里の暦では、僕のことを殺してもいいとされている日なのだ。校内に入ることを躊躇《ちゅうちょ》するなというほうが難しい。

　いくら人目がないと言っても、校門の前で両手を広げて深呼吸をするのも間抜けだった。小さく覚悟のため息だけをつくと、僕は境界線を跨《また》いだ。大丈夫、きちんと図書当番の日は担任経由でずらしてもらったのだ。万事問題ない。僕は何度も自分に言い聞かせながら事務員室に向かった。シロパッパに図書室の鍵を渡され、貸し借りの方法など当番の注意事項が記されたチェック表を渡される。午後四時の閉室時間になったらまた鍵を返しにきてください。

　僕の頷き方がぎこちなかったからだろう。大丈夫かいと念を押され、はいと返す声が裏返った。無理に笑顔を浮かべて逃げるようにしてその場を去る。図書室まで移動しながら、小動物のように周囲をきょろきょろと見回した。誰もいない。大丈夫、誰もいない。念仏のように唱えながら図書室の鍵を開ける。いざというときのために、美月と八重樫も近くの喫茶店で待機してくれていた。万に一つも、僕に命の危険性はない。

エアコンのスイッチを入れ、カウンターに腰掛ける。室内が適温になるのを待つ。

夏休み期間であっても生徒は自由に図書室で本を借りることはできるが、まず間違いなく誰も借りにくることはない。学校から徒歩数分の距離に市営の大きな図書館があるし、新刊の書店も近い。更に図書室の蔵書がかなり貧弱なラインナップであることも足を遠ざける一因になっているらしい。社会科の教諭が書籍の質の悪さを度々嘆いていた。事実僕の目から見ても、あまり楽しそうな本は並んでいない。地元の生徒はあらゆる面において周囲の施設より見劣りする図書室に行く必要はないことになり、電車通学の生徒はわざわざ時間をかけてここまで来るメリットを見いだせない。

よって図書室の扉を叩く者があれば、それは相当に酔狂な生徒か、でないのなら——僕を殺しにくる檀優里以外に考えられなかった。

十分ほど経った頃に、僕は岸谷亮兼の自伝を手に取るため最奥部の本校関係書籍の棚に向かった。誰が読むはずもない本なので位置は変わっていない。手に取ってカウンターに戻り、静かにページをめくっていく。予想以上に該当のページにたどり着くまでに時間がかかったのは、文字が読みにくかったからか、あるいは極度の緊張状態に僕の認識能力が低下していたからか。

三郎が死んだと云《い》う報知《しらせ》を受けたときの私の狼狽《ろうばい》ぶりは、それは三日ばかり飯が喉を通らなくなった程である。父が死んだと云われても斯様《かよう》にはなるまい。如何《どう》して三郎に手を差し伸べてやれなかったのかと後悔に溺《おぼ》れた。手を取って見せてやれる光もあった筈《はず》だ。大丈夫かと訊けば、大丈夫だ、と云う奴の強がりを如何して強がりだと見抜けなかったのか。しばらく経ってから柴倉の家のミチと云う女が、三郎の墓に手を合わせているのを見た。話を聞いてみれば、彼女も又後悔に明け暮れていた。惚《ほ》れていたのかと訊けば、そうでございますと頷く。三郎はよく、私なぞは誰にも好かれんと愚痴を吐いていた。生きていた頃に伝えてやったらどれだけの薬になったのだろうと考えると私の目には再び涙が溢《あふ》れてきた。生きている内に三郎の傷を癒やしてやることは屹度《きっと》出来たはず――

「ねえ、何読んでるの」

悲鳴を上げることも忘れ、目の前にいる檀優里の姿に釘付《くぎづ》けになった。彼女はカウンターに肘《ひじ》を置き、僕のことをからかうような目で見つめていた。夏休み中であっても、学校に来るときは制服で――そんなルールを律儀に遵守したのか、彼女は制服を着ていた。

「なんでそんなに驚いてるの？」

「どうして……」本を閉じたとき、指先が凍ったように冷えているのがわかった。「どうして、僕がここにいるって、わかったんだ」

「そんなの事務員室に電話して教えてもらえば簡単にわかる。たとえ二度も担当日時の変更があったとしても、ね。……私も、廊下に掲示してある日時どおりにあなたが図書当番に来ると考えるほど、楽観的な人間じゃないから。事前確認くらいはする」

檀優里からは見えない手元で、僕は慎重にスマートフォンを取り出した。二度も三度もロックを解錠し損ねながら、ようやくＬＩＮＥを立ち上げる。美月と八重樫にメッセージを送ろうとしたところで、

「助けでも呼ぶの？」

檀優里はカウンター内へと回り込んできた。メッセージを送れたか失敗したか——自分でも確信が持てないまま隠すようにポケットにしまった。送れていたことを祈りながら、彼女のことを見つめる。

「殺しに、来たのか？」

「あなた、謝罪に来てくれなかったから……」檀優里はそこで笑って、「でも、私があなたを殺すわけじゃなくて、あなたは自ら死にたくなってしまう。今までの四人と同じように」

「違う」

「何が？」

「君の能力は、精神誘導の能力じゃない。殺したのも四人じゃなくて、三人だ」

「へえ」

こちらとしては彼女が絶対に知られたくないと思っている核心を衝《つ》いたつもりだった。しかし彼女は驚きも戸惑いも一切見せずに、僕の隣にあった椅子に腰掛けた。そしていつかのように僕の肩に手を乗せると、耳元で囁《ささや》いた。

「何も心配しないで。たったいま気が変わったから、あなたは殺さないでおいてあげる。だから死にたくもならない。怖がらせてごめんね」

拍子抜けするようなことを言うと、檀優里はそのまますぐに立ち上がった。そして呆《ぼう》然《ぜん》とする僕をカウンターに残し、開けっぱなしになっていた扉から廊下へと出て行ってしまう。わけもわからないまま助かったのかという安心感と、だとしたらどうしてわざわざ彼女は僕の前に姿を晒《さら》したのだろうという戸惑いが胸の中でせめぎ合った。

答えが出せないまま入り口を見つめていると、意外な人物が廊下を横切る。

「……白瀬？」

歩いていたのは、間違いなく、美月だった。

まるで何かに操られているかのように——言うなれば、まるで見えない重力に引きずられるような格好で、彼女は廊下を進んでいた。魂を抜かれているのか、幻影に包まれているのか。制服を着ていたのはおかしな話ではない。八重樫とともに、二人は制服で待機してくれることになっていた。先ほどのＬＩＮＥのメッセージを見て図書室に来てくれようとしたのだろうか。だとしたらなぜ通り過ぎる。八重樫はどうした。そもそも到着が早すぎはしないだろうか——

　そこまで考えたところで、息を呑《の》んだ。

　フラッシュバックしたのは社会科資料室での出来事。殺されるかもしれないと身構えていた僕は、山霧こずえのことを完全に視界の外に置いていた。その結果、彼女は最悪の結末を迎えることになってしまった。僕はいま、本当に自分のことばかりを考えていてよかったのだろうか。むしろ注意すべきだったのは、重要視すべきだったのは、仮装パーティでの死神の言葉だったのではないだろうか。

　——一人目の候補は山霧こずえ。そして二人目の候補者は——あなた。白瀬美月——

　僕は跳ねるようにして立ち上がった。シャツの裾《すそ》が何かに引っかかったような違和感を覚えるが、気にしている余裕はなかった。早足で廊下へと向かう。

「白瀬！」

　声が、誰もいない校舎に反響して、飲み込まれていく。

　火にかけた薬缶《やかん》の水が沸騰していくように、にわかに焦りと恐怖が加速していく。ぽこぽこと泡が立ち、ぐらぐらと煮え立つ。美月が廊下の最も奥にある階段から上にあがっていくのが見えた。声をかけたが、美月は振り向かなかった。何も聞こえていない様子だ。ようやく階段に足をかけたとき、美月の姿は見えなくなっていた。もう二階、いや、三階にまであがってしまったのかもしれない。

　蛇口をひねったように汗が滲《にじ》み出す。

　美月の行き先に——否、正確には、美月が檀優里に導かれてしまう場所について——

一つだけ心当たりがあった。山霧こずえが窓から飛び降りてしまって以降、あらゆる教室には施錠が徹底されていた。特別教室の鍵はすべて職員室で集中管理されている。生徒は簡単には持ち出せない。

ただ一つ、プールの鍵だけを、除いて。

プールの鍵はかつて水泳部があった名残で部室棟の管理室にて保管されている——そう、担任が言っていた。部室棟はこの学校の歴史の中でも最も建てられたのが古く、老朽化の進んだ建物だった。管理室とは名ばかりのもので、一応扉に南京錠《なんきんじょう》がついてはいるものの、すぐ脇にある窓には何年も前から鍵がまったく掛からない状態が続いていた。授業中は基本的に管理員が常駐していたが、夏休み期間は誰もいない。その気になれば窓から侵入して鍵をくすねることなど、あまりに容易だった。

そんな事実を把握してから、僕はずっと確信していた。檀優里が次に誰かを突き落とすのだとすれば——それはプールからに違いない、と。

本棟の最上階、四階に上がったところで僕の息は完全に切れていた。美月の姿は見えなかった。しかしプールへと続く扉に鍵が刺さっており、閉め忘れたようにぽかんと開けっぱなしになっているのを見ると、最悪の予感が的中してしまったことを確信するほかなかった。全力で走れなかったのは疲労感からか、それとも恐怖心からか。

よろよろとした足取りで水の溜まっていない消毒槽を抜け、プールへと向かう。緞《どん》帳《ちょう》を開けたようにさっと視界が開け、濁った水の溜まったプールが姿を現す。吹き抜ける夏の爽《さわ》やかなはずの風は、僕の心にある不安の湖にさざ波を立てた。美月は見当たらない。

「白瀬！」

返事はない。水の中には——誰もいなかった。濁ってはいたが、底が視認できないほどではない。間違いなく誰もいない。怖々と視線を上げると、うめき声がこぼれそうになる。

当たり前の話だが、校舎の屋上に造られたプールの周囲は、落下防止のため鉄製のフェンスで囲われている。しかし何の目的があって、どういった理由でそんなものが必要になるのかはわからないが、一箇所だけ、人がフェンスの外に抜け出すための扉が設置されていた。もちろん本来は施錠されている——はずだった。

開け放たれている。

結論を先延ばしにしたい思いでゆっくりと扉に近づいていくと、今度は慌てて走り出したくなった。美月が、フェンスの外側にいたのだ。

彼女は物憂げな表情でこちらを見つめたまま、まっすぐに背筋を伸ばして立っていた。黒い髪が風に揺れ、顔にかかる。その表情はどこか自分の死期を悟っているようで、触れればそのまま崩壊してしまいそうな危うさを漂わせていた。

「白瀬……戻ってこい」

目は合っているのだが、明らかに何も聞こえていない様子だった。彼女は校舎の縁に立っていた。つま先は、すでに空中にはみ出している。もう少しだけ、ほんのちょっとだけ強い風が吹けば、そのまま真下に落下してしまいそうだった。揺れるスカートが、風が極めて危険な方角に向かって吹いていることを教えてくれる。はらはらと揺れる衣服が、まるで彼女の命の残り時間を示す灯火《ともしび》のように、儚げに、不安を煽《あお》るように、目に映る。

すぐに駆け寄って、力尽《ちからず》くでも彼女の体をこちら側に引き寄せてやらなければ。

「……絶対、そこから動くなよ」

フェンスの外側に飛び出そうとする直前で、僕ははたと正気に戻った。

摑んだフェンスが微かにたわみ、がしゃんと小さな余韻を残す。あまりに迂《う》闊《かつ》だったと反省しながら、ゆっくりと目を閉じる。

何度も、何度も、考えてきたシチュエーションではないか。絶対に自分は同じ轍《てつ》を踏むまいと、あらゆる可能性を真剣に考慮してきたではないか。そのまま反省も自己嫌悪も何時間でもできそうな心持ちではあったが、いまの僕がやるべきことは別にあった。

大きく深呼吸をして、乱れていた息をどうにか整える。

「檀……君は、いま、僕の近くにいるんだろ？」

十秒ほどの空白が流れた後に、檀優里はポンプ室の陰から現れた。呆《あき》れるほどゆっくりとした足取りでこちらに向かって歩いてくると、彼女は僕のすぐ横で立ち止まった。

フェンス越しに美月の姿を見つめながら、うっすらと微笑んでみせる。

「助けてあげたほうがいいんじゃない？」

僕はその違和感に確信を深めながら、「……大丈夫だ。助ける必要はない」

「なら遠慮はしないけど、いいの？」

檀優里は右手をゆっくりと持ち上げた。そして人差し指をぴんと一本立てると、今にも落下しそうな美月のことを差した。

　彼女が持つ能力は相手を離れたところから突き飛ばす能力ではなかった。だとしたら二階の社会科資料室にいながら山霧こずえを引っ張って落下させることはできない。ならば反対に相手を引っ張る能力かと考えれば、今度は密室で突き落とされた村嶋竜也の説明がつかない。ならば突き落とすことも引っ張ることも可能な一種の『念力』こそが、彼女の能力――そんなことを考えたこともあった。

　でもすべて文字どおり、まやかしだったのだ。

　いまなら、真実がわかる。

「落としたければ、落とせばいい」

「あの子のこと、嫌いなの？」

「そうじゃない。いま君の能力によって危機に陥っているのは白瀬じゃなくて……僕なんだ」

　檀優里は見えない埃《ほこり》でも払うような速度で、ゆっくりと右手を下ろした。冷たい瞳《ひとみ》が僕を捉え、蜃気楼《しんきろう》のようにうっすらと漂っていた笑みが消える。

「君の能力が、全部わかった」

「素敵な強がりね」

「嘘じゃない。もう『精神誘導できる能力』なんて馬鹿な話をするつもりはない。確かに、さっきまではまだ確信が持てなかった。でも、岸谷亮兼の本を読み直して、いまこうやって実際に君と対話をして、すべてが繋がった」

僕は先ほどまでと寸分変わらぬ様子で立ち尽くす美月のことを見つめた。

「プールは事前に、白瀬と八重樫と一緒になって入念にチェックしておいたんだ。君が僕を殺そうとするなら、ここを使う以外に考えられない、って。だからわかる。白瀬がいま立っている屋上の縁、あそこは――あんなに長くなかった。間違いない。あそこに飛び出そうとしたなら、僕はたぶん、地面に向かって真っ逆さまに落ちていく。あそこに足場はない。そして、白瀬美月もあそこには立っていない。それと檀の声――さっきから少し、ずれて聞こえる」

岸谷亮兼の自伝にて触れられていた、彼の後悔。それは親友の心の痛みを見極められず、彼をいたずらに死に追いやってしまったことだった。彼はその後、友人そっくりな謎の男に能力を作ってもらえるように依頼する。ならば能力の内容が、彼の願望と一致しないはずがないのだ。

――大丈夫だ、と云う奴の強がりを如何して強がりだと見抜けなかったのか――

友人の強がりを見抜くために生まれた、嘘を見破る能力。

——三郎はよく、私なぞは誰にも好かれんと愚痴を吐いていた。生きていた頃に伝えてやったらどれだけの薬になったのだろう——

他人の好意に敏感になり友人を元気づけるために生まれた、人の好き嫌いがわかる能力。

——生きている内に三郎の傷を癒やしてやることは屹度出来たはず——

心の、あるいは体の傷を、癒やしてあげたくて生まれた、傷を癒やせる能力。

そして最後の一つは——如何して三郎に手を差し伸べてやれなかったのかと後悔に溺れた。手を取って見せてやれる光もあった筈だ——

落ち込んだ友人に明るい希望の光を見せてやるために生まれた、

「君の能力は——」

僕は檀優里に突きつけた。

「『幻影を見せる能力』。そして発動条件は、幻影を見せたい人物に『触れること』」

音もなく、華麗な演出もなく、まるでフィルムが途中から別のシーンに繋がれていたみたいに、目の前の景色が瞬間的に激変した。美月の幻影は消え、彼女が立っていたはずの足下——屋上の縁が、縮小されたように三十センチほど短くなる。一方で僕から一メートルほど離れた位置に立っていたはずの檀優里の姿は、ぐっと近づく。彼女は僕のまさしく目の前に立っていた。触られていると気づきにくいところを選んだのだろう、彼女は僕のシャツの裾を小さくつまんでいた。

さすがの檀優里も、能力を破られたら慌てふためくのではないか——そんな僕の予想をきっちりと裏切り、彼女の表情はどこまでも凛《りん》としていた。驚きも、戸惑いもなく、ましてや悔しさに顔を歪めることも、唐突に悪態をつき始めるようなこともない。うっすらと顔に浮かんだのは、何年も病床に伏せっていた親類が長い闘病の果てにようやく息を引き取った——そんな知らせを聞いたような、厚さほんの数ミリ程度、安堵にも似た悲しみの色、それだけ。

「どうやって人を落とすのか、それだけがわからなかった。でも身をもって体感してようやくわかった……いまにも落下しそうな友人の姿を見つけたら、多くの人が助けようとする。掴めそうなものがあったら手を伸ばす。実際よりも窓のサイズだったり、落ちそうな人がいる位置だったりをずらして見せてしまえば、誰でも目測を誤って落下してしまう」

聴衆はいない。犯人に対して推理を披露するのも馬鹿馬鹿しかったので、僕はそれ以上、何を言うこともしなかった。

能力の正体に迫ることができた最初のきっかけは、学校北側にそびえるマンション——ハイクレスト北楓の住人の話だった。彼女は高井健友が落下する直前まで、檀優里らしき人影がベランダにあったことを証言した。しかしそこに檀優里がいたことを箕輪さんは確認できなかった。ならばそれは、檀優里が自分の体を見えないようにカモフラージュしたからなのではないだろうか。

能力にさえ見当がついてしまえば、以降は終わりかけの神経衰弱と同じだった。あらゆる物事が連鎖的に繋がっていく。

最初の殺人――村嶋竜也については斎藤直樹の証言が根本から覆されていく。なぜなら彼女の能力によって幻影を見させられていたのは他でもなく、斎藤直樹だったからだ。

檀優里は事前に村嶋竜也を視聴覚室に呼び出し、彼を――おそらくは僕を陥れようとしたのと似たような方法で――窓から突き落としてしまう。視聴覚室の鍵はこの時点では開いていたので、侵入に困るようなことはない。彼が落下したのは人目がまったくと言っていいほどない熊手丘側だったので、落下の瞬間は誰も目撃できない。彼の死体もすぐには見つからない。

檀優里は村嶋竜也を殺すと、用意しておいた手書きの遺書を適当な机の上に置き、視聴覚室の外に出てしまう。そしておそらくは、担任が教えてくれたハンカチと両面テープを使ったトリックで廊下側から視聴覚室に施錠した（この方法を使わなくとも、外から鍵を閉める方法は無数に存在していると担任は言っていた。よってさほど重要視すべき問題でもない）。

斎藤直樹がやってくるのは毎日のルーティン。檀優里はあらかじめ彼を目撃者に仕立てあげることに決めていた。彼が現れたところで演技を始め、大声を出して視聴覚室前に呼び寄せる。彼が窓を覗き込んだとき、檀優里は斎藤直樹の体に触れて能力による幻影を見せる。

村嶋竜也が青ざめた表情で遺書を認《したた》め、こちらに向かって頭を下げる、そんな、幻影を。

　斎藤直樹が職員室に鍵を取りに走り出したのは、檀優里にとってはおそらくどうでもいい事態だったに違いない。予想していたとしても不思議ではないが、彼の激走はあらゆる意味で無意味だった。もし彼が動く気配を見せないならそのまま村嶋竜也が落下するまでの幻影を見せ続ければいいだけの話で、鍵を取りに走ったのならその場に倒れ込んで待っていればいい。実際には後者を選ぶことになった。

　彼が職員室に行って戻ってくるまでの二分間——別に檀優里は何をする必要もなかったのだ。鍵を開けた斎藤直樹が中に入り、村嶋竜也の死体と遺書とを見つける。遺書はあらかじめ檀優里が用意したものなので、おそらく筆跡鑑定にかけられたのなら偽物であることが判明してしまったに違いない。それでも、当人が遺書を認《したた》めている最中を目撃した人間が二人もいるというのに、誰がわざわざ改めて筆跡鑑定などしようと思うだろうか。あまりに大胆なブラフだ。

　二人目の殺人——高井健友について、今度は落下する瞬間を多くの人に目撃させることにより、檀優里は殺人を自殺であると見せかけることにした。落とす方法については、先ほど僕にやってみせたそれとさほど変わりないだろう。造作もない。問題は落とすタイミングだった。箕輪さんが現れ、彼の落下をきちんと背後から視認してもらえるよう注意を払った。結果として背後から箕輪さんが、前方からは吹奏楽部員が目撃者となってくれることにより、自分の潔白と、他殺の線がないということが証明される。

落下を目撃した箕輪さんはすぐにベランダへと飛び出した。この時点で檀優里はもちろんベランダにいる。ぎりぎりまで上靴と遺書の近く――空き教室内からは内壁の死角になる箇所に身を潜め、箕輪さんが外に飛び出した瞬間に――彼女の足下に触れたのだろう。すると彼女の視界から檀優里の存在は消えてしまう――そういう、幻影を見せる。思えばこのとき箕輪さんは確かに足下に違和感を覚えたと証言していた。

『うち、猫を飼っているんですけどね、猫ってよく人間の足に顔を擦《こす》りつけてくるんです。強いて言うなら、そんな感じでした。足下を猫が通ったような――いま思うと、気のせいだと思います』

檀優里はそのまま、今度は空き教室のほうから自分がやってくる幻影を見せる。冷静になってみればどう考えても奇妙だった動きの正体が、ここで明らかになる。箕輪さんの話によれば、檀優里は以下のように動いた。

『私が事情を説明するとベランダに出て下を覗き込んで、すぐに後悔したように顔を上げました。それから――気持ち悪くなったんですかね――一度しゃがみ込んで口を押さえると、気丈に救急車を呼びましょうと言ってスマートフォンを取り出して――』

担任と一緒に現場検証をしたときにも覚えた違和感だった。ここでしゃがみ込む必要はどこにもない。動きとして至極不自然なのだ。それなのに敢えて檀優里がこんな動きを取らざるを得なかったのは、自分の幻影と、自分の実体とを、一度ぴったりと重ねる必要があったからだ。幻影と実体が重なれば、以降は能力を解除しても問題ない。そこからはただの実体の檀優里として、問題なく現場を離れることができる。今度の遺書は直筆のものではなかったが、落下する瞬間を目撃した人がいるのなら誰も他殺は疑わない。議題が遺書の真偽にまで発展していかない。

三人目の殺人――山霧こずえについては、ある意味で村嶋竜也のときと状況が似ていた。檀優里はあらかじめ彼女のインスタグラムのアカウントに簡単に侵入できることを把握すると、八重樫のマークが外れて無警戒になってしまった山霧こずえをくだんの窓際に呼び出した。そこから彼女を落下させる。こちらも熊手丘側なので、死体はすぐには発見されない。

落下させた後なのか、直前なのかはわからないが、その場で写真を撮って山霧こずえのアカウントにログインし、例の遺書めいた文言を添えて投稿を完了させる。それから彼女は二階の社会科資料室で待つ僕のところにやってきた。僕とのやりとりを終えると、彼女は僕の肩に触れ、さもこの瞬間にインスタグラムに投稿があったような幻影と、落下する山霧こずえの幻影を見せる。

慌ててベランダに飛び出した僕が山霧こずえの落下位置に違和感を覚えるのも当然の話だった。僕が見た落下途中の山霧こずえの姿はすべて幻にすぎなかったのだ。どうて檀優里がもっとそれらしい落下軌道の幻影を僕に見せつけなかったのかといおそらく単純な問題からだった。

落下軌道を忠実に再現してしまうと、あの窓から山霧こずえの姿は見えないのだ。

実際に山霧こずえが飛び降りたとき、僕は社会科資料室で檀優里のことを待っていた。しかし彼女が落下する瞬間はまったく見ていない。つまりそもそもの話、あの部屋から山霧こずえの落下は目撃できないのだ。でなければ僕は山霧こずえの落下を実体と幻影とで二度目撃することになってしまう。よって檀優里は能力で幻影を作り出した際、僕にはそれらしい軌道しか見せることができなかったのだ。しかしそんな制約に気づくこともなく、僕は間抜けにも落下の衝撃で跳ねたのでは——などと見当違いな推測を続けていた。

檀優里にとっての誤算は、廊下で待機していた八重樫がスマートフォンで動画を撮影していたことだろう。改めて確認してみると、動画の作成日時と実際のインスタグラムの投稿時間の間に明らかなずれがあることがわかってしまった。更に致命的だったのは、僕が何も落下してきていない窓を見て間抜けにも驚いている瞬間が、ほんの数コマというわずかな時間だったが、確かに記録されていることだった。

ただ僕はこれらの事実を元に檀優里の能力を割り出せたことを、誇る気にはなれない。むしろ気づくのが遅すぎたとさえ感じる。最大のヒントはもっとずっと前、最初の最初にあったのだ。

檀優里は、美月の前に死神の仮装で現れた。

そんな仮装の生徒がいないのなら、あまりにも仮装のクオリティが高すぎるのなら、鎌やロープをしまっておく場所などどこにもないとわかっているのなら、それがすべて幻影だと看破できたはずなのだ。僕の勘違いや早とちりが、能力の割り出し作業を無駄に遅らせてしまった。

無論、先ほど僕が見た美月の姿もすべて幻影だったということになる。檀優里は図書室に入ってくると、自然な動作で僕の体に触れる。その後、僕の隣に座ったまま自分の幻影だけを図書室から退場させ、仕上げとして美月の幻影を歩かせる。ここまでくれば、僕をプールまで誘導するのは簡単な話だった。彼女は混乱する僕の後ろを、静かについてくればいいだけ。僕が立ち止まる度に裾を摑み、新たな幻影を生み出す。僕は操られ続ける。

「これで、終わり……かな」

能力を見破られ《受取人》ではなくなった檀優里は、気が抜けたように小さく息を吐いた。確かに彼女の言うとおり、これは『終わり』に他ならなかった。しかし僕は明確に首を横に振ってみせる。

「残念だけど……違う」

「どう違うの？」

「終わりじゃなくて、これから、始まるんだ」

僕は檀優里を睨《にら》みつけた。

「ここに誘い出されたのは僕じゃなくて、君だ」

計ったようなタイミングで、消毒槽のほうから美月と八重樫が現れる。ＬＩＮＥのメッセージが届いていたのだろう。美月の足取りはどこか躊躇《ためら》いがちで弱々しいものだったが、対照的に八重樫は大股《おおまた》でこちらに詰め寄ってきた。

「能力はもう失効させたのか」

「……させた」

「八重樫くんはわかりきっていたけど、白瀬さんが《受取人》だったとは知らなかっ――」

笑みを浮かべた檀優里が言い終える前に、八重樫の硬い拳《こぶし》が彼女の頬を貫いた。

身長百六十センチ以上ある彼女の体が簡単にプールサイドに転がってしまったのを見て、僕は初めて彼女が華奢《きゃしゃ》な女性であったのだと認識した。悪人は檀優里で、正義の鉄《てっ》槌《つい》を食らわせたのが八重樫だという構図は、たぶん間違っていない。それでも細身の女性を、大柄の男性が思いきり殴りつける瞬間など、ドラマや映画でだってなかなか見かけない。そこにはあらゆる条件、状況、歴史をすべて吹き飛ばしてしまうほどの、圧倒的なグロテスクさと禁忌が詰まっていた。

僕は思わず目を逸《そ》らした。美月もきつく目を閉じる。

「なにヘラヘラしてんだよ……殺人鬼が」

何か返そうと思ったのだろう。口を開きかけたが、すぐに痛みに屈したように檀優里は顔を歪めた。殴られた側の左頬はすでに真っ赤になっており、反対側の右頬はヤスリのようにざらざらとしたプールサイドのせいで擦過傷になっていた。さらりと鼻血がこぼれる。白い肌とのコントラストで、血の赤さがいっそう際立った。赤い花が咲いたように、数滴、シャツに付着する。

「……死んだみんなのために、きっちり殺してやるから、覚悟しとけよ。能力さえなくなったんならお前なんかただの人間だ。もう何も怖くねぇ」

品良く右手で血を拭ってから、ようやく檀優里は口を開いた。

「……こうやって殴って殺すの？　殴殺の証拠がたっぷり残りそうだけど」

「少し黙れよカス。意味もなく何人も、何人も、何人も――大事な友達殺しやがって」

「……意味もなく？」

「お前みたいなネジの飛んでるヤツに意味なんてあるわけねぇだろうがよ。みんな最高の友達だったのに、最高の仲間だったのに、俺たち、最高のクラスだったのに……お前が全部めちゃくちゃにしやがって……」

「……それ、本気で言ってるの？」

「はあ？」

「ごめんなさい。本気で言ってるから、救いようがないんだろうね」

八重樫は、プールサイドにへたり込んだままだった檀優里を、今度は思い切り蹴《け》りつけようとした。僕はやめろと言ってどうにかそれをやめさせたが、やめさせたところでどれだけの意味があるのだろうと思い直した。僕たちはこれから彼女を――殺そうとしているのに。

「なら、何だって言うんだよ。言えよ、言ってみろよ」

「……何を？」

「みんなを、タツを、ケンユーを、こずえを殺した理由をだよ！」

「あの教室が、最低最悪の環境だったからでしょ」

「それは――」

すぐに反論を試みた八重樫を制するように、

「黙れ」

檀優里は鋭い目を向けた。そこには明らかな言外の力が宿っており、ついに八重樫は口を噤《つぐ》まざるを得なくなった。壇優里はゆっくりと立ち上がる。

「彼らが殺された理由は誰にだってわかりそうなものなのに、たぶんあなただけが――あなたたちだけが――絶対に理解できない。それこそが、私が三人を殺した理由なんじゃない？　逆に訊くけど八重樫くん。燈花がどうして自殺したのか、その理由、あなたにわかる？　あなたの言う、最高のクラスで、最高の仲間で、あなたたちのグループの一員として最高の毎日を送っていたはずの小早川燈花が、自ら命を絶った理由が、あなたにわかりますか？」

八重樫は、何も答えられなかった。

そして何も答えられないことに、確かに動揺していた。

「何が『全員が本当に仲のいい最高のクラス、最高の学年』。馬鹿馬鹿しすぎて笑うこともできなかった」

固まってしまった八重樫に、檀優里はたたみかける。

「誰にも見えない強力な力で教室の中を調律していたのは果たして私なのか、それともあなたたち教室の支配者だったのか。教室を自分にとって過ごしやすいものにするために、何人もの生贄《いけにえ》を教室に捧《ささ》げてきたのは果たして誰なのか。どちらが本物のギュゲスだったのか。ここまで言われても、たぶんあなたはまだピンときていない。何を非難されているのか、何が問題とされているのか、何も理解できていない。だから私もあなたにすべてを理解してもらうことを期待はしていない。私もまたあなたたちのことはまったくもって理解できないから」

「……レク企画が嫌だったから、三人を殺したっていうのかよ」

「違う、問題を単純化させないで。でも理解しやすいなら、それでいいんじゃない？」

「……ふざけんなよ」

「私の究極の目的は、たぶんあなたたちと同じ。真の意味であのくだらないスクールカーストを撲滅させること。ただし手段が違った。私が目指したのは、教室を一つにすることではなく、教室をひとりにすること。社会制度が生まれると人は必然的に不平等を生み出す仕組みを抱えている。行き着く先は、『王』を絶対の頂点としたピラミッド。体制を崩壊させるためには『王』の更に上に、強大な上位の存在を作る必要があった。

言うなれば『神』。教室にはどうしても神が必要だった。それが私の犯行動機」

　教室で大きな声を出そうとする者を、自殺に追い込んでしまう――神。

　神は王さえも恐れる絶対の存在。王の前に市民は下僕だが、神の前では王も含めた人間全員が、平等な下僕だ。ピラミッドは見事に崩れる。教室は完全に調律される――心の中で簡単に補足できてしまう自分に、僕はどうしようもない怖さを感じていた。だんだんと彼女の言葉に、心が毟られるような心地になってくる。絶対に開かないよう厳重に鍵をかけていた扉に、内側から強い圧力がかけられる。

「白瀬さん」

　俯《うつむ》いていた美月は、少しだけ顔を上げた。きつく唇を噛み締めている。

「もし責任を感じているなら、その必要はないから安心して。私が体制崩壊のために排除するべきだと感じていたのは、村嶋竜也、高井健友、山霧こずえの三人だけ。あの仮装パーティの日、あなたがどんな返答をしようとも私は山霧こずえを殺すつもりだった。そのついでにあなたも不登校になってくれたら儲《もう》けもの――その程度の思いであなたに声をかけた。あなたはたぶん、あのまま教室にいたら山霧こずえの遺志を継いで邪魔者になりそうな気がしたから、心配の芽を摘むために排除したかったの。一方の八重樫くんは、さほど問題視してなかった。明らかに支配者側の人間ではあったけど、あなたはクラスに対してはそこまでの興味を抱いていなかったから。大事なのはサッカー部と、恋人さん――レクリエーション企画に対しては、実は村嶋竜也や高井健友ほど気を払ってはいなかった。仁科萌香、郡山流聖《りゅうせい》、林未来、赤西哲也《てつや》、森内仁あたりも同じ。教室の支配者側にはいるものの、それぞれ大事にしているコミュニティがあった。実はみんな教室での出来事には無関心。体制を壊せば、教室内では従順な奴隷になってくれる確証があった。

　多くの人が勘違いしている、盲信している、そうであるはずだと願っている――人は、みんなで仲良くするべきだと。でもそんなものはまやかし。人は無理に人と生きる必要はない。むしろばらばらの世界のほうが、誰もが確実に幸福になれる。ばらばらになるのがとても難しいから、一緒にいるほうが幸せだと詭弁《きべん》を弄《ろう》して自分を騙《だま》している。毒薬を飲んで体を鈍麻させていくみたいに、少しずつ誤った認識で心を調律してしまう」

「完全に……どうかしてる」八重樫は、檀優里という存在を決して理解できないことを悟ったように、遠い目をしながら頷いた。「タツもケンユーもこずえも、みんな、本当に、クラス全員笑顔にしようって――頑張ってくれてたんだよ。どう考えたって、みんなと過ごす毎日が一番いいに、決まってるじゃねぇか。お前はそれをわかろうとしてねぇだけだよ。お前が、弱いだけだよ」

「議論が平行線を辿るのは目に見えてたから、別に落胆もない。でもあなたならわかってくれるでしょ？　垣内友弘くん」

　唐突に指を差された僕は固まった。八重樫が戸惑いの目でこちらを見つめ、僕はそれを心外だというような表情でどうにかいなす。気を抜くといろいろなものが噴き出してしまいそうになる。暴れる猪を小さな箱の中に閉じ込めるようなつもりで、僕は強引に自分の感情に封をした。なるべく深く考えずに、心の浅い部分で言葉を選んだ。

「わかるわけないだろ」

「嘘やめてよ。あなたはきっと私の気持ちがわかる。私はあなたの本性を知ってるから」

「適当なこと……言うなよ」

「適当じゃない。私、見たんだもん。高井健友が死んだ直後の全校集会で、あなたが——あなたがどんな表情でいたのかを。私たまたま体育館ではあなたの隣に立ってたから」

　つん、と、胃の奥にナイフが刺さったような絶望がこみ上げる。「……やめろ」

「あなた、A組の多くの生徒が涙を流して悲しんでいる中、何でもないような平気な顔してスマホをいじってた。ちらっと覗いたら見えてしまったLINEのメッセージ。私、いまでも覚えてる。『今日と、明日の金曜日。誰かアルバイト代わりに入れませんか？』——たぶんバイト先の社員さんからの連絡だったんだろうね」

「……やめて、やめてくれ」

「金曜日はレクリエーション企画の会議があるから行けるはずないのに、垣内くん、『行けると思います』って返事して、それから——」

「……やめてください」

「嬉しそうに、ニヤって笑ったの」

根も葉もない嘘はやめてくれ。屹然とした態度で言い放つことができればよかった。しかしその場で言葉に詰まり、むしろ目にいっぱいの涙を溜めて黙り込んでしまったのは、彼女が言ったことが何の脚色も、ただの一欠片《ひとかけら》の尾ひれもついていない、混じりっけなしの真実だったからだ。

共犯者を見つけたというような視線が八重樫から向けられる。美月は下を向いたまま、両手をぎゅっと握りしめた。

「……それは」

形勢を逆転できる気の利いた言い訳の言葉を探してみるが、そんなものはどこにも見つからなかった。

偽れない事実だった。高井健友が死んだとき、胸の高鳴りがあったことは今でも克明に覚えている。これからは金曜日も遠慮せずアルバイトに入れるかもしれない。働く量を増やすことができれば、必然的に給料も増える。マーチンのギター、思ったより早く手に入るかもしれない。こんなに嬉しいことが起こるなんて、まるで夢のようだ。バカどもが主催するバカのためのバカバカしい何一つ楽しくないレクリエーション企画が終わるかもしれない。山霧こずえが面倒なことを言い出しそうなのが気がかりだが、いや、さすがに終わるだろう。終わってくれ。これ以上、僕の貴重な時間を潰《つぶ》してくれるな。二度と開催するんじゃない。友達でもなければ、追々友達になりたいとも思えないＡＢ組の連中とこれ以上、無駄な交際はしたくない。ギターを弾いて、僕は一人になれる。

いやはや、小早川にしても、村嶋にしても、高井にしても、本当に、本当に、
　死んでくれてありがとう。

「……わかるよ」

　震える喉から、言葉が溢れていた。

「わかるに、決まってるだろ……あの教室は最悪だった。僕も大嫌いだった。でも――だからって、殺しちゃ、ダメだろ」

　美月が両手で顔を覆った。

　八重樫が纏《まと》っていた殺気が、とうとう明確に僕のほうにまで向けられていた。でも開いてしまった扉は簡単には元に戻せない。何年間も僕の胸の中で醸成され続けていた醜い感情は、発酵しすぎた菌が樽《たる》の継ぎ目からぽたぽたとこぼれていくように、下品に溢れだした。

「残り、残りたった一年半の辛抱だったじゃないか。それで高校生活は終わったんだ。息苦しい教室ともおさらばできたんだよ」

「どうして私が一度きりの貴重な人生の、一年半という膨大な時間をくだらない馬鹿との無為な消耗のために浪費しなくちゃいけないの？　私は一分一秒たりとも無駄にしたくない思いがあった」

「君はプラトンの教えを引き合いに出して言ったじゃないか。ギュゲスの行為は決して許されない、って」

「それはあくまでプラトンの意見。私はプラトンの信者でもない。カントでもベンサムでもなく、ましてやロールズでもない。私にとっての唯一の後悔は、こうやって自分の犯行が他の《受取人》によって露呈してしまう可能性を過小評価していたこと、それだけ。殺人に躊躇はなかった。むしろギュゲスの指輪を手にし、誰にも気づかれることなく教室を変革できる力を持ちながら、それを実行に移さないのは精神の怠慢だと判断した。超人にあらざる行為だと判断した。それが私の正義。それとひとつ――あなたは大きな勘違いをしているから教えておいてあげる」

「……勘違い？」

「『残りたった一年半の辛抱』って言ったけど、それはとんでもない間違い。このくだらない馬鹿どもとの共生は、高校が終わったって永遠に終わらない。一生、ゆりかごから墓場まで、ゴミみたいな馬鹿どもの支配は、共存は、永遠に続く。誰もあなたを一人にはしておいてくれない。だから残念だけど、私が調律した二年A組とB組のふたクラスだけがこの世界で唯一のユートピア」

「……もう十分だ」

八重樫は苛立《いらだ》ちを露《あら》わにしながらそう言うと、わずかでも気持ちが落ち着くことを願うようにゆっくりと短い髪を掻き上げた。

「お前がこの世界に存在しちゃいけない存在だってのが、よくわかった」

「きっとあなたはそう思うでしょうね。教室は別の動物を同じ檻《おり》に押し込んで育てる環境なわけだから、必然的に別の生き物に対する敵愾心《てきがいしん》は湧いてしまう。結果として殺人だって起こる」

「……殺すのは、お前みたいな異常者だけだろうが」

「そう？　燈花を殺したのはあなたたちだと思うけど」

そこで、八重樫の中で何かの栓が外れたようだった。

スイッチが入ったように途端に大股で歩き出し、檀優里の腹部を思い切り蹴りつけた。うっ、と低い声を上げて倒れ込んだ彼女を睨みつけてから、ポンプ室に向かって歩き出す。彼が何をやろうとしているのか――僕には悲しいくらい明確にわかった。他でもない。それをするために、僕らは彼女をここにおびき寄せたのだ。

ポンプ室の中にあるバルブをひねれば、プールの水は簡単に抜けていく。事前に確認してあったことだった。どんと床が揺れたのは、八重樫がバルブをひねったからだろう。同時にプールのほうから水が勢いよく抜けていく音がし始めた。大きな肉食獣が眠りから覚めたような不気味な音が、僕らの腹部を揺らすように響く。

再びこちらに戻ってきた八重樫は、手にロープを握りしめていた。ただのロープではない。事前に僕たちがポンプ室にしまっておいた、重りがついた特製のロープだった。

まだ苦しそうに咳《せ》き込んでいた檀優里の足首に、八重樫は鬱血《うっけつ》してしまいそうなほど強くロープを巻き付けていった。しばらく檀優里は腹を押さえて悶《もだ》えていたが、やがて少しずつ状況を理解していく。自分の足に巻き付けられているロープを辿り、その先に等間隔でつけられている重り代わりの鉄アレイの存在を認める。

「……なるほど」苦しそうに咳き込みながら檀優里は言った。「これをプールに投げ入れると、水流に乗って重りが排水溝にみるみる吸い込まれていく仕組みなのね。やがて私の体もプールの中に引きずられてしまう。ちゃんと、排水溝の蓋《ふた》は開けておいた？」

「少し黙ってろ」八重樫はロープを巻き付け終える。ロープは固く結ばれていた。檀優里の細い足がそのままちぎれてしまうのではないかと思うほどに。鉄アレイは楽々排水溝を通り抜けてしまうが、檀優里の体はその奥には通っていかない。必然的に彼女は排水溝付近に押しつけられたまま、激しい水の流れの中、大量の水を飲み、息ができなくなって、やがて——

溺死《できし》、してしまう。

　八重樫はロープの先端についた最初の重りを、プールの中に放り込んだ。がたんと大きな音がして、鉄アレイは排水溝の中に吸い込まれていく。引きずられるように二つ目の重りが吸い込まれ、三つ目の重りも連鎖するようにプールへと飲み込まれていく。ロープの長さは十分に計算してあった。長すぎもせず、短すぎもしない。殺人に最適化されたロープが、みるみるプールの中に吸い込まれていく。プールサイドに残っているロープの長さは、そのまま檀優里の余命を意味していた。

「おせっかいかもしれないけど——」と檀優里は消えていくロープを見つめながら言った。まだ長さは十分に残っている。「こんな殺し方じゃ、確実に証拠が残る。少しでも他殺が疑われる余地を残しておけば警察の追及は終わらない。お巡りさんって、そんなに馬鹿じゃない。だから私は慎重に慎重を期して自殺にしか見えないよう調整を施した。あなたたち、その辺は、何か考えがあるの？　私の顔には殴打の跡がある。たぶん、足首にはロープの跡も残る。他殺の証拠はたっぷり」

僕たちは、誰も何も答えなかった。ロープがまたするすると数メートル消えたのを見て、檀優里はようやく、

「なるほど、傷を癒やせる能力があるわけだ」ロープが加速していく。「溺死であることは演出できるかもしれない。でもこんな時間に、こんな場所に、私が一人で来ていた奇妙さは拭えない。それはどう説明するの？」

「……カメラが、ある」

僕は消え入りそうな小さな声で答えた。

「カメラ？」

「僕たちは、プールの鍵だけが部室棟で管理されているのは危険だと、担任に進言したんだ。それで、部室棟の管理室にカメラを設置するよう勧めた。カメラは数日前から管理室に設置されている――つまり、君が一人で管理室にプールの鍵をとりにいく姿が、しっかりと記録されているんだ。君は自分の意思でプールに来たんだと、映像が証明してくれる」

「……そう。でも、どうして私はこんなところに一人で来たんだろう。その不自然さが

拭えないと――」

「今日は、八月二日なんだ」

「それが？」

「敢えて僕はこの日を選んで、一度変えてもらった図書当番の日を再度変えてもらった。この日は、プールに行きたい人がいても、どうしても忍び込みたくなる人がいても、おかしくない日なんだ。だから僕たちは君をこの日におびき寄せることに決めたんだ」

何も理解できていない様子の檀優里に、僕は自宅から持ってきた一枚のチラシを見せつけた。

「花火」

檀優里の表情が弛緩《しかん》する。

「吉見川の花火大会。本当はレクリエーション企画の一環として、今日、ここで、ＡＢ組みんなで花火大会を見ようって話が動いてた。でも、危ないから先生にダメだと言われてしまった。そんな中で君は――」

「なるほどね」檀優里は笑った。「どうしても花火を見たかった私は、一人でここにやってきてしまった……それで、運悪くプールの中に落ちてしまう」

「君が苦手なことは文集に書いてあったとおり――」

嫌いなもの：水泳
「呆れた」檀優里はおかしくてたまらないと言った様子でひとしきり笑うと、もうロープの残量がほとんどないことに気づく。「馬鹿馬鹿しい。花火なんか死んでも見たくないのに……でもたぶん、そういう筋書きで話は進んでしまうんだろうね。世の中みんな、見たいものしか見ようとしないから」

加速したロープはいよいよ生を得た蛇のように荒々しく暴れ始める。プールの縁に擦れるときの摩擦音が何かのモーターのように響き、いっそ焦げ臭ささえ漂ってくる。いよいよロープがすべて飲み込まれる――直前、彼女は僕を見て、

「あなたは私の味方になってくれる気がしたんだけど、残念。地獄に一人で読書ができるところがあればいいんだけど、さて、どうだろう。あなたはもう少し現世で頑張って……それじゃあ――」

さようなら。

最後の一言を言い終わらないうちに、彼女の体は僕が想像していた倍以上の速度でプールの中へと、それが人間の体とは思えないほど乱暴に、強引に、引きずり込まれていった。大きな衝撃音は、檀優里が排水溝付近にぶつかった音だろうか。水面がばしゃばしゃと大きく乱れ、中で檀優里の体がもがくように揺れているのがわかった。しかしその動きは徐々に弱まり、一つの命がゆっくりと奪われていく様が、見て取れた。先ほどまで確かに僕と会話をしていた一人の女の子が、死んでいく――生が溶け、死に呑まれていく。彼女は死神か、悪魔か、殺人鬼か、ギュゲスか、いや違うだろ。彼女は――

美月はもう見ていられないという様子で膝をついて倒れ込んだ。

八重樫はさすがに笑顔を浮かべることはしなかったが、これでよかったんだという表情で水底に微かに見える檀優里の姿を見つめたまま、小さく頷いていた。

僕は、僕は――

耐えられなかった。

ワイシャツを脱いで中に飛び込もうとする僕の腕を捕まえて、八重樫が何をする気だと叫んだ。僕はそれを思い切り払いのけ、

「助けるんだよ！」

「何考えてんだよ！　こいつは殺人鬼なんだ、こうするしか他に――」

「檀を裁く資格は、僕にはない。だって彼女は、彼女は――」

僕自身なんだ。

もしここで彼女を見殺しにしてしまえば、僕はきっと一生をトラウマとともに過ごすことになるだとか、ひょっとすると警察の厳しい追及にあって何らかの不利な状況に追い込まれてしまうかもしれないだとか、これ以上生徒が命を落とせばその理由のいかんによらず担任を始めとする教職員の立場が更に悪くなってしまうだとか、そういった現実的な計算は何もなかった。

彼女を殺すわけにはいかない。殺していいわけがない。

そんな思いだけが、僕を動かした。

シャツだけを脱いで濁ったプールに飛び込み、強い水の抵抗にズボンも脱ぐべきだっ

たとすぐに後悔した。それでもプールサイドに戻る余裕はない。そのまま大きく息を吸い込んで水中に潜り、目を開く。水の濁り方は想像以上だった。ゴーグルがあったとしても何も見えなかったかもしれない。ただいたずらに目が痛む。それでも強い水流の中、どうにか排水溝に引き寄せられている檀優里の体を探り当てる。

本来、排水溝には鉄製の網が嵌《は》められていたが、数日前に僕らがドライバーを使って外しておいた（もちろんプールに侵入したのは、管理室にカメラを設置する以前のことだ）。するとちょうど一人分の下《げ》駄《た》箱《ばこ》くらいのサイズの穴がぽっかりと出現する。水の流れはすさまじく、簡単に鉄アレイを飲み込んではいくが、しかし人間の体は飲み込めない。檀優里はちょうど排水溝につま先と膝が引っかかって、それ以上は奥に進めないような格好になっていた。

彼女の体は、もうほとんど動いていなかった。体が冷たく感じるのは、水中だからなのか、それとも――。足に巻き付けられているはずのロープをどうにか手探りで見つける。息が続かなくなり一度、水上へ。微かに八重樫の叫ぶ声が聞こえたが、何を言っているのかはわからなかった。いずれにしても水中に飛び込んでくる気配がなかったのは幸いだった――力尽くで僕を止めるつもりはないらしい。もう一度潜りロープを解《ほど》こうと試みる。しかし水を吸い込んだ麻製のロープは明らかにその強度を増していた。水の流れが強く、そもそも指が引っかからない。檀優里の足を抱きかかえるようにして押さえ、息の続く限りロープをはずそうと力を込める。

そうしていると、途端に水が澄んだ。

冗談だろと思うほど唐突に、水が完全な無色透明になる。

いったい自分でもなんの幻覚を見ているのだろうと混乱していると、僕はすぐに気づいた。そのとおり、これは幻覚じゃないか、と。ロープを解こうと懸命に指先を動かしながら、しかし僕は透き通ったプールの中央に、制服を着た二人の女子生徒が椅子に座っているのを見つける。檀優里と、小早川燈花だ。声は聞こえない。二人はただ仲睦まじそうに、楽しげな表情で言葉を交わし合っていた。

檀優里の能力は、失効していなかったのだ。しかしその理由を改めて考える時間はなかった。いまの僕にとって意味のある情報は、まだ檀優里は生きている——その一点だけ。

また息が続かなくなり彼女の体から手を離すと、途端に水が汚濁する。息継ぎをしてから再度、彼女の足を抱きかかえるとまた水が澄む。しかしやがてプールの中央から二人の姿が消え、彼女の体に触れているのにもかかわらず、水が濁っていく。

僕はロープを解くことを諦《あきら》め、ロープをちょうど指輪のように、そのまま引き抜いてしまうことに決める。功を奏した。全力で引っ張ったところ見事にロープは輪っか状態のまま外れ、そのまま勢いよく排水溝の中に飲まれていった。ぐったりとした檀優里の体をどうにか支えるようにして水上へと持って行くと、手を差し伸べてくれたのは美月だった。

僕は自力で陸へと上がり、美月は全身を使ってどうにか檀優里の体をプールサイドへと持ち上げる。檀優里はすぐに大量の水を吐き出し、ぜえぜえと口で呼吸をしたかと思うと、また水を吐き出した。

「……どうして助けたんだよ」

八重樫の顔は太陽と被ってよく見えなかった。それでも彼の体が微かに震えているのはよくわかった。

「惚れでもしたのかよ、こいつに」

「……そんなわけ、ないだろ」僕は息を整えることも忘れて八重樫を睨みつけた。「そんなわけない、って、八重樫が一番よく知ってるだろ」

「……はあ？」

「わかってるんだよ……どうして八重樫が最初に僕を犯人だと疑ったのか。僕だって馬鹿じゃないんだ。何が『レク会議のときに様子がおかしかったから』だ。あのときすでに八重樫は僕のすぐ近くに座ってたじゃないか。あんな誤魔化しで、本当に僕が納得すると思ってたのか？」

八重樫は言葉を失った。時効だとでも思っていたのかもしれない。でも僕が、それを忘れるはずがないのだ。

「嫌っていたんだろ、僕が？」僕は八重樫に向かって叫んだ。「A組の生徒全員を、まんべんなく、全員、殺したいくらいに嫌っていたんだろ？　八重樫は自分の能力を使ってそれがわかったから、最初に僕が犯人なんじゃないかってアタリをつけたんだ。そのくらいわかるんだよ！　だって事実、僕は全員が大嫌いだったから！　村嶋も、高井も、山霧も、髪の毛を茶色く染めた生徒をチャバネと呼んで馬鹿にして、レクリエーション企画のことをサル祭だと陰で吹聴《ふいちょう》して溜飲《りゅういん》を下げていた園川も、その腰巾着《こしぎんちゃく》みたいにへらへら付き従ってる張本も、声が小さい生徒はみな人間的に価値が低いとでも思ってるみたいに、上から目線で『仲間にしてやろうか』みたいな態度で接してくる、郡山や、赤西や、八重樫のことも、みんな、大っ嫌いだった！　そしてそうやってみんなのことを一歩引いたところから観察して、すべて悟ったような気になってる自分自身のことが、誰よりも一番、心の底から大嫌いだったんだよ！　そんな僕が、人を好きになるわけ、ないだろうが！」

「……お前」

「犯人を捜そうと思った動機だって、犯人が憎かったからじゃない。僕とまったく同じ価値基準で人を憎む人間がどんなやつなのか、僕が死んで欲しいと思っていた人間を上位から順に殺していく人間がいったいどんなやつなのか、それが知りたかったからだ。僕は檀とおんなじだ、一人になりたいんだよ。一人になりたかったんだよ。村嶋が死んだとき、正直嬉しかった。高井が死んだとき、このままクラス全員死んだら、きっと過ごしやすい、教室がひとりになったら、どれだけ嬉しいだろうなって思った。思っちゃったんだよ。でもそんな考えを持つなんて最低だって思ったからこそ、みんなの自殺が殺人だとしたら、犯人を許すわけには絶対にいかないって……だってそれは僕自身が殺人を肯定しているのと同じことになってしまうから。まるで自分が喜んで人を殺しているように感じてしまうから——」

とうとう心が決壊してしまった。涙が溢れてきた。

「檀は殺せない。こうやって僕たち《受取人》三人が徒党を組んで、いくら悪人だからって、一人の人間を寄って集《たか》って殺すというなら、自分たちのルールを遵守するよう強制しようとするなら、この構図こそが、まさしくこれこそが、僕が一番嫌いな——」

僕は立ち上がった。

「あの教室そのものじゃないか！」

「……はは、面白い」

笑い声は、檀優里のものだった。彼女は仰向《あおむ》けになって空を見上げていた。顔には擦り傷、足首には圧迫の跡、制服はぐっしょりと濡《ぬ》れ、苦しそうに体を揺らしながら全身で息をしている。

「怖かったの？」彼女は僕に尋ねた。

「……何が言いたいんだ」

「幻、見たんでしょ？　私の能力はあなたの言ったとおり、『幻影を見せる能力』。だけれども発動条件はただ相手に触れるだけではダメなの。怯《おび》えていたり、怖がっていたり、負の感情を抱いている人間にしか通用しない。それが本当の発動条件。だから私は能力を使う前には必ず何らかの工夫をして相手を驚かせたり、脅したり、落ち込ませることにしていた――さあ、これでいよいよ私の能力は本当に失効した」

「あんな幻影、わざわざ見せなくていいんだよ……小早川燈花のことは、僕も知ってる」

「……何を知ってるって言うの？」

「遺書を読んだ。つい数日前、葬儀の案内に書かれてた彼女の家を訪ねて、遺書を見せてもらったんだ。だから彼女が死んだ理由を、僕は知ってる」

檀優里は黙り込んだ。そしてここに来て初めて、明らかに表情を歪ませた。

「勘違いするなよ檀。僕は君を殺せなかった、でもそれは、君が許されたことを意味してるわけじゃない。君の動機が調律にあったとしても、小早川燈花の弔いにあったとしても、どれだけ同情に値する理由があったとしても、人を三人も殺すなんて常軌を逸している。僕は君の気持ちが理解できる。でも人を殺すなんて真似、絶対に許されていいわけがないんだ。だからやっぱり、君は今日、死ななくちゃいけない」

「……謎かけでもしたいの？」

僕は倒れ込んだ彼女の上に馬乗りになり、平手で頬を打った。

ぱしんという乾いた音がして、僕の手の軌道をなぞるようにして水しぶきが飛ぶ。

檀優里は予想もしていなかったのか、驚いたように目を見開いたまま固まった。

「僕は今日、君を確かに殺したんだ。そして君は今日、ここで確かに殺されたんだ。意味がわかるか？　君は死刑になったんだ。さっきプールで溺れて、社会不適合者の檀優里は死んだんだ。だからたったいま生まれ変わった君は、自分が一度死んだという事実を背負って、明日《あした》からをまっとうな人間として生きていかなくちゃいけないんだ。新学期になったら当然きちんと学校に登校して、どれだけ息苦しくても、腹立たしくなっても死にたくなっても、吐きそうになるほど嫌になることがあっても、絶対に教室に通い続けなくちゃいけない。犯罪行為なんてもってのほか。ことあるごとに空気を読んだ行動をして、調和を乱さないようにして、みんなと足並みをそろえて、自分に与えられた役割をしっかりと認識して、周囲との関係を大事にすることを最優先事項として、生きていかなくちゃいけないんだよ。人は一人で生きたいと願っても絶対に、絶対に、人の中でしか生きられないから！　そしてそれが君にとって最も苦しい、最大の罰だから！」

「……あなたそれ、自分に言ってるの？」

「黙れっ！　何でもいいから、君はしっかりと証明しなくちゃいけないんだよ。人なんか殺さなくたって、環境を調律しなくたって君や、僕は、普通に生きていけるってことを！　だから、君は今日死んだんだ！　僕は今日君を殺したんだ！　言え、『私は今日、死にました』って、言え！　本当に死んだと思って、心の底から言うんだ！」

「……何それ」

「いいから言うんだよ！」

僕は親指の爪を自分の左腕に突き立てた。そして可能な限り強い力を込めたまま、長い一本の線を引くように傷をつける。じわりと赤い血が滲んだ。

「私は――」檀優里は言った。「私は今日、死にました」

「嘘を――」僕はもう一度、檀優里の頬を打った。「嘘をつくなよ！　本当に生まれ変わるんだよ！　生まれ変われることを証明してくれよ！　質問はあと一回しかできない。ちゃんと死ぬんだ。死んで、生まれ変わったことを証明するんだ！　それができないなら、今度こそ僕がきっちりとお前を、本当に――殺してやる」

　赤ん坊のような声を上げて泣き出したのは、美月だった。彼女は前のめりになっていた僕の体をわずかに押し返すと、ぼろぼろと涙をこぼしながら檀優里の頬に手を当てた。数秒ほど経つと、右頬の擦過傷が消え、青痣になり始めていた左頬の怪我も癒える。まるでばらばらになってしまったビーズ細工を悲しみながら拾うように、美月は檀優里の体中についた無数の傷を泣きながらすべて治していった。

「もう――」

　美月は口を開いたが、それ以降は言葉にならなかった。ひとしきり涙をこぼしてから何度も想いを言葉に変えようと腐心したが結局願いは叶《かな》わず、どうにか絞り出した一言は、誰に宛てたのかもわからない、

「……ごめんなさいっ」

　呆然としていた八重樫は小さな声で「……ダメだ」とこぼしてから「わかんねぇよ」を三度重ねた。

　僕は今一度檀優里に向き直り、左腕にもう一本太い傷を作った。あらゆるものがばら

ばらに裂けてしまいそうな、この上ない痛みに体中が包まれたとき、僕は彼女に尋ねた。

「君は、どうなった……君はどうなったんだ」

檀優里は涙をこぼした。

それから息絶えたように、静かに目を閉じる。

彼女が真夏のプールに残した言葉は、

「私は今日、死にました」

終章　悲劇の誕生

21

私は教室で大きな声を出しすぎました。調律される必要があります。さようなら。

こんな書き出しで私の切実さ、きちんと伝わるのかなって疑いもするけれど、でもこんな言葉しか思い浮かばないんだからしかたないよね。私、国語の成績がいいわけでもないし、めちゃくちゃ賢いってわけでもないし。

　思っていることとやりたいことがだんだんとずれてきて、あぁもう生きてる意味なんてないなって感じる瞬間が増えてきて、その原因って何だろうって考えると、悲しいけど友達なのかなって結論になる。ていうか、あの人たち友達じゃなかったのかな、って気がしてくる。

　なんか可愛い顔に生まれちゃって、男子にも女子にもちやほやされて、ちやほやされるならこういう友達とつるまなくちゃいけないよね、って不思議なルールがあって、だんだんと日常が壊れていった。誰かが提案した『なんかよさそう』なことに対して、『別にそれってよくないよね』って言い出すのって本当に怖い。それでみんなの意見が変わるのも怖いし、何も変わらないのも同じくらい怖い。

本当は緑のネクタイをつけたいんだけど、燈花はピンクのリボンが一番だよって言われて、そんなに好きでもないけどコノミで買ったやつを無理矢理ずっとつけてる。自分でも、なんだろこれ、って思う。つまらないけど、そういうことの積み重ねがけっこう、くる。

一番仲良かったのって誰だろう。本当の友達って誰だろう。考えたら、中学のときからの一番はずっと優里だった。頭が良くて楽しくて、本当はもっといい高校行けるはずなのに私に合わせて北楓を選んでくれた。

そんな優里を極限まで追い詰めていたことに気づいたのは、ほんの数日前でした。何か、見えない大きな力があって、それに従わないわけにはいかないって思う。でも従っているうちに、自分も、優里も、みんな壊れていっちゃうことに気づきました。被害者ぶってる自分が加害者なんだって気づいたら、もういろいろ嫌になりました。私のせいで嫌な思いをしてた子、いっぱいいると思います。本当にごめんなさい。私の死体にビンタくらいならしてもいいから（笑）。

特に優里、本当にごめん。どうやって使ったらいいのかわからない変な力だけど、お別れのプレゼントだと思ってください。前任の先輩に無理を言って優里に手紙を送ってもらえるようお願いをしておきました。届いたら手紙、読んでみて。

生まれ変わったら、周りに誰もいない、ハイジが住んでるだだっぴろい丘みたいなところで暮らしたいです。誰ともかかわらずに、だけれども本当に大切な人とだけはちゃんと過ごせる、夢のような教室が欲しかった。誰か作って、なんて、最後の最後にバカみたい（笑）。

読んでくれた人、付き合ってくれてありがとうございました。家で死ぬと、なんか別に悪くもないお母さんやお父さんにも悪いし、色々悔しいんで、学校に思いっきり迷惑かけてやろうって思います。

さようなら。もう二度と会いたくない、偽物の友達たち。

小早川燈花

22

名前：小早川燈花
クラス：二年B組　部活：無所属　住んでいるところ：楓町
好きなもの得意なもの：人の血液型を当てること（的中率90％おーばー）
嫌いなもの苦手なもの：パクチー、パクチーが好きだって言い張る人もNG（笑）
仲のいいAB組の友達：檀優里

23

マスコミと世間が四人の自殺に興味を失ってからも、教室に笑顔と活気は戻ってこなかった。

ギターの弦とは違い、彼女の調律は簡単には狂わないらしい。

九月になって仕切り直しになったはずの学校は、しかし檀優里や小早川燈花、それからこの僕が理想的だと考えていた環境——一人きりの教室として固定されていた。煩わしい人間関係はなく、友情や馬鹿騒ぎもない代わりに不自由もない。

神の名の下に、誰もが平等に、力のない下僕だった。

「垣内」

八重樫に声をかけられたのは、学校が始まって一週間ほどが経過したある日の放課後だった。荷物を鞄《かばん》に詰めていた手を止めると、八重樫は思い詰めたような表情で言った。

「あれから、色々考えたんだよ」

「……色々？」

「あいつのことは当然許せないけど……人を殺さないで済んだことについては、お前に感謝しなくちゃいけないのかもしれないと思ってる。たぶんあのままあいつを殺してたら、俺は、俺じゃなくなってた。ありがとう」

　僕が黙っていると八重樫は、でも、と、少しだけ語気を強めた。

「お前や、あいつが言ってたことにはやっぱりおかしいところがたくさんあると思う。みんなと過ごすのが嫌だったら、それを一言『嫌だ』と言えば良かった話なんだ。それが難しいって言いたいのは、わかる。でも、それができないだけで、被害者面すんのは、明らかに間違ってると思うんだわ。それはお前たちが乗り越えるべき『壁』だろうが」

「……そのとおりだと、思うよ」

「タツにも、ケンユーにも、こずえにも、もちろん俺にも、悪意はまるでなかったんだよ。普通に、マジで、クラスみんなが笑顔になって欲しいと思って活動してたんだ。それがおせっかいだったり、不愉快だったりしたのなら、本当に申し訳ないと思う。でも俺にはやっぱり、あいつらが悪い奴だったとは思えないんだよ。みんなマジでいい奴だったんだよ。それだけは誤解しないで欲しいし、そこを誤解していた部分、俺はやっぱりお前らのことが――ちょっと許せねぇんだわ」

「……八重樫は、何も間違ってない」

　強がりでも、お世辞を言っているわけでもなく、八重樫は本当にいい奴なのだと思う。問題はいい奴をいい奴だと認識できない、僕みたいな駄目な奴が世の中にはとても多いということなのだ。檀優里の言ったとおり、僕らは同じ檻《おり》に入れられた別の動物。わかり合える日は、永遠に、来ない。

「やっぱお前のことはわかんねぇよ。わかんねぇけど……わかれるように頑張りたいと思うんだ。これは本当に、マジでそう思う。もし疑わしいと思うなら、お前の能力を使って試してもらってもかまわない」

「信じるよ。それにもう八重樫に能力は使えないんだ」

「そっか……とにかく、なんか不満があったら思いきって、遠慮なく言ってくれよ。あの女は、俺たちのことを教室の支配者だって言ってた。でもそんなもんになってたつもりはないし、むしろ何も言わないで下向いている奴こそが、教室に階級を生み出してた――俺は本気でそう思ってる。『上』なんていねぇんだよ。いるのは『下』だと思い込んでる奴だけ。そういう考え方は、やっぱ変わんねぇんだわ」

「……色々言ってくれてありがとう。僕も、八重樫のことは少し好きになれたかもしれない。能力を使って、試してもらってもかまわない」

「もう使わねぇよ。マリカの色見てから、もうマジで嫌になったんだ」

「……マリカの色？」

「マリカはあれだ、俺の彼女――いや、今となっては元カノだな」

「……別れたのか」

「普段の態度は変わんねぇんだよ。でも色見るとさ――ちょっと青みがかってるんだわ。それが怖くて嫌んなった……関係ねぇ話しちまったな」

じゃあ、部活があるからと言って八重樫は僕の前から去って行った。

富国強兵ゲームに参加している人間は、すなわち僕らよりずっと厳しい戦場で命を削っているということなのだろう。僕の悩みを彼は理解できない。僕もやっぱり、彼の悩みは理解してあげることができない。苦悩に、きっと優劣などないのだ。

廊下で檀優里とすれ違った。彼女は僕とは目を合わすことなく通り過ぎていった。毎日B組を覗《のぞ》いてチェックするようなことはしていないが、今のところ彼女は毎日学校には来ているようだった。彼女についての噂らしい噂は何も耳にしない。調べようとも思わない。たぶんもう、言葉を交わすこともないだろう。僕の知っている檀優里は、死神は、悪魔は、殺人鬼は——間違いなく、息絶えたのだ。僕が、殺したのだ。

ギュゲスの調律によって生まれた空間を居心地いいと感じてしまうことに対して、僕の胸には明らかな罪悪感があった。ちょうど違法なルートで手に入れた映画を楽しむような、誰かをイジメることによって快楽を得ているような、ひどくグロテスクなものを、人目を忍んで嗜好《しこう》しているような——そんな背徳感がつきまとった。

一年半の辛抱。それを合い言葉にして、僕はカレンダーにバツ印をつけることだけを目的に、日々を生き抜いていた。大学生になればこの呪縛《じゅばく》から逃れられる。一人暮らしをすることは絶対の条件だ。そしてさらにはその向こう側に到達することができれば、こんな人工的な理想郷に偽りの喜びを見いだす必要はひとつもなくなる。

あと一年半——たった、それだけの辛抱。この檻から抜け出せる。

アルバイトの時間は嫌いじゃなかった。学校から離れられ、社会の一員であるような錯覚を覚えることができ、自分より一歩先に自由を謳歌《おうか》している大人と交流することができる。

　土曜日午前十時から入ったアルバイト——蕎麦《そば》の茹《ゆ》で汁を浴びた前掛けを畳み、僕は休憩スペースでアコースティック・ギター・マガジンの最新号を広げていた。僕が読むのは、もはやマーチンのカタログではない。とうとうアコマガを読むようになったのだ。この劇的な変化をしかし、のり子さんに理解してもらうのは難しかったのかもしれない。

「いやあ、やっぱネットフリックスは偉大ですよ」

　彼女の話がそんな導入から始まったのは悪くなかった。しかし話の流れは急激なレーンチェンジを見せ、彼女が所属しているサークルの話題が持ち上がった。

「サークル……になんて、入ってたんですか？」

「そりゃあ、大学生だからね。入らないと始まりませんよ」

「……始まらない？」

「なに垣ちゃん、そんな顔して」

「一人暮らしして、一人で好きな時間に授業に出て、一人の時間を満喫できる。それが大学生じゃ……なかったんですか？」

「いやまあ、そりゃそうだけど。でも実際問題、人にノート見せてもらわなきゃ単位も満足にとれないし、一人暮らしつったって友達とワイワイしてたほうが楽しいしねぇ。

あたしの家を宿代わりに使っていく人もいるし、それがあたしも楽しいっちゃ楽しいし。そもそもサークルに入らなくちゃ満足に友達もできやしないから——」

たぶん、のり子さんは僕が何に愕然《がくぜん》としているのか、理解できなかったに違いない。僕はそれ以上、彼女の話に注意を向けることができなくなり、蠟人形《ろうにんぎょう》のように固まって過ごした。少し早い別れの挨拶《あいさつ》と、とっておきの楽しい報告もしようと思っていたのだが——そんな算段は塵《ちり》となって消えていった。

「目標としていた額が貯まったので、残りひと月くらいでアルバイトは終わりにしたいんです」

いや、もうひと月だけ頼むよ——程度の返事は予想していたし、もしそう言われたら快諾するつもりでいた。先ほども言ったように基本的にアルバイトは嫌いではないのだ。しかし店長はかつて見たことないような形相で僕のことを非難すると、そんなものは到底受け入れられるものではないとこちらの辞意を突っぱねた。辞めるならキリのいい三月以外にあり得ないだろう。それまでは何としても働いてもらう。最近の高校生は本当に無責任だ、だから子供は嫌いなんだ、雇うべきじゃなかった。

頭に血が上った店長と理性的な会話ができる気もしなかったし、それ以上にこのときの僕にはもっと大事な用事があった。説得は後日にしようと諦《あきら》めてシフトどおり午後四時半に退勤し、予約を入れていた楽器店に向かった。

結局三十万円近くしたマーチンは、とろけるように、美しく輝いていた。

高額商品を買ったからということで店員さんは替えの弦にピック、ワインダー、チューナー、ハードケース、それからロゴの入ったカポタストまでつけてくれた。もちろんケースに入れて担いで帰りたいと告げて、綺麗《きれい》にあつらえてもらう。自由への翼を手に入れた僕の足取りはヘリウム入りの風船よりも軽かった。スキップしたい思いをどうにか堪《こら》えて、いつものロータリーへと向かう。

イシミズさんの演奏を最初から最後まで堪能し、僕は愛機を見せつけた。

「とうとう、手に入れたか」

照れ笑いを作るのに忙しく、僕は碌《ろく》な返事もできなかった。絶対に試奏してもらおうと思っていたのだが、僕の依頼を聞き届ける前にイシミズさんは、

「今まで、本当にありがとな」

「……今まで？」

「もう路上で弾くのは終わりなんだ」

「……そう、なんですね。これからはひょっとして――」

「メジャーデビューに向けた準備だね」

嬉《うれ》しい知らせなら落ち込む必要はない。僕が笑顔を浮かべると、イシミズさんはどこか悲しげな表情で一枚のチラシを取り出した。そこには、年末に新進気鋭、期待大の新人バンドが満を持してデビューを迎えることが記されていた。フロントマンを務めるのは元有名アイドルグループに所属していた女性で、それをサポートするメンバーは――

「これ……」目を疑った。「イシミズさんが、やるんですか」

「ごめんよ、僕は——クロスロードで、悪い悪魔に魂を売ってしまったんだ」

「エレキ……弾くんですか？　バンドで、しかも、歌わないんですか？」

「努力が実った——って、言ったろ？　僕が今日まで何してたと思う？」

口を閉じることができなくなってしまった僕に対し、イシミズさんはストローハットを深く被《かぶ》り直してから、

「業界の偉い人たちとね、毎晩のように飲んでまわったんだ。ときに綺麗な女の子を紹介したりもした。そうやって取り入って、大きなプロジェクトの一角に押し込んでもらったんだよ」

「……そんなの、嘘ですよ」

「嘘だと思う？」

イシミズさんはそう言うと、いつものように耳たぶをピンと力強く弾《はじ》いた。

「北楓を卒業してからも、ずっと癖が抜けなくてね。大事な質問をしようと思うときはどうしても耳たぶを弾いてしまう……まったく情けないね。学校の敷地の外でも、きちんと人の嘘を見抜けるようにならないとダメだよ」

慰めるように僕の肩を叩《たた》いて、

「かっこ悪い大人でごめんよ。僕はギターじゃ自由になれなかった。君は、頑張って」

あの手紙をくれたのはイシミズさんだったんですか。随分達筆でしたね——そんな

台詞《せりふ》が口をついて出てくるわけもなく、僕は遠ざかっていくイシミズさんの背中と悲しげに揺れるギターケースを呆然《ぼうぜん》と見送るほかなかった。

耳たぶを弾けば、なるほど、多少は体に痛みが走るだろう。あの程度の痛みでよかったのか。安全ピンを太ももに刺していた自分が馬鹿馬鹿しくなり、僕は苦い笑顔を浮かべた。

失意の僕を待っていたのは、急遽《きゅうきょ》開催されることになった家族会議だった。そんな大きなものを家族に無断で買って来るとはどういう了見だ。いったいこの家のどこに置くつもりなの、うるせーから家ではぜってー弾くんじゃねぇぞ、見せて見せてあとで私にも触らせて。

「大学の授業料を稼ぐためにバイトしてるのかと思ったら、そんなものを買うためだったの？」

母の一言から議題は僕の大学受験にも飛び火し、言っておくけど公立に行くお金しかないからねと釘《くぎ》を刺され、一人暮らしなんて言語道断だととどめを刺された。矢継ぎ早に繰り出される非難の数々に、まともな言葉を返せるはずもなく、僕は自暴自棄になって、

「もういいよ、捨ててくれればいいんだろ？」で、家を飛び出した。

玄関口で小言を言われたので大声で反論したところ、近所迷惑でしょと怒鳴られる。

あらゆるものに嫌気が差し、僕は当てもなく電車に乗り込んだ。ギターケースを背負

って学校の近くまでやってきたはいいものの、門が開いているはずがなかった。そのまま目的地もなくさまよっていたつもりだったのだが、どうやら僕はいつかの道のりをトレースしていたらしい。

気づいたとき、目の前に現れたのはコンクリート製の階段だった。

ホゾ丘公園。

階段を上って、いつの日か檀優里が座っていたベンチに腰掛け、ギターケースをそっと地面に置いたところで、涙がぼろぼろとこぼれ始めた。頭の中で蘇《よみがえ》ったのは、プールサイドで聞いた檀優里の予言だった。

――このくだらない馬鹿どもとの共生は、高校が終わったって永遠に終わらない。一生、ゆりかごから墓場まで、ゴミみたいな馬鹿どもの支配は、共存は、永遠に続く。誰もあなたを一人にはしておいてくれない――

いよいよ嗚咽《おえつ》を我慢できなくなったところで、背後に人の気配を感じた。

驚いて振り返ると、そこに立っていたのは――

「なんで――」

美月だった。

夜。それも明かりの少ない丘の上の公園。今なら涙も誤魔化せるかもしれないと慌てて顔を拭《ぬぐ》ってから二度ほど洟《はな》をすすった。

「なんでこんなところに、いるんだよ」

「怒鳴り声が聞こえたから……ついてきちゃった」

「怒鳴り声、って……玄関から？」

美月は控えめに頷《うなず》いた。「辛《つら》そうだったから」

「……いや、そんな、それだけのことで――」

「私も――」躊躇《ためら》うように間を取ってから「辛かったから」

隣に座ってもいいかと尋ねられ、並んでベンチに腰掛ける。無言のまま過ごすのも具合が悪いかと思って無理に口を開いてみれば、悲しいことに次々にこぼれるのは愚痴ばかりだった。僕は一人になりたいと願う社会不適合者で、でもそれはとてもではないが叶《かな》わない夢であって、自由への切符だと思っていたギターもとんだまやかしで、じゃあ汗水垂らして働いた日々は何だったんだろうと顧みると、あの店長の態度さえもが地獄の証明であるような気がしてくる。自分の部屋はないのに一人暮らしもダメだと言われ、愛すべき家族に悪態をついて、何でもかんでも煩わしいと感じてしまう僕は、あぁ、クズじゃないか、ゴミじゃないか。生きていられないんだ。生きていちゃいけないんだ。みんなのことが大嫌いだと標榜《ひょうぼう》してまわるだけの、明日《あした》にでも死ぬべき最低の人間だ。

「私もだよ」

随分と長い間、僕に独演を許してくれた美月はようやく言葉を挟むと、目に涙を溜《た》めながら頷いた。

「みんなそうなんだよ、きっと。それでも生きていけるんだよ。みんなのことが嫌いでも、本当は一人になりたいって思ってても、それでもちゃんと生きていけるんだよ。みんなと一緒じゃなきゃ生きられないこんな世界だけど、それでもきっと大丈夫なんだよ」

「いいよ……根拠のない慰めは。だって――」

「健くんが生きてた頃――」美月は僕に話の続きを許さなかった。「健くん、私に訊《き》いてきたの。『ミヅキチは、カキウッチーと同中《おなちゅう》だったんだろ?』って。私がそうだよって言うと、健くん笑って『カキウッチーはあれだな、とんだ嘘つきだな』って」

どうしてそう思うのと尋ねた美月に、高井健友は言ったそうだ。

「さっき俺が『カキウッチーだって、一人でいるのは嫌でしょ?』って訊いたら、なんだか白々しい顔して『一人でもいいかも』なんて言ってきたんだよ」

「それが何なの?」と美月は尋ねた。

「いや、だからさ、俺わかんのよ。あいつ嘘ついてんの。声が震えてんのよ、ガッツリぶるぶるってさ。これ内緒な」

はっきりと、覚えていたやりとりだった。言われてすぐに思い出したのは、高井健友が人に質問をするときにうるさいほど両手を大きく叩いていたこと。あれだけ大きく手を叩けば、なるほど、それなりの痛みが両手に走ったはずだ。イシミズさんは耳たぶを小さく指で弾いて能力を使っていた。あの程度の痛みで十分だったのならば、手を叩くだけでも十分に能力は発動するのではないだろうか。

「この世界、近くに人がいるのは叫び出したくなるくらい煩わしくて、でも――」

美月は、丘の上から一望できる夜の街を見つめながら言った。

「一人でいるのは耐えられないくらいさみしい」

僕は涙を隠すために俯《うつむ》いた。

「人と接することを放棄して家に閉じこもっていた私なんかの話に、あんなにきちんと耳を傾けてくれて、本当にありがとう。檀さんを殺そうとした私を止めてくれて、本当にありがとう。たとえその動機が純粋なものではなかったとしても、完全なる正義の心からのものではなかったとしても、命を大切に考えて自分の損得を抜きにあれだけ動き回れた垣内は、社会不適合者なんかじゃないよ。これからも、絶対に、立派に生きていけるよ」

月明かりを浴びた美月はベンチからすっと立ち上がって、僕に微笑んだ。

「私は、丘を降りるよ。でもそれは別々に生きるとか、決別するとか、そういうことを意味しているわけじゃない。私たちはそれぞれの人生を生きるけど、時折、都合良く、いつだって肩を貸し合うようにして一緒に生きていける。辛いときに手を差し伸べてくれてありがとう。今度は私がお返しをする番だから、垣内が本当に辛いと思ったときは、いつだって声をかけて」

美月は自らの宣言どおり、階段のほうへ向かって歩き出した。

ゆっくりと離れていく彼女の背中を見つめながら、僕は彼女と過ごしてきた時間について思いを巡らせた。美月のことを煩わしいと思ったことは、果たして一度でもあっただろうか。彼女と過ごした時間を、一瞬だって辛く窮屈なものと感じたことはあっただろうか。

八重樫は自身の能力を使って、僕がクラスメイト全員を嫌っていることを突き止めた。でも彼には、実はたった一人だけ、僕が好きか嫌いか判定できていない人物がいる。あのとき学校を休んでいた——白瀬美月だ。

僕は彼女さえも嫌っているのだろうか。僕は彼女さえも好きではいられないのだろうか。

大丈夫、僕は生きていける。僕は人を好きになれる。人と一緒に生きていける。

どれだけ自分自身に言い聞かせてみても、しかし不安は消えていかなかった。高井——あのときの僕の声は、本当に震えていたのかい？　僕は誰かと一緒に生きたいと、本当は心の底では思っていたのかい？　どれだけ教えて欲しいと願っても、死んだ彼の返事を聞くことは叶わなかった。ならば信じるしかない。信じて、明日を生きるしかないじゃないか。僕は生きられる、大丈夫。

僕は叫ぶように美月の名前を呼んだ。彼女は笑顔で振り返り、

「なに？」

「ごめん、いま本当に辛くて、どうかしそうなんだ——」

ポケットには、いつものように安全ピンが入っていた。中途半端になってしまうのが嫌だった僕は、それを今までで最も深く太ももに突き刺す。

「——美月は本当に、僕に力を貸してくれる？」

震えなどまったくない綺麗な声で、美月は、

「もちろん」

解説

千《せん》街《がい》晶《あき》之《ゆき》

今やミステリ界の注目作家となった浅倉秋成だが、本書『教室が、ひとりになるまで』（二〇一九年三月、KADOKAWAから書き下ろしで刊行）で、初めてその名を知ったミステリファンも多いのではないだろうか。その意味では著者の出世作と言っていい作品であり、実際、本書は第七十三回日本推理作家協会賞と第二十回本格ミステリ大賞の両賞の候補となった。惜しくも受賞は逸したとはいえ、この二つの賞に同時ノミネートされること自体が滅多にあるものではない。

では、本書のどこがミステリとして高く評価されたのか。それについて触れる前に、まず本書の導入部を紹介しよう。

私立北楓高校で、一ヵ月間に三人の二年生が立て続けに自殺した。一人は縊死《いし》、二人は飛び降り。死ぬ動機も、後追い自殺の理由も全くないにもかかわらず、三人とも同じ文面の遺書を残して死んだのだ。そんな折、二年A組の垣内友弘は、クラスメイトの白瀬美月から、三人は正体不明の「死神」に殺されたのであり、自分も命を狙われているうちのひとりである——と打ち明けられる。あまりに荒唐無稽な話を最初は受け入れなかった友弘だが、その直後、帰宅した彼のもとに謎の手紙が届き、他人の嘘を見破る不思議な能力が彼に備わる。その手紙によると、特殊な能力を授けられた生徒は、彼以外に三人いるという。「死神」は、その中の誰なのか？

普通の学園ミステリと思って本書に目を通していた読者は、ここに来て思わず呆気《あっけ》に取られるだろう。そう、本書は、現在流行している「特殊設定ミステリ」なのだ。

「特殊設定ミステリ」という言葉自体は比較的最近使われるようになったものだが、魔法が存在する世界を舞台にしたランドル・ギャレット『魔術師が多すぎる』（一九六六年）、死人が蘇るようになった世界が舞台の山口雅也『生ける屍の死』（一九八九年）、タイムループに巻き込まれた主人公が殺人を阻止しようとする西澤保彦『七回死んだ男』（一九九五年）など、超能力や幽霊や輪廻転生や異世界といった超自然的な設定を謎解きの前提として組み込んだ作例は以前からしばしば見られる。しかし、近年はそのような傾向の作品が以前とは比較にならないほど増えており、『スノーホワイト』（二〇一三年）の森川智喜、『人間の顔は食べづらい』（二〇一四年）の白井智之、『屍人荘の殺人』（二〇一七年）の今村昌弘、『名探偵は嘘をつかない』（二〇一七年）の阿津川辰海らのように、特殊設定ミステリが作風の主軸となっている書き手も目立つ。

百花繚乱の特殊設定ミステリの中で、本書はどのような傾向に属しているのだろうか。作中、四人の生徒に授けられた超常的な能力の中身はバラバラであり、しかもその能力が発動する条件も異なっている（友弘の場合、嘘を見破る能力を発動させるには体に瞬間的に強い痛みを与える必要がある）。友弘は自分以外の能力の持ち主が誰かを知らず、しかも他の三人の能力の中身も知らない。更に、能力は決して万能ではなく、すべての能力は高校の敷地内でしか使えない、同一人物に対して同じ能力は三回しか使えない、本人がその秘密を他人に明かすと能力は失われてしまう……などの制限も存在しているのだ。どんな能力の持ち主とどんな条件で対峙するかで、友弘が有利にもなれば不利にもなる——私は本書を読んだ時、この設定から、『甲賀忍法帖』（一九五九年）を第一作とする山田風太郎の「忍法帖」シリーズを想起した。

「忍法帖」シリーズでは、登場する忍者たちが常人離れした特殊な能力を身につけており、それを用いてバトルを繰り広げる。この種のエンタテインメントを異能バトルものと呼ぶことがあり、その代表例としては荒木飛呂彦の漫画「ジョジョの奇妙な冒険」（一九八七年〜）が思い浮かぶ。こうした異能バトルものは、探偵役と犯人の頭脳バトルを描く本格ミステリと相性が良く、そのため両者を融合させた作品も多い。特に二〇一九年は、青柳碧人『悪魔のトリック』、安萬純一『滅びの掟　密室忍法帖』、吹井賢『破滅の刑死者　内閣情報調査室「特務捜査」部門CIRO-S《サイロス》』とその続篇『破滅の刑死者2　内閣情報調査室CIRO-S第四班』、詠坂雄二『君待秋《きみまちあき》ラは透きとおる』など、この傾向の当たり年であった。そして、その中でも極めてユニークな作例が本書なのである。

冒頭の謎として提示される三人の生徒の死は、どう検討しても自殺としか思えない状況である。ということは、尋常の物理的手段ではなく、「死神」が自身の特殊能力を使って彼らを死に至らしめたと推察される。「死神」の正体を絞り込むまでの展開は比較的早いものの、彼または彼女がどうやって三人もの生徒を自殺としか思えないやり方で死に至らしめたのか、そしてどうすれば今後の犯行を阻止できるのかは、その段階では五里霧中であり、そこに秘められたトリックを推定する過程は極めてスリリングな展開となっている。こういう特殊能力に依存したストーリーは、書きようによっては何でもありになりかねない危険性があるけれども、本書の場合は各種の細かい条件を用意することで、ロジカルな本格ミステリとしての高度な達成を示している。また、著者ならではの伏線の技巧が、その達成に寄与していることも間違いない。

　一九八九年生まれの著者は、二〇一二年、二段組で約六百ページにおよぶ大作『ノワール・レヴナント』で第十三回講談社BOX新人賞Powersを受賞してデビューした。その後、第四作である本書の刊行までに、ありきたりな日常を劇的なものに変えてしまう謎の装置「フラッガーシステム」のデバッグテストに選ばれた高校生が主人公の『フラッガーの方程式』（二〇一三年。もともとは『ノワール・レヴナント』とともに第十三回講談社BOX新人賞Powersに応募された作品）、数組のコミカルな恋愛模様が最後に交差する連作短篇集『失恋覚悟のラウンドアバウト』（二〇一六年。文庫化の際に『失恋の準備をお願いします』と改題）を発表しているが、その作風の最大の特色は、縦横無尽に伏線を配置し、それを回収する手法の巧みさだ。『ノワール・レヴナント』の帯には「張り巡らされた伏線、それらがすべて回収された時、あなたは驚きとともに爽やかな感動に包まれる！」、『フラッガーの方程式』の帯には「笑いと涙と驚異の伏線！」、『失恋覚悟のラウンドアバウト』単行本版の帯には「巧妙な伏線と軽妙な筆致」……と、著者の本の惹句《じゃっく》では必ずと言っていいほど伏線の妙味が強調されていたが、こうした作風がミステリと相性が良いのは当然と言える（本書の単行本版の帯にも記されていた「伏線の狙撃手」という惹句は、デビュー時に講談社の担当編集者がつけたものだが、今やすっかり著者の通り名として定着した感がある）。実際、本書に続いて刊行された『九度目の十八歳を迎えた君と』（二〇一九年）もまたユニークな特殊設定を導入した青春ミステリであり、出来映えは本書に勝るとも劣らない。

　本書以前の作品群を読み返すと、『ノワール・レヴナント』における特殊能力を持つ四人の高校生という主人公たちの設定や、『失恋覚悟のラウンドアバウト』の第二話「真偽不明のフラーテーション」に登場する人形型嘘発見器など、本書の原型とも思える要素が散見されるけれども、それらの作品が基本的には〝明〟であるのに対し、本書は〝暗〟で統一された作品となっている。そして、その〝暗〟が極まるのが、本書のもうひとつの読みどころである、犯人と犯行手段が判明したあとに明かされる動機のインパクトだ。クライマックスで登場人物たちは、その動機をめぐって激しく対立する。読者はこのシーンで果たして、登場人物の誰に共感するだろうか。自らのおかれた環境への違和感をぶつけ合う彼らの言葉は、学校という空間に馴染めない青春時代を送ったことのある（または、送っている最中の）読者の心には必ず突き刺さる筈《はず》だ。決着のつけ方は賛否が分かれそうだけれども、この深い絶望と微《かす》かな希望が交錯する悲痛さを味わうために、本書という読書体験が存在するのだと言ってもいいほどである。

　本書の文庫化に先立って、『九度目の十八歳を迎えた君と』が二〇二〇年十一月に創元推理文庫から、『失恋の準備をお願いします』が同年十二月に講談社タイガから、それぞれ刊行されている。この三ヵ月連続で文庫化という快挙によって、浅倉秋成の名はより広い読者層に知れ渡るだろう。そして、二〇一〇年代の終わりを本書の話題性で席巻した著者が、二〇二〇年代に更なる高みに羽ばたくことを願ってやまない。

本書は、二〇一九年三月に小社より刊行された単行本を、文庫化したものです。

教《きょう》室《しつ》が、ひとりになるまで

浅倉《あさくら》秋成《あきなり》

令和3年 1月25日　初版発行
令和6年 8月10日　15版発行

発行者●山下直久

発行●株式会社KADOKAWA
〒102-8177　東京都千代田区富士見2-13-3
電話　0570-002-301(ナビダイヤル)

角川文庫 22501

印刷所●株式会社KADOKAWA
製本所●株式会社KADOKAWA

表紙画●和田三造

ISBN 978-4-04-109685-7　C0193

◆◇◇

角川文庫発刊に際して

角川源義

第二次世界大戦の敗北は、軍事力の敗北であった以上に、私たちの若い文化力の敗退であった。私たちの文化が戦争に対して如何に無力であり、単なるあだ花に過ぎなかったかを、私たちは身を以て体験し痛感した。西洋近代文化の摂取にとって、明治以後八十年の歳月は決して短かすぎたとは言えない。にもかかわらず、近代文化の伝統を確立し、自由な批判と柔軟な良識に富む文化層として自らを形成することに私たちは失敗して来た。そしてこれは、各層への文化の普及滲透を任務とする出版人の責任でもあった。

一九四五年以来、私たちは再び振出しに戻り、第一歩から踏み出すことを余儀なくされた。これは大きな不幸ではあるが、反面、これまでの混沌・未熟・歪曲の中にあった我が国の文化に秩序と確たる基礎を齎らすためには絶好の機会でもある。角川書店は、このような祖国の文化的危機にあたり、微力をも顧みず再建の礎石たるべき抱負と決意とをもって出発したが、ここに創立以来の念願を果すべく角川文庫を発刊する。これまで刊行されたあらゆる全集叢書文庫類の長所と短所とを検討し、古今東西の不朽の典籍を、良心的編集のもとに、廉価に、そして書架にふさわしい美本として、多くのひとびとに提供しようとする。しかし私たちは徒らに百科全書的な知識のジレッタントを作ることを目的とせず、あくまで祖国の文化に秩序と再建への道を示し、この文庫を角川書店の栄ある事業として、今後永久に継続発展せしめ、学芸と教養との殿堂として大成せんことを期したい。多くの読書子の愛情ある忠言と支持とによって、この希望と抱負とを完遂せしめられんことを願う。

一九四九年五月三日

角川文庫ベストセラー

行きたくない

加藤シゲアキ・阿川せんり・渡辺 優・小嶋陽太郎・奥田亜希子・住野よる

人気作家6名による夢の競演。誰だって「行きたくない」時がある。幼馴染の別れ話に立ち会う高校生、生徒の愚痴を聞く先生、帰らない恋人を待つOL—それぞれの所在なさにそっと寄り添う書き下ろし短編集。

教室に雨は降らない

伊岡 瞬

森島巧は小学校で臨時教師として働き始めた23歳だ。音大を卒業するも、流されるように教員の道に進んでしまう。腰掛け気分で働いていたが、学校で起こる様々な問題に巻き込まれ……傑作青春ミステリ。

少女は夜を綴らない

逸木 裕

「人を傷つけてしまうのではないか」という強迫観念をなだめるため、身近な人間の殺害計画を「夜の日記」に綴る中学3年生の理子。秘密を知る少年・悠人に脅され、彼の父親の殺害を手伝うことになるが——。

本と踊れば恋をする

石川智健

十屋龍之介は、高校生ながら、古書を見極め売買する「セドリ」。ある日、たまたま見つけた古書店で、和洋折衷の服装をした謎めいた男、朝香裕也から、いきなり「お前が盗んだのか？」と問われ……？

Dの殺人事件、まことに恐ろしきは

歌野晶午

カメラマンの私は、道玄坂で出会った生意気な少年とダイニングバーで話をしていた。しかし、バーから見える薬局の様子がおかしくて——。（表題作）。江戸川乱歩の世界が、驚愕のトリックと新たな技術で蘇る！

角川文庫ベストセラー

デルタの悲劇
浦賀和宏

ひと気のない公園の池で10歳の少年の溺死体が発見された。10年後、犯行を疑われた幼馴染み3人組の前に謎の男が現れ自白を迫った。男の登場によって彼らの日常は狂い始める。事件に隠された驚天動地の真実とは？

ゴーストハント1 旧校舎怪談
小野不由美

高校1年生の麻衣を待っていたのは、数々の謎の現象。旧校舎に巣くっていたものとは——。心霊現象の調査研究のため、旧校舎を訪れていたSPR（渋谷サイキックリサーチ）の物語が始まる！

夏、君と運命の恋をするはずだった
大城　密

10年前の高校時代、ひとつの紙飛行機を縁に出会った明良と千花。恋に落ち結婚した2人だったが、事故に遭い10年前へタイムリープする。元の世界に戻るには、過去と同じ〈運命の出会い〉が必要と気づくが。

さよなら僕らのスツールハウス
岡崎琢磨

シェアハウス「スツールハウス」は、日常の謎に満ちている。なかでも新築当時からの住人、鶴屋素子には大きな秘密が。各部屋の住人たちの謎、そして素子の謎が明かされたとき、浮かび上がる驚愕の真実とは⁉

9の扉
北村　薫、法月綸太郎、殊能将之、鳥飼否宇、麻耶雄嵩、竹本健治、貫井徳郎、歌野晶午、辻村深月

執筆者が次のお題とともに、バトンを渡す相手をリクエスト。9人の個性と想像力から生まれた、驚きの化学反応の結果とは⁉　凄腕ミステリ作家たちがつなぐ心躍るリレー小説をご堪能あれ！